Hans Girod **Der Kannibale**

Hans Girod

Der Kannibale

und sieben weitere Fälle

Bild und Heimat

ISBN 978-3-86789-433-3

1. Auflage dieser Ausgabe

Umschlaggestaltung: capa
Umschlagabbildung: Chris Keller / bobsairport
Druck und Bindung: GGP Media GmbH, Pößneck

SUPERillu

In Kooperation mit der SUPERillu
www.superillu-shop.de

FSC
www.fsc.org
MIX
Papier aus verantwortungsvollen Quellen
FSC® C014496

Inhalt

Vorwort	7
Eiskalte Aphrodite	15
Brennpunkt »Sturzhelm«	44
Tödliches Dreieck	72
Schlüsselkind	104
Bettgeflüster	134
Einstein	163
Der Kannibale	192
Autostopp	220
Anhang	249

Vorwort

Kein Tag vergeht, an dem die Medien nicht mit Sensationsmeldungen über Missetaten unserer Mitmenschen aufwarten. Die Kriminalität steigt, nimmt immer mehr internationale Formen an, zeigt neue Erscheinungsbilder, und sie wird begünstigt durch eine wachsende Gewaltbereitschaft in der Gesellschaft. Das schockiert aus verständlichen Gründen.

Was Mord und Totschlag anbetrifft, gibt der statistische Zustand scheinbar wenig Anlass zur Beunruhigung. Über viele Jahrzehnte hinweg sind sie nämlich ebenso relativ konstant geblieben wie – von Ausnahmen abgesehen – ihre grundlegende Eigenschaft, typische soziale Beziehungsdelikte zu sein. Doch das statistische Bild trügt: Denn das Dunkelfeld breitet sich aus. Es hat, so die Experten, bereits das erschreckende Ausmaß der bekannt gewordenen Mord- und Totschlagsdelikte erreicht. Grund: Schwächen in der Gesetzgebung, rigoroser Abbau des gerichtsmedizinischen Versorgungsnetzes, sinkendes Volumen an sachkundiger Begutachtung. Deutschland hat in der Forensik seine einstige Vorreiterrolle innerhalb Europas längst verloren. Fazit: Mord und Totschlag boomen im Verborgenen. Tote besitzen keine Lobby.

Unbestritten ist: In der DDR war die quantitative Größe für Mord und Totschlag etwa fünfmal geringer als in der Bundesrepublik, nicht zuletzt dank vorbildlicher gesetzlicher Regelungen, qualifizierter kriminalistischer Tätigkeit und engmaschiger gerichtsmedizinischer Versorgung.

Nur darf dabei nicht übersehen werden, dass bestimmte qualitative Merkmale wie Täterpersönlichkeit, Tatmotive und -anlässe, aber auch Brutalität bei der Tatbegehung und Raffinesse bei der Verbrechensverschleierung vom heutigen kriminologischen Bild kaum abweichen. So gab es Auftragsmorde, Kindesentführungen und Geiselnahmen ebenso wie Bandenkriminalität. Und manches Tötungsdelikt ging auf das Konto der in der DDR stationierten sowjetischen Truppen. Obwohl ein Rechtshilfeabkommen bestand, konnten die DDR-Gerichte nicht einen einzigen Täter zur Verantwortung ziehen. Ein Umstand, der übrigens auch für diverse andere Delikte der allgemeinen Kriminalität zutraf. (Beispiel: Im Zeitraum von 1979 bis 1989 wurden fast 630 Verkehrsdelikte mit tödlichem Ausgang und mehr als 700 Vergewaltigungen durch sowjetische Militärangehörige begangen, ohne dass einer der Täter vor die Schranken eines DDR-Gerichts kam.)

Im Rahmen der in der DDR geltenden Verjährungsfrist von 25 Jahren blieben etwa 90 Tötungsdelikte ungeklärt. Hinzu kommen einige hundert ungeklärte Vermisstenfälle, in die eine nicht unbeträchtliche Größe an latenten Tötungsdelikten eingegangen sein dürfte. Dennoch konnte das Dunkelfeld im Vergleich zur heutigen Situation in engen Grenzen gehalten werden.

Die aufgezwungene Zurückhaltung der DDR-Medien bei der Berichterstattung über schwere Kriminalitätserscheinungen innerhalb der sozialistischen Gesellschaft erweckte allerdings den falschen Eindruck, als hätte es derlei überhaupt nicht gegeben. Auch wenn die Zahlen im Vergleich zur heutigen Situation gering waren und über sie kaum berichtet wurde, gehören sie in Wahrheit doch mit zu den gesellschaftlichen Realitäten in der DDR. Manche der heutigen Schlagzeilen hätten folgerichtig auch in der DDR-Presse ihren Platz haben können. Die Partei- und Staatsführung vermied es jedoch, die Allgemeinheit auf solche gesellschaftlichen Übel aufmerksam zu machen und bevorzugte lieber das große Schweigen.

Vorliegender Band beschäftigt sich darum unter vielerlei Aspekten wiederum mit kaum bekannten, gewaltsamen Todesfällen aus der DDR.

Diesmal stehen solche Morddelikte aus der Untersuchungspraxis der Kriminalpolizei im Mittelpunkt, die sich durch ungewöhnliche Täterpersönlichkeiten, ungewöhnliche Tatmotive und Begehungsweisen, mitunter auch ungewöhnliche kriminaltaktische Methoden auszeichnen.

Der Leser wird mit einigen bizarren Vorgängen aus der DDR-Realität der Tötungskriminalität bekannt gemacht, die besonderen Schauder auslösen. Er begleitet die Kriminalisten und ihre Partner auf dem mitunter steinigen Erkenntnisweg zur Täterermittlung und Wahrheitsfindung. Dabei lernt er die Psychogramme von Tätern kennen, deren Taten bisweilen so abstrus sind, dass sie das allgemeine kriminologische Bild vom gewöhnlichen Verbrechen zu verändern scheinen.

Nur – und das sei bereits an dieser Stelle angemerkt – erlaubt abartiges Tatverhalten nicht zwangsläufig Rückschlüsse auf abartige Täterpersönlichkeiten. Aber immer wirft es – und das war in der DDR ebenso – Fragen nach der möglichen Pathologie seelischer Vorgänge auf, ebenso wie die nach dem Schutz der Allgemeinheit vor weiteren Attacken. Da sie vom Richter allein nicht beantwortet und objektiv beurteilt werden können, ist im juristischen Prozess der Wahrheitsfindung seit langem die Hilfe psychologischer oder psychiatrischer Gutachter unerlässlich.

Doch deren Tätigkeit war – ebenso wenig wie sie es heute ist – keine einfache Angelegenheit, wenn es darum geht, den Grad möglicher Schuldfähigkeit oder den der Zurechnungsfähigkeit des Täters sicher zu bestimmen. Der Zweck moderner gutachterlicher Aussage besteht vor allem darin, den tatbezogenen psycho-physischen Zustand des Täters zu beurteilen. Das Ergebnis dieser Beurteilung fließt letztlich in die Strafe ein.

Das galt auch für die DDR, in der Mörder und Totschläger grundsätzlich psychologisch-psychiatrisch begutachtet wurden. Doch nach sozialistischem Recht war der Strafrahmen für Mord und Totschlagsdelikte sehr weit gespannt und lag zwischen der Einweisung in eine psychiatrische Einrichtung, langjährigem, zumeist lebenslangem Freiheitsentzug und Todesstrafe. Fazit: Die mit dieser Tatsache verbundenen Konsequenzen weckte bei manchem an der Untersuchung Beteiligten dann höchstes Unbehagen, wenn er überzeugter Gegner der Todesstrafe war. Wenn auch im Jahre 1972 letztmalig eine Exekution wegen Mordes stattfand, so wurde die Todesstrafe erst durch das 4. Strafrechtsänderungsgesetz am 18. Dezember 1987 offiziell abgeschafft.

Weiterhin wird über Morde berichtet, in denen die Täter die Spuren ihrer Schandtat besonders raffiniert zu verschleiern versuchten, um jeden Verdacht von sich abzuwenden und die Polizei in die Irre zu führen. Im Glauben an das perfekte Verbrechen unterschätzte manch einer von ihnen seine vermeintliche psychische Stabilität nach der Tat, die taktischen Fähigkeiten und spurenkundlichen Möglichkeiten der Kriminalisten.

Da bei der Aufklärung diffiziler Fälle die Ermittlungsroutine der Kriminalpolizei versagen kann, müssen Täterpsychologie, naturwissenschaftlich-technische Kriminalistik und Intuition in besonderem Maße untersuchungsmethodisch miteinander verknüpft werden. Deshalb bilden solche Verfahren eine weitere Facette der Falldarstellung, die dem Leser auch einen Einblick in ungewöhnliche taktische Vorgehensweisen der Polizei ermöglichen, wenn z. B. Untersuchungslist und verdeckte Ermittlung die Verdächtigen überführten, auch durch Anwendung von Methoden, die bereits hart an der Grenze des strafprozessrechtlich Erlaubten lagen.

In der DDR wurde nahezu die Hälfte der Tötungsdelikte verschleiert, freilich in sehr unterschiedlicher Qualität und Quantität. Ein Teil von ihnen lässt sich in die Kategorie der ungewöhnlichen Tötungsverbrechen einordnen. Das Kaschieren als Unfälle und Suizide, manchmal sogar natürliche Todesfälle, ebenso wie die Opferbeseitigung durch Vergraben, Versenken oder Verstecken an einsamen Orten bildeten die typischen Erscheinungsformen. Viele Täter zerstückelten aber auch ihre Opfer oder wirkten auf andere Weise mechanisch, thermisch oder chemisch auf sie ein, um den Transport der Leichenteile zu erleichtern und die für eine Identifizierung wichtigen Merkmale zu vernichten. Mancher Fall erschien deshalb der Polizei zunächst als scheinbar bedeutungslose Vermisstensache. Den Variantenreichtum der Begehungsweisen durch Fallberichte einigermaßen vollständig darstellen zu wollen, ist im Rahmen des vorliegenden Buches natürlich nicht möglich. Deshalb muss sich der Leser mit der kleinen Auswahl ungewöhnlicher Mordvarianten begnügen. Auch bleiben solche Geschehnisse unberücksichtigt, über die in den Jahren nach der Wende bereits andere Autoren ausführlich berichtet haben, wie z. B. der Fall des sadistischen Serienmörders Erwin Hagedorn aus Eberswalde, den Wolfgang Mittmann in seinem Buch »Tatzeit – Große Fälle der Volkspolizei« mit großer Sachkunde nachzeichnet.

Das vorliegende Buch wendet sich vornehmlich an den Interessenten der »true crime«-Literatur, soll aber keineswegs nur informieren und die mühevolle, mitunter auch spannungsgeladene, kriminalistische Ermittlungsarbeit beschreiben. Es will das alte Schweigen brechen und auch den Schleier des Vergessens lüften, der über den meisten Mordfällen liegt und deren Untersuchung Kriminalisten, Gerichtsmediziner und Psychiater ganz besonders herausforderten.

Auf diese Weise soll erneut ein kleiner, wenn auch thematisch eng begrenzter, Beitrag zur allgemeinen Diskussion über die DDR-Wirklichkeit geleistet werden. Eine solche Diskussion ist wichtig. Denn: Gewesenes, das in der Zeit des großen gesellschaftlichen Neubeginns nebensächlich erschien oder durch Unkenntnis oder Übereifer falsch beurteilt wurde und nun durch andere Sorgen und Nöte endgültig verdrängt werden könnte, soll nicht in Vergessenheit geraten. Ein kritisches Erinnern kann für die Zukunft nur von Nutzen sein.

Mit Rücksicht auf Täter, Opfer und Hinterbliebene wurden Fälle ausgewählt, die bereits längere Zeit zurückliegen. Zur Wahrung ihrer Persönlichkeitsrechte sind die Namen der Beteiligten sowie die mancher Handlungsorte verändert, bestimmte Geschehnisabläufe gestrafft oder auf das kriminologisch Typische konzentriert worden. Gedanken und Empfindungen verstorbener Akteure wurden, soweit es möglich war, nach Zeugenaussagen rekonstruiert. Dies geschah sorgfältig, um die Authentizität der Fälle nicht zu beschädigen. Der weitaus größte Teil der Zitate ist jedoch verbürgt.

Mitunter gelang es, die Spuren der an der Untersuchung Beteiligten und die der verurteilten Täter bis in die Gegenwart zu verfolgen.

Eine weitere Bemerkung: Im Buch »Das Ekel von Rahnsdorf« (1997) wurde kritisch angemerkt, dass der Tatbestand der Kindestötung (§ 217 StGB) in der Bundesrepublik – der lediglich jene Täterin strafrechtlich privilegiert, die ihr »uneheliches Kind in oder gleich nach der Geburt« tötet – der rechtlichen und sozialen Stellung der Frau in unserer Gesellschaft nicht gerecht werde, insofern reformbedürftig sei und im Vergleich zum DDR-Strafrecht einen Rückschritt ins vergangene Jahrhundert darstelle. Inzwischen hob der Gesetzgeber den § 217 StGB auf. Nach Streichung des Merkmals der Nichtehelichkeit wird der Tatbestand der Kindestötung nunmehr vom »minder schweren Fall des Totschlags« (§ 213 StGB) mit erfasst und entspricht damit der seinerzeit in der DDR seit 1968 gültigen Rechtsauffassung. Und schließlich: Das Buch erhebt nicht den Anspruch einer wissenschaftlichen Arbeit, verzichtet deshalb auf ein ausführliches Literaturverzeichnis und beschränkt sich auf nur grundsätzliche Quellenhinweise.

In einem Anhang befinden sich Erläuterungen wichtiger Begriffe und Abkürzungen.

Hans Girod

Eiskalte Aphrodite

(Aktenzeichen II 17/62 Bezirksstaatsanwalt Halle)

Bitterfeld, ein Vormittag im Juni 1958. Langsam bedecken die schmutzig-grauen Ausdünstungen der nahen Chemiebetriebe den frühsommerlichen Himmel. Die Menschen, die hier leben und arbeiten, haben sich schon längst mit der verpesteten Luft abgefunden. Jetzt bewegt sie etwas anderes: Vor wenigen Tagen wurden die Lebensmittelkarten endgültig abgeschafft. Von nun an gelten nur noch die HO-Preise. In den Geschäftsstraßen des Stadtzentrums herrscht deshalb ein ungewohnter Andrang. Unsicher und misstrauisch beäugen die Einheimischen die Auslagen mit den ungewohnt hohen Preisen.

In einiger Entfernung vom Zentrum, abseits des städtischen Treibens, holpert ein Pkw des ärztlichen Notdienstes behutsam über das Pflaster der Jessnitzer Straße. Er nähert sich einem mehrstöckigen gelben Backsteinhaus, dessen beschädigte Fassade immer noch an den letzten großen Krieg erinnert. Vor der Tür steht eine junge Frau und hält gespannt Ausschau. Es ist Annegret Schröder. Ihr Gesicht ist zwar blass, schmal, ein wenig eingefallen, wirkt fast kränklich, doch eine schlanke Figur, lebhafte, dunkle Augen und dichte, blonde, zu einem Pferdeschwanz zusammengebundene Haare verleihen der 28-jährigen Frau einen eigentümlichen Reiz. Obwohl Annegret dem altgriechischen Schönheitsideal kaum gleicht, hat sie doch etwas mit ihm gemein: Ihre fleischlichen Begierden sind keineswegs geringer als die der berühmten antiken Aphrodite. Der erwiesen zwar die altgriechischen Huren in orgiastischen Liebesfeiern neidvoll ihre Referenz, doch für Annegret tun das bestimmte Kreise aus der Bitterfelder Männerwelt. Dort ist sie längst eine gute Adresse. Ihre andere sündige Leidenschaft jedoch, sich allzu gern fremde Dinge anzueignen, kennen nur die staatlichen Ordnungshüter. Die verdonnerten sie dafür bereits zu insgesamt sechs Jahren tristem Leben hinter Gefängnismauern. Annegret Schröder hat zwei Kinder, über deren Erziehung die Kinder- und Jugendfürsorge peinlich genau wacht.

Seit vorigem Sommer schreitet sie nun scheinbar auf dem Pfad der Tugend, lebt mit dem acht Jahre älteren Schlosser Helmut Schröder so recht und schlecht in ehelichem Verbund. Der ist wahrlich kein Adonis, um beim Vergleich mit den alten Griechen zu bleiben, von einfacher, naiver Gemütsbeschaffenheit, den Annegret intellektuell vollends beherrscht. Indes: Der Ehering ist für sie noch lange kein Grund zur Einhaltung des Treuegelübdes. Da der Gatte sich nämlich regelmäßig auf Außenmontage befindet und folglich an den Arbeitstagen der gemeinsamen Matratze fernbleiben muss, fördert er auf diese Weise ihre Untugenden, freilich ohne dies zu wissen.

Auf Drängen des Angetrauten hatte Annegret vor zwei Wochen ihre gehbehinderte, ständig bettlägerige, 72-jährige Schwiegermutter Emilie Schröder zu sich ins Haus geholt. Sie bedurfte intensiver Pflege, konnte ihr Grundstück in Jessnitz – ein kleiner Ort acht Kilometer nördlich von Bitterfeld – nicht mehr bewirtschaften. Doch die alte Frau war in der Nacht sanft entschlafen. So jedenfalls meldete es Annegret vor einer halben Stunde dem ärztlichen Notdienst, den sie nun vor der Haustür erwartet.

Ein gutgekleideter, älterer Herr mit Brille steigt aus dem Auto, das unterdessen vor dem gelben Backsteinhaus gehalten hat. Den Arztkoffer in der Hand, steuert er auf Annegret zu: »Dr. Frommolt«, stellt er sich kurz vor. »Warten Sie auf mich?«

Annegret bejaht die Frage und führt den Doktor in ihre Wohnung im Parterre. Die Wohnstube mit dem blanken Linoleumfußboden ist spärlich eingerichtet: Mitten im Raum ein Tisch mit mehreren Stühlen, an der rechten Wand ein mahagonifarbenes Büfett aus der Gründerzeit, an der linken Wand ein verschlissenes Sofa aus der gleichen Epoche, davor eine Stehlampe mit festmontiertem Tischchen, vergilbte Gardinen an den Fenstern. Es riecht nach kaltem Zigarettenrauch, Rheumaeinreibung und Urin. Auf dem Sofa eine tote, alte Frau mit schlohweißem, schulterlangem Haar. Zwei dicke Kissen stützen ihren Rumpf, verschaffen ihr so eine halb sitzende, halb liegende Position. Ihr Kopf ist so weit nach vorn geneigt, dass das Kinn den Brustkorb zu berühren scheint. Das Federbett bedeckt den Körper der Toten bis zu den Schultern. Mit Annegrets Hilfe entkleidet der Doktor den starren Leichnam, um ihn systematisch abzutasten und zu inspizieren. Nichts soll seinen geschulten Sinnen entgehen. Aufmerksam verfolgt Annegret jeden seiner Handgriffe. Als er die Kissen unter dem Kopf der Verstorbenen hervorzieht, bemerkt er nicht nur einige kleine, oberflächliche Hautdefekte an der linken Halsseite der Toten, sondern auch ein leeres Tablettenröhrchen mit der Aufschrift »Kalypnon«, das offensichtlich unter einem der Kissen lag. Die Spuren am Hals und die Tatsache, dass sich in dem Glasröhrchen ursprünglich ein kräftiges Schlafmittel befunden haben muss, wecken seinen Argwohn.

Ohne auf die kleinen Halsverletzungen einzugehen, präsentiert der Doktor Annegret das Tablettenröhrchen: »Wie kommt das denn hierher?«

»Ich weiß nicht«, ist die etwas hilflose Antwort, »vielleicht hat sie Tabletten genommen.«

Der Doktor wirft einen kritisch-suchenden Blick über die Utensilien auf dem Tischchen mit der Stehlampe: Zeitungen, Brille, Zahnprothese, Teller mit angebissener Stulle, antirheumatische Salbe. Sonst nichts. Annegret vermutet richtig, dass er nach einem Trinkgefäß sucht und meint:

»Ach, ihre Tasse habe ich gestern Abend abgewaschen, nachdem sie eingeschlafen war!«

Dann verlangt der Doktor den Sozialversicherungsausweis der Verstorbenen. Eine Zeitlang vertieft er sich darin und stellt fest: »Ihre Schwiegermutter litt an chronischem Gelenkrheumatismus, hatte ein schwaches Herz. Trotzdem ist mir einiges unklar!«

Annegret blickt ihn erstaunt an: »Wieso?«

»Das ist nur so ein Gefühl, aber ich kann einen unnatürlichen Tod nicht ausschließen«, gibt der Arzt zu bedenken. Annegret reißt die Augen weit auf. In ihrem Gesicht liegt höchste Betroffenheit.

»Könnte es sein, dass sie sich umgebracht hat«, fragt der Doktor und deutet auf das leere Tablettenröhrchen.

»Schon möglich. Seit Schwiegermutter ständig im Bett liegen musste, hatte das Leben für sie keinen Sinn mehr«, mutmaßt Annegret.

Am liebsten würde der Arzt jetzt die Frage nach dem Zustandekommen der Schürfungen am Hals der Toten stellen, doch er vermeidet sie, will seinen Zweifel nicht offenbaren. Er ist sich gewiss, dass die Polizei dies klären wird. Bei einem Suizidverdacht muss er ohnehin Anzeige erstatten.

Und: Gegen Mittag erscheint auch ein Kriminalist des VPKA, jung und unerfahren. Die Verstorbene besichtigt er mit gekünstelter Routine, stellt viele Fragen, auch über die eigenartigen Schürfspuren am Hals der Toten. Annegret zeigt ihm einen Schal. Diesen habe die Schwiegermutter ständig um ihren Hals getragen. Und nun hätte er durch das lange Liegen die Spuren verursacht. Annegrets unschuldiger Blick, ihre freundlichen Antworten und die in sie eingestreuten, wohldosierten Argumente für einen möglichen Selbstmord der alten Frau überzeugen den Polizisten. Für ihn ist die Sache bald klar: Eine alte, kranke, ans Bett gefesselte Frau wollte sterben. Die Erklärung, dafür ein stark wirkendes Schlafmittel verwendet zu haben, scheint ihm plausibel. So gelangt der Polizist zu dem

Schluss, auf weitere Ermittlungen zu verzichten. Folglich hält er eine gerichtliche Sektion für nicht erforderlich.

Als Annegrets Gatte am Wochenende heimkehrt, ist die Wohnstube aufgeräumt, und das Sofa schmücken nur noch zwei selbstgestrickte Kissen. Nichts erinnert mehr daran, dass dort seine alte, kranke, bettlägerige Mutter die letzten Wochen ihres erbärmlichen Daseins fristete. Ohne Regung nimmt er die Tatsachen zur Kenntnis. Immerhin ist auch er nun eine ungeheure Belastung los. So bleiben Bestürzung und Trauer auf wenige schwache Emotionen beschränkt. Schließlich kommt Freude auf, das mütterliche Anwesen in Jessnitz bald sein eigen nennen zu können.

Emilie Schröders Leichnam liegt unterdessen längst in der Leichenhalle des Bitterfelder Friedhofs. Das feierliche Begräbnis soll am nächsten Dienstag stattfinden.

Jahre vergehen. Große Ereignisse führen zu großen Veränderungen: Wilhelm Pieck, der erste DDR-Präsident, als gutmütig wirkender Landesvater von vielen hoffenden Menschen geachtet, stirbt. Der fistelstimmige Walter Ulbricht übernimmt den obersten Posten in der Partei- und Staatsführung. Die Überbetonung seiner Führungsrolle führt alsbald zum Personenkult stalinscher Prägung, und der sächsische Dialekt mutiert zur allgemeinen Funktionärssprache. Den DDR-Künstlern wird energisch der sogenannte Bitterfelder Weg gewiesen, sich den Stilnormen des sozialistischen Realismus nicht zu verweigern. Die Landwirtschaft wird unter Druck restlos kollektiviert, das gewerbliche Eigentum systematisch in staatliches, zumindest genossenschaftliches, zwangsüberführt. Sozialismusverdrossenheit erfasst viele Menschen, fördert den Exodus, der inzwischen beängstigende Ausmaße annimmt, und endet erst, als über Nacht eine schier unüberwindbare Mauer das Arbeiter- und-Bauernland umgibt. Nun ist das historisch scheinbar

Unumkehrbare symbolisiert. Bald wird die allgemeine Wehrpflicht eingeführt und der Sieg des Sozialismus gepriesen. Ja, viel hat sich verändert. Auch für Annegret und Helmut Schröder. Längst ist das Paar mit den Kindern in eine geräumige Wohnung nach Mühlbeck, drei Kilometer östlich von Bitterfeld, gezogen. Das Erbhaus in Jessnitz hatte Helmuts Mutter bereits zu Lebzeiten vermietet, so dass ein Umzug dorthin nicht möglich war. Wenigstens verschafft es so einige Mieteinkünfte. Annegret hat ihre Hausfrauenrolle aufgegeben und arbeitet im HO-Kaufhaus Bitterfeld als Verkäuferin. Helmut fährt immer noch auf Montage zu einem fernen Tagebau, ist folglich nur an den Wochenenden daheim. Und: Nach wie vor nutzt die Gattin die Zeit seiner Abwesenheit mit großem Eifer für die außereheliche Minne, sehr zum Missfallen der staatlichen Fürsorge, die eine sittliche Gefährdung der minderjährigen Kinder befürchtet.

Samstag, der 17. März 1962, ist ein besonderer Tag, obwohl Annegret bis in die Mittagsstunden arbeiten muss. Heute ist Betriebsvergnügen in der großen Kantine. Die Gewerkschaftsleitung will sich nicht lumpen lassen und tut etwas für die gute Laune der Warenhausbelegschaft: Lange Nacht mit Tanzmusik, gutes Essen und unterhaltsame Auftritte namhafter Künstler des Stadttheaters Dessau.

»Sehen wir uns heute Abend«, fragt eine Kollegin. Annegret bejaht. Ob sie allein oder mit Mann käme, will die andere nun wissen. »Mein Oller ist auf Montage, baut in Polen Bagger für die Kohle zusammen«, meint Annegret und lässt damit erkennen, solo erscheinen zu wollen.

Am Abend, nachdem sie eilig ihre Kinder versorgt hat, stürzt sich Annegret unbekümmert in das bunte Getümmel des Betriebsfestes. Sie kokettiert mit einem Kollegen aus der Abteilung Haushaltswaren. Er heißt Klaus Mager, ein muskulöser

Typ mit schütterem Haar, um die zwanzig. Er kennt Annegrets zweifelhaften Ruf und weiß, dass ihr Angetrauter auswärts ist. Das motiviert ihn zur Aktivität, und die erotischen Anspielungen zeigen Erfolg: Bald tanzen sie, die Körper dicht aneinander gedrängt. Die gegenseitigen Gunstbezeigungen wecken ihre Triebe. Der Alkohol tut das übrige.

Weit nach Mitternacht verlassen die frisch Verliebten das ausgelassene Treiben. Draußen auf der Straße haucht sie ihm weinselig und liebeshungrig ins Ohr: »Ich will dich!« Magers Blut gerät derart in Wallung, dass er am liebsten im Schatten einer Hausnische seiner Lust freien Lauf lassen würde. Doch noch wehrt Annegret mit gekünstelter Schamhaftigkeit sein Drängen ab. Stattdessen lädt sie ihn nach Mühlbeck zu sich nach Hause ein. Auf dem knapp einstündigen Weg dorthin bleiben die beiden immer öfter stehen, um sich dem Rausch weiterer Liebkosungen hinzugeben. Die Küsse und Berührungen werden immer heftiger. Kurz darauf wälzen sie sich voller Begierde auf dem alten, immer noch vorhandenen Sofa in der Wohnstube und geben sich der Wollust hin. Immer und immer wieder genießt Annegret die schier unerschöpfliche Manneskraft des Liebhabers. Die Orgie findet erst ein Ende, als die Sonntagsglocken läuten, um die Kirchgänger zum Gottesdienst zu locken. Während Annegrets Kinder längst aufgestanden sind und irgendwo im Gelände spielen, schlafen die beiden in wohliger Erschöpfung bis in die Mittagsstunden. Erst jetzt verlässt der Galan seine Gespielin, die ihm das Versprechen abringt, die Nacht zum Dienstag wieder mit ihr zu verbringen. Zufrieden zieht er von dannen. Er ahnt nicht, dass Annegret bereits am späten Nachmittag abermals einen Mann empfängt, um mit neuer Lust dessen Liebesgaben auszukosten.

Montag, den 19. März 1962, gegen 20.00 Uhr. Wie verabredet erscheint Klaus Mager zum großen »da capo«, gutgelaunt und leicht beschwipst. Er fühlt sich prächtig. Annegret hingegen sieht reichlich mitgenommen aus, die Augen grau umschleiert, das Gesicht blass, voller Müdigkeit. Dennoch zeigt sie sich erneut beischlafbereit, bittet Mager aber um eine Gefälligkeit: Sie weist auf einen prallvollen Sack und mehrere unförmige, festverschnürte Pakete, die auf dem Flur bereitstehen. Darin, so erklärt sie, befänden sich Sachen ihres vermeintlichen Bruders, die verschwinden müssen, weil er dem Sozialismus heimlich den Rücken gekehrt habe: Textilien, ein ausgeschlachtetes Radio, Reste eines Elektrokochers und anderer, nutzloser Kleinkram. Dieser Unrat solle im Schutze der Nacht zur Muldebrücke transportiert werden, um ihn auf ewig dem Fluss zu übereignen. Arglos, die kritischen Sinne durch Alkohol und lüsterne Erregung vernebelt, gibt Mager sein Einverständnis. Zuvor darf er erneut Annegrets Körper erkunden und seine Lust befriedigen. Nachdem sie einen flüchtigen Kontrollblick auf die im Hinterzimmer schlafenden Kinder geworfen hat, karren beide den Abfall mittels ihrer Fahrräder zur nächsten Brücke und versenken ihn in der Mulde, einem Nebenfluss der Elbe. Nach Hause zurückgekehrt, setzen sie die Liebesspiele unbekümmert fort.

Samstagmittag, der 24. März 1962, nahe der Kartonfabrik östlich von Bitterfeld: Arbeiter eines Instandhaltungstrupps der Oberflussmeisterei bergen zufällig aus dem ufernahen Wasser der Mulde ein schmutziges, schwarzbraunes, textiles Bündel. Es entpuppt sich als ein vollgestopfter Kartoffelsack. Neugierig öffnen die Männer den seltsamen Fund. Doch der Schreck fährt ihnen in die Glieder, als sie inmitten alter Textilien den Unterteil eines menschlichen Rumpfes entdecken. Dass es sich um den eines Mannes handelt, können sie unschwer erkennen. Offenbar ist der Körper in Bauchnabelhöhe durchtrennt worden. Auch die unteren Extremitäten fehlen. Die Männer alarmieren die Polizei.

Dann geht alles ziemlich schnell: Kriminalisten aus dem Sachgebiet Leben und Gesundheit des VP-Kreisamtes sichern den grausigen Fund. Der Mordverdacht ist offenkundig. Da die Leichenerscheinungen an der Luft schnell voranschreiten und nur durch Kühlung gebremst werden können, wird das makabre Beweisstück zur Pathologischen Abteilung des Kreiskrankenhauses gebracht, um es bis zur gerichtsmedizinischen Untersuchung sachgerecht aufzubewahren. Unterdessen begibt sich der Oberarzt des Hallenser Instituts für gerichtliche Medizin und Kriminalistik, Dr. Simoneit, auf den Weg nach Bitterfeld.

Auch Oberleutnant Baberowski und Leutnant Brecher von der Mordkommission sind aus der Bezirkshauptstadt bald zur Stelle. Zunächst werden die Männer der Oberflussmeisterei über ihre Entdeckung befragt. Nachdem sich die Kriminalisten einen Überblick über die Fundstelle verschafft haben, fertigen sie Fotos für die Akte. Nun interessieren sie sich für den Fluss selbst, seine Tiefe, die Beschaffenheit des Grundes, Strömungsverhältnisse, stromaufwärts liegende Brücken und Wehre. Es ist ein glücklicher Zufall, der genutzt werden muss, denn die Auffindungszeugen sind Fachleute der Wasserwirtschaft und kennen den Fluss genau. Immerhin geht es um die Frage, an welcher Stelle der unbekannte Täter sich der Relikte seiner Untat entledigt haben könnte. Vor allem deshalb, weil der Sack mit dem Leichenteil vermutlich mehr als zehn Kilogramm schwer war. Dass der Mörder ein solches Gewicht vom Ufer aus in die Strömung geschleudert haben könnte, scheint den Kriminalisten wenig wahrscheinlich. Vielmehr vermuten sie, der Sack ist in den Fluss fallengelassen worden, vielleicht von einer Brücke. Außerdem: Den Umständen nach muss der Täter sein Opfer in etwa gleich große Teile zerlegt haben. Überdies ist es kaum vorstellbar, dass er nur diesen Sack ins Wasser warf. Ob sich aber auf dem Grund des Flusses weitere Leichenteile befinden, ist nur durch den Einsatz von Spezialgerät, vielleicht sogar von Tauchern zu klären.

Mit diesen Überlegungen begeben sich die Kriminalisten zur Pathologie des Kreiskrankenhauses, wo Dr. Simoneit bereits emsig bei der Sache ist und mit wichtigen Informationen aufwarten kann. Auf einem der Seziertische sind der Sack, die Verschnürung und diverse, feucht-muffige Textilien ausgebreitet. Auf einem anderen Tisch liegt das Fragment des Unterkörpers, die inneren Organe bereits freipräpariert.

»Der Sack ist ein herkömmlicher Kartoffelsack und wog mit komplettem Inhalt vierzehn Kilo«, beginnt der Doktor die Erläuterung seiner Befunde und weist auf die ausgebreiteten Textilien. Baberowski und Brecher sind zufrieden: Die vorherige Schätzung kommt der Realität sehr nahe. Auf dem Tisch liegen ein mehrfach verknoteter Hanfstrick, Reste von verschmutzten, ursprünglich weißen Bettlaken, die offensichtlich als Putzlappen verwendet wurden, Teile eines ölig verschmierten Arbeitsanzuges, dessen Größe nicht mehr auszumachen ist, zerschlissene Baumwollunterbekleidung der Konfektionsgröße 6, ein blutverschmiertes Oberhemd mit der Kragengröße 40, eine blutverschmierte Freizeithose, Größe 48. Alles vom Flusswasser ziemlich ausgewaschen.

Interessiert beäugen die Kriminalisten die Asservate, stellen Fragen, diskutieren Einwände, geben Antworten und festigen ihre Version: Das Ganze muss sofort untergetaucht und auf dem Grund des Flusses getrieben sein. Allerdings nicht allzu weit und nicht allzu lange. Sonst wären Leichenerscheinungen und Abschleifspuren viel ausgeprägter. Und um noch eine Erkenntnis sind sie reicher: Die Bekleidungsstücke sind eine willkommene Identifizierungshilfe, vorausgesetzt, sie gehörten dem Opfer.

Die Männer treten an den nächsten Seziertisch. »Wie Sie unschwer erkennen können«, setzt der Doktor mit leicht ironischem Unterton die Erläuterung fort und zeigt demonstrativ auf die gut erhaltenen Geschlechtsteile am Torso, »handelt es sich um einen männlichen Leichnam!«

Obwohl insbesondere die feingeweblichen Untersuchungen des Leichenteils noch nicht abgeschlossen sind, erhalten die Kriminalisten jetzt schon wichtige Informationen für die Ermittlungen: Der Mann muss erwachsen gewesen sein. Nach Beurteilung seiner Prostata und bestimmter Knochen des Beckens wird sein Alter auf 35 bis 45 Jahre geschätzt. Zwar sind die Weichteile stark ausgeblutet, doch lässt sich aus dem Gewebsextrakt die Blutgruppe bestimmen. Der verhältnismäßig geringe Fäulnisgrad des Torsos deutet auf eine kurze Liegezeit im Wasser, damit zugleich auf eine Todeszeit, die ein bis zwei Wochen nicht überschreiten dürfte. Und was die Zergliederung des Leichnams betrifft, wird es im späteren Gutachten heißen: »... Die Hautränder sind fransig ausgezogen, glattrandige Schnitte fehlen. Die Knochenstümpfe unterhalb der Schenkelhälse zeigen deutliche Spuren einer feinzahnigen Säge (etwa Fuchsschwanz) und die Zersplitterungen an der Wirbelsäule weisen darauf hin, dass zu ihrer Durchtrennung zusätzlich ein Beil verwendet wurde ...«

Dr. Simoneit bedauert, zur Körpergröße des Mannes keine konkreten Aussagen machen zu können: Die Untersuchungen des knöchernen Beckens und der freipräparierten Oberschenkelfragmente lassen nur ungenaue Schätzungen zu. So enden seine Erläuterungen mit der freundlichen Aufforderung: »Schaffen Sie weitere Teile des Mannes heran. Dann sehen wir weiter!«

Baberowski und Brecher nicken zustimmend. Sie wissen längst, was jetzt zu tun ist.

Schon die Identifikation des nicht zerstückelten abgestorbenen menschlichen Organismus zählt zu den komplizierten Aufga-

ben der Gerichtsmedizin und Kriminalistik. Insbesondere dann, wenn wegen fortgeschrittener Leichenerscheinungen oder bestimmter Milieubedingungen, aber auch zusätzlicher Einflüsse wie zum Beispiel Tierfraß, die Veränderungen an der Leiche so gravierend sind, dass die klassischen Verfahren der Personenerkennung etwa durch den Vergleich von Fingerabdrücken oder von Fotos mit vermissten Personen versagen.

Noch schwieriger zu lösen sind Identifikationsaufgaben beim Auffinden von Leichenteilen. Dennoch stehen dem Gerichtsarzt vielfältige Methoden zur Verfügung, die eine Geschlechts-, Blutgruppen- und Altersbestimmung am Gewebe gestatten, falls die Zellkerne noch nicht durch autolytische Prozesse (Selbstauflösung des Körpergewebes durch fermentative Vorgänge) zerstört wurden. Da demgegenüber Knochen sehr lange Zeit (mitunter Jahrtausende) erhalten bleiben können, führt ihre Untersuchung durchaus zu verlässlicher Schätzung der Liegezeit, des Geschlechts, des Alters und der Körpergröße. Auch die Zähne (gleichfalls der Unterkiefer) sind aufgrund ihrer hohen Widerstandsfähigkeit gegenüber zerstörerischen Einflüssen geeignete Untersuchungsobjekte für die Identifikation. Selbst Haare sind als Objekt für Vergleichsuntersuchungen gut geeignet, da sie eine Reihe individueller Merkmale aufweisen (z. B. Blutgruppe).

Die Lösung heutiger Identifikationsaufgaben wird durch die höchst zuverlässigen genetischen Untersuchungen unterstützt. Doch 1962 waren diese Verfahren noch unbekannt.

Das 1984 durch den englischen Genetiker Alec Jeffreys entdeckte sogenannte genetische Fingerprinting (ein von der polizeilichen Fingerabdruckkunde abgeleiteter Begriff) brachte die kriminalistische Spurenkunde einen enormen Schritt nach vorn, so auch die Identifikation von Leichen und Leichenteilen. Geringste Spurenmengen, ja, sogar nur eine einzige Körperzelle reichen für eine sichere Individualisierung aus. Dem liegt zugrunde, dass sich im Kern jeder Zelle eine chemische Substanz

(DNA) befindet, die alle individuellen Eigenschaften festlegt. Sie besitzt die Form einer Doppelspirale, auf der vielfältige genetische Informationen gespeichert sind. Ihre Auftretenshäufigkeit und Position sind einzigartig: Genetische Unterschiede zwischen verschiedenen Organismen werden genau angezeigt. Mittels spezieller Labor verfahren lassen sich die Informationsmuster sichtbar machen und können – vergleichbar mit dem Strichcode auf Einzelhandelsprodukten in Supermärkten – »gelesen« werden. Die DNA-Analyse ist somit die bislang präziseste Methode der biologischen Differenzierung einzelner Individuen.

Sie beziehen Quartier im VPKA Bitterfeld, richten sich so auf eine längere Untersuchungszeit ein. Ein Ermittlungsverfahren wegen Verdachts eines Tötungsverbrechens wird gegen Unbekannt eingeleitet, der Staatsanwalt informiert. Das Räderwerk der kriminalistischen Untersuchung setzt sich in Bewegung.

Zwei wichtige Aufgaben haben Baberowski und Brecher in dieser frühen Untersuchungsetappe zu lösen. Zum einen müssen die polizeilichen Maßnahmen für die nächsten Tage bilanziert werden. Doch das geht nicht ohne den lästigen, aber angeordneten Papierkram, alles bürokratisch akkurat mit entsprechend vielen Durchschlägen: Fernschriftliche Spitzenmeldung an die Zentrale in Berlin absetzen, Planungsunterlagen für die in den nächsten Tagen durchzuführende Suche nach weiteren Leichenteilen erarbeiten, zusätzliche Kräfte und Technik anfordern.

Zum anderen sind alle Meldungen der letzten beiden Wochen aus Bitterfeld und den benachbarten Kreisgebieten stromaufwärts entlang der Mulde zu überprüfen, in denen Männer im Alter von 35 bis 45 Jahre bei der Volkspolizei als vermisst angezeigt wurden. Zusätzlich erhalten alle Abschnittsbevollmächtigten Ermittlungsaufträge. Sie sollen in ihrem jeweiligen Verantwortungsbereich – wie es im Polizeijargon heißt – operativ prüfen, wo Männer abgängig sind, über die keine Vermisstenanzeigen vorliegen.

Bis in die frühen Abendstunden knüpfen Baberowski und Brecher an einem möglichst weiten und engmaschigen Netz der Ermittlungen. Dann läutet der Chef in Halle ihr wohlverdientes Wochenende ein.

Doch bereits am Sonntag sind sie wieder zur Stelle, denn die erste geballte Polizeiaktion hat begonnen: Uniformierte Suchtrupps durchkämmen weiträumig das buschige Ufergelände der Mulde von der Fundstelle an der Kartonfabrik flussaufwärts. Feuerwehrmänner in Schlauchbooten ziehen an langen Seilen seltsame Metallgestelle mit daran befestigten Haken – die derzeit üblichen sogenannten Leichensuchgeräte – über den Grund des Flusses, bemüht, keine Stelle auszulassen. Polizisten des Schnellkommandos sichern das emsige Treiben.

Mehrere Stunden vergehen. Nicht die geringste Spur. Die Suchkräfte am Ufer resignieren bereits. Plötzlich kommt bei den Männern in den Booten eine zweifelhafte Freude auf: Mehrere verdächtige textile Bündel werden aus der Tiefe des Flusses herausgefischt. Tatsächlich: In ihnen verbergen sich weitere Leichenteile – ausreichende Sonntagsarbeit für Dr. Simoneit. Und gegen Abend haben die Kriminalisten die wichtigsten Teile des Puzzles beisammen: Sorgsam in Textilien verpackt zwei abgetrennte Arme, Ober- und Unterschenkel und die zweite Rumpfhälfte des toten Mannes; mit dem bereits untersuchten Rumpfteil insgesamt acht Teile eines neunfach zerstückelten Leichnams. Nur der Kopf des toten Mannes fehlt. Dennoch: Oberleutnant Baberowski und sein Mitstreiter sind zufrieden. Wenn der Kopf bislang auch nicht gefunden wurde, die in den nächsten Tagen zu erwartenden Daten über die Identifikation können den Ermittlungsprozess jetzt beschleunigen.

Und noch eine weitere sonntägliche Überraschung wartet auf die beiden: Seit Stunden versucht nämlich der für Mühlbeck zuständige ABV, VP-Meister Düring, die Männer der Mordkommission telefonisch zu erreichen, um ihnen eine wichtige Mitteilung zu machen – eine Mitteilung, die dem Verfahren angeblich eine ungeahnte Wendung geben könnte. Den Inhalt erfahren Baberowski und Brecher aber erst am Nachmittag nach ihrer Rückkehr ins VP-Kreisamt. Düring hatte aufgrund des Ermittlungsersuchens der Mordkommission den Sonntagvormittag für Recherchen im Ort genutzt. Er wollte herausfinden, ob irgendwo ein Mann vermisst wird. Der Leichenteilfund in der Mulde war bereits allgemeines Dorfgespräch. Bei den Nachforschungen stieß er auf Nachbarn des Ehepaars Schröder. Unter dem Siegel höchster Verschwiegenheit vertrauten sie ihm an, dass Schröder nicht wie üblich zum Wochenende heimgekehrt sei. Folglich hätten sie ihn seit über einer Woche nicht gesehen. Außerdem hätten die ehelichen Zwistigkeiten in letzter Zeit an Heftigkeit zugenommen. Und: Eine liebende Mutter ist Frau Schröder für ihre Kinder auch nicht. Aber das Merkwürdigste: Sie verbreite im Dorf, ihr Mann hätte sie verlassen und befände sich in Polen auf Montage. Baberowski bedankt sich für die Information, die ihn keineswegs in euphorische Aufklärungsstimmung versetzt. Zu viele sachdienliche Hinweise haben sich inzwischen angesammelt. Auch sie müssen abgearbeitet werden. Routiniert und emotionslos notiert er die sogenannten kleinen Personalien des Ehepaars Schröder: Name, Geburtsdatum, Anschrift, Arbeitsstelle. Das reicht für unauffällige Ermittlungen.

Zwei Tage später erhält Baberowski die Antwort auf eine Nachfrage bei der Betriebsleitung eines niederlausitzer Braunkohlentagebaus, in dem Helmut Schröder einer Instandhaltungsbrigade für den riesigen Schaufelradbagger angehört: Kollege Schröder ist seit dem 19. März 1962 der Arbeit ferngeblieben. Die Betriebsleitung erreichte an diesem Tage ein Telegramm mit folgendem Wortlaut: »Ab 20.03. Urlaub. Meine Frau krank. Geld nach Heimatadresse. Helmut Schröder«. Da eine Lohnzahlung auf diesem Wege unüblich ist, »wurde von einer Überweisung an die Adresse des Koll. Schröder Abstand genommen …« Die Männer der Mordkommission scheinen den richtigen Faden in der Hand zu halten. Und als Brecher nach einem Telefonat mit dem ABV Düring seinem Chef mitteilen kann, Frau Schröder aus Mühlbeck erfreue sich bester Gesundheit, sei putzmunter und keineswegs krank, ist dies ein ernster Anlass für konzentrierte Ermittlungen gegen Annegret. Schnell zieht sich die unsichtbare Schlinge zu, die Baberowski sicher in der Hand hält: Die Überprüfung bei der Telegrammaufnahme der Post fördert zutage, dass das handschriftliche Telegrammformular Frau Schröder höchstpersönlich ausgestellt hat. Einige der den Leichenteilen beigegebenen Textilien werden heimlich den Nachbarn vorgelegt, die sie als Bekleidungsstücke Helmut Schröders wiedererkennen. Auf diese Weise verdichtet sich innerhalb weniger Tage der Verdacht gegen Annegret. Doch noch ist sie ahnungslos, bemerkt nicht den kriminalistischen Eifer hinter ihrem Rücken. So trifft sie das Schicksal wie ein Blitz aus heiterem Himmel, als sie sich in den frühen Morgenstunden des 27. März 1962 auf den Weg zum HO-Warenhaus begeben will und fremde Männer mit ernsten Gesichtern und messingfarbenen Kriminalmarken an sie herantreten, um sie wegen dringenden Verdachts der Tötung ihres Ehemanns festzunehmen. Eine Dame der Fürsorge ist auch dabei. Sie nimmt Annegrets Kinder in staatliche Obhut. Eine Stunde später, im stillen, kargen Vernehmungszimmer des VP-Kreisamtes sitzt Annegret Schröder Oberleutnant Baberowski gegenüber. Für ihn ist die schlanke, zierliche Frau mit der eigenartig sinnlichen Ausstrahlung ein harter Brocken. Denn sie streitet energisch ab, mit dem Tod ihres Mannes irgendetwas zu tun zu haben. Affektive Wutanfälle über die Willkür ihrer Festnahme, Flüche über die Verderbtheit ihres Angetrauten, Vorwürfe gegen die Polizei, sich nicht um den wahren Täter zu bemühen und immer wiederkehrende, vehement vorgebrachte Beteuerungen ihrer Unschuld lösen sich ab mit phantasievollen, aber hilflosen Versuchen, das Wegbleiben ihres Mann zum Wochenende zu begründen und die Schuld anderen zuzuweisen. Eine Zeitlang lässt Baberowski sie gewähren, denn er will die ersten Ergebnisse der Hausdurchsuchung und Spurensuche abwarten, die Brecher und zwei Kriminaltechniker zeitgleich mit dem Verhör vornehmen. Nun aber deckt er den ersten Skat auf und konfrontiert Annegret Schröder mit dem Telegrammformular. Immer noch zeigt sie standhaftes Verteidigungsverhalten: Prompt reagiert sie mit dem Argument, sie hätte den Lohn ihres abtrünnigen Gatten deshalb kassieren wollen, um sich auf diese Weise an ihm zu rächen. Als in den späten Abendstunden die Spurensucher aus Mühlbeck mit reicher Beute zurückkehren und Baberowski Annegret davon in Kenntnis setzt, dass ein Haftbefehl beantragt und sie noch im Verlaufe der Nacht einem Haftrichter vorgeführt werde, entschärft sich die angespannte Vernehmungssituation. Sich der Unabwendbarkeit ihres weiteren Schicksals bewusst, sackt Annegret psychisch kraftlos in sich zusammen. Ihr bisheriges selbstbewusstes Aufbegehren weicht einer sichtbaren Niedergeschlagenheit. Nervös knabbert sie an ihren Fingernägeln und starrt mit kaltem Lächeln vor sich auf den Fußboden. So bleibt sie eine Weile wortlos sitzen. Baberowski erkennt ihre innere Labilisierung. Obwohl er weiß, dass die Gutachten über die Spurenfunde erst in nächster Zeit zur Verfügung stehen, legt er ihr ein Foto vor. Es zeigt die Kellertreppe ihres Hauses. Mit der Zuversicht des Überlegenen konfrontiert er sie mit einem wichtigen Befund: »Sehen Sie die Flecken auf den Stufen? Blutstropfen sind es. Ich wette, die sind von Ihrem Mann!«

Da bricht es unüberlegt aus ihr heraus: »Aber ich habe doch die Treppe aufgewischt!« Sogleich erkennt Annegret, dass sie dies nicht hätte sagen dürfen.

Baberowski ist zufrieden, lehnt sich zurück und meint:

»Wir haben die ganze Nacht Zeit, und in meinen Ohren ist viel Platz für Ihre Geschichte. Also, ich höre. Aber bleiben Sie bei der Wahrheit!«

Annegret Schröder wehrt sich einen Augenblick lang gegen den unerklärlichen Drang, über das reden zu müssen, was sie bisher tunlichst unterdrückt hat. Vergeblich. Nach mehr als zwölfstündiger Vernehmung unterliegt sie schließlich ihrem Gewissen und bekennt, ihren verhassten Mann getötet, seine Leiche zerstückelt und mit Hilfe eines ahnungslosen »Bekannten« in der Mulde versenkt zu haben.

Blick auf die ehemalige Landstraße, die über die Muldebrücke nach Bitterfeld führte. Durch die Ausweitung des Tagebaus in den 70er Jahren wurde die Brücke abgerissen und die Straße unterbrochen.

Doch am Ende dieser langen Vernehmungsnacht ist noch vieles unklar, bruchstückhaft und widerspruchsvoll. Es bedarf weiterer Überprüfung, aber Baberowski ist zuversichtlich. Noch liegen die Gutachten über die Spuren nicht vor, noch stehen weitere lange Vernehmungen bevor. Immerhin, der erste Schritt zur Wahrheit ist gemacht.

Mehrere Monate dauern die weiteren Untersuchungen. Die Gutachten über die Leichenteile, die als Verpackung dienenden Textilien, die Blutspuren auf dem Stubenfußboden, der Kellertreppe und in einem der Kellerräume liegen längst vor. Doch weitere Suchaktionen, den Kopf des getöteten Helmut Schröder zu bergen, verlaufen ergebnislos. Auch das Beil und der Fuchsschwanz, mit denen Annegret die Zerlegung des Leichnams bewerkstelligte, werden nicht gefunden. Eine aufwendige Rekonstruktion des Tötungsvorgangs und der anschließenden Zerstückelung wird durchgeführt. Baberowski will ausschließen, dass Klaus Mager, der beteuert, ahnungslos bei der Beseitigung mitgewirkt zu haben, nichts mit der Zerstückelung zu tun hatte. Annegret Schröder verhält sich dabei kooperativ und gibt bereitwillig Auskunft. Immer wieder muss sie lange, zermürbende Vernehmungen erdulden.

Als Baberowski kurz vor Abschluss der Ermittlungen steht, überrascht die Mörderin ihn mit einem weiteren Geständnis: Sie hätte vor mehr als vier Jahren ihre Schwiegermutter Emilie Schröder zunächst mit einem Schlafmittel, dann mit Rattengift töten wollen. Weil der Tötungsvorgang aber zu lange dauerte, habe sie die alte Frau kurzerhand erdrosselt. Später klärte sie ihren Ehemann über die wahre Todesursache seiner Mutter auf. Der hätte aber wegen des Erbes ihren Tod nicht bedauert und jahrelang geschwiegen. Dann aber, als sie eine Trennung von ihm forderte, wollte er sie bei der VP anzeigen. Deshalb habe auch er sterben müssen.

Der Oberleutnant ist keineswegs glücklich über dieses späte Bekenntnis. Wie lässt sich beweisen, dass Annegret die Wahrheit sagt? Immerhin ist die Sache damals polizeilich untersucht und als Suizid abgeschlossen worden. Wieder folgen lange Vernehmungen und Ermittlungen. Wieder vergehen Wochen. Dann jedoch liegen unerschütterliche Beweise vor: Die Todesermittlungssache Emilie Schröder wurde damals sehr schluderhaft untersucht. Bei der Rezeptrücklaufstelle der Sozialversicherung wird das Rezept aufgestöbert, mit dem Annegret sich die Verschreibung des Schlafmittels »Kalypnon« vom Hausarzt erschwindelte. Mit vagen kriminalistischen Hoffnungen geht man nun daran, die Leiche Emilie Schröders zu exhumieren. Der Erfolg ist verblüffend: Ein zerbrochenes Zungenbein und der Nachweis von Thalliumsulfat, der Wirkstoff des Rattengifts »Celiopaste«, sprechen für Mord und damit für den Wahrheitsgehalt des späten Eingeständnisses. Jetzt wird auch klar, dass die Tötung des Ehemanns nicht allein Ergebnisplumper Hassgefühle, sondern klarer Verdeckungsabsichten war.

Oberleutnant Baberowski fällt es danach nicht leicht, den Schlussbericht für den Staatsanwalt zu formulieren: Unzählige Fakten müssen geordnet, in zeitliche Zusammenhänge gebracht und mit den Beweismitteln in Übereinstimmung gebracht werden. Er brütet lange über den fünf dicken Aktenbänden, muss darüber nachdenken, wie der umfangreiche Sachverhalt in der gebotenen Kürze eines Schlussberichts zu Papier zu bringen ist.

Annegret hatte alles andere als eine traumhafte Kindheit. Unehelich, ungeliebt und von den schrecklichen Bombennächten traumatisiert, erlebte sie beizeiten, wie die Mutter nach kurzer Ehe ihre Liebhaber schneller wechselte als ihre Unterwäsche. Mütterliche Wärme erfuhr Annegret nicht. Ihre schulischen Leistungen blieben weit unter dem Durchschnitt, deshalb erreichte sie nur das Klassenziel der 7. Klasse. Dann hieß es Geld verdienen. Eine Zeitlang schlug sie sich mit Gelegenheitsarbeiten durchs Leben, bis sie mit 16 Jahren sich endgültig von der Mutter löste.

Den nächsten Geburtstag musste sie hinter Gittern verbringen: Diebstahl ist ein Vergehen gegen § 242 StGB und wird mit Gefängnis bestraft. Der Knast deformierte ihre labile Persönlichkeit zusätzlich. Nach ihrer Entlassung arbeitete sie als Reinigungskraft und Küchenhilfe, ansonsten wandelte sie auf den unmoralischen Pfaden ihrer Mutter. Mit 22 Jahren bekam sie ihr erstes Kind, unehelich. Der Vater machte sich aus dem Staub. Annegret stahl abermals, musste wieder in den Knast. Ihr Kind kam derweil ins Heim. Einige Jahre pendelte sie zwischen Freiheit und Haft. Als sie 25 Jahre alt war, wies ihr Strafregister fünf Vorstrafen wegen Rückfalldiebstahls auf.

Annegret wollte ihr Leben ändern. Jedoch, es fehlte ihr jeglicher moralischer Halt, aber auch die Fähigkeit, die gewöhnlichen Lebensanforderungen zu meistern. Die Vorsätze waren schnell vergessen. Kritiklos schloss sie Bekanntschaften mit

Männern, suchte Geborgenheit und Zuwendung. Aber konnte sie keine soziale Bindungsfähigkeit entwickeln. Ihr Leben wurde lediglich von sexuellen Impulsen geleitet. Wieder war sie in anderen Umständen. Sie heiratete den Schwängerer. Der zeigte sich nobel und gestattete, ihr erstes Kind mit in die Ehe zu bringen. Doch die familiären Belastungen durch die Kinder überforderten sie. Chaos, Zwist und chronischer Geldmangel prägten das Eheleben. Annegret flüchtete in das Bett eines anderen Mannes. Das verzieh der Gatte nicht und ließ sich kurzerhand scheiden.

Der neue Liebhaber war acht Jahre älter als sie, arbeitete als Montageschlosser in einem Tagebau – Helmut Schröder. Erneut wurde sie schwanger, Helmut Schröder war der Vater, den sie bald darauf heiratete. Doch das Kind verstarb bei der Geburt. Zurück blieben die Eheleute Schröder, in gegenseitiger Hassliebe miteinander verkettet. Der eine Pol ihres ambivalenten Verhältnisses wurde durch die, zumindest anfängliche, sexuelle Übereinstimmung gebildet. Der andere Pol bestand aus immer heftiger werdenden Zerwürfnissen, die meist von Annegret ausgingen. Mitunter wurde sie vom Jähzorn derart übermannt, dass sie ihren Gatten trotz seiner körperlichen Überlegenheit schlug. Der starke Mann mit der schwachen Psyche kuschte vor ihren Attacken. Und wenn Annegret in blinder Wut die Untertassen fliegen ließ, versteckte er sich in der Speisekammer, bis sie sich beruhigt hatte.

Wochentags, wenn Helmut auf Montage war, widmete sie sich am liebsten ihren Liebschaften. Die Kinder rückten dann in den Hintergrund. Überhaupt: Deren über Essen, Trinken und Schlafen hinausgehende Bedürfnisse waren für Annegret kein Thema, über das sie ernsthaft nachgedacht hätte.

So verging die Zeit. Bis zum 2. Juni 1958. Es war jener denkwürdige Tag, an dem Annegret auf Drängen des Gatten die pflegebedürftige, gehunfähige Schwiegermutter im Haus aufnahm, und der eine unheilvolle Entwicklung einleitete. Von nun an war nicht nur das alte Sofa in der Wohnstube ständig okkupiert, sondern die Pflege der alten Frau war eine neue, ungeheure Belastung für Annegret. Betten, waschen, Wäsche wechseln, kämmen – das war nichts für sie. Ihr Widerwille erreichte jedes Mal einen Höhepunkt, wenn sie die Bettpfanne der Schwiegermutter leeren musste. Die ganze Situation fand sie schließlich so ekelerregend und unerträglich, dass sie sich zu einer schnellen und grausamen Lösung entschloss: Sie erschwindelte vom Hausarzt ein Rezept für ein starkes Schlafmittel. In der Apotheke erhielt sie dafür 20 Tabletten »Kalypnon«. In einer anderen Apotheke erwarb sie eine Flasche »Mixtura sedativa«, ein flüssiges, rezeptfreies Medikament gegen Einschlafstörungen. Und schließlich besorgte sie sich in einem Geschäft für Gartenbedarf das Rattengift »Celiopaste«.

Am Mittag des 15. Juni 1958 kochte Annegret für die Schwiegermutter eine süße Mehlsuppe, der sie ein Teil dieser höchst unbekömmlichen Zutaten beimischte. Die alte Frau löffelte mit Appetit einen randvollen Teller davon leer.

»Schmeckt gut, nur ein bisschen zu süß«, ist ihr Kommentar.

Dann schlief sie ein. Annegret rechnete damit, dass die Schwiegermutter die nächsten Stunden nicht überleben würde, und entgegen ihrem sonstigen Verhalten, brachte sie ihre Kinder zum Schulturnen und wartete auf sie bis zu dessen Beendigung. Erst um 18.00 Uhr betrat sie die Wohnstube wieder: Die alte Frau lag ruhig in den Kissen, bemerkte aber, dass Annegret an ihr Bett getreten war und flüsterte müde: »Ich habe Durst!« Annegret war wütend, dass der tödliche Cocktail nicht die erwartete Wirkung zeigte. Nun reichte sie der Schwiegermutter ein Glas Himbeersaft, in das sie heimlich weiteres Rattengift eingerührt hatte. Vor den Augen der Bettlägerigen gab sie den Rest der Schlaftabletten dazu: »Damit du besser schlafen kannst!« Gierig schluckte die alte Frau den bittersüßen Trunk.

Dann wollte sie schlafen, und Annegret verließ den Raum.

Knapp zwei Stunden später. Jetzt müsste die Alte eigentlich hin sein, war Annegrets eiskalte Überlegung. Sie sah nach ihrer Schwiegermutter, jedoch ein stöhnender, tiefer Atem zeigt an, dass noch Leben in ihr war. Von der Giftwirkung enttäuscht entschloss sich Annegret zu einem rabiateren Mittel. Aus mehreren Kordelenden knotete sie eine geeignete Schlinge, legte sie um den Hals der Gepeinigten und zog zu. Erst als sie kein Lebenszeichen mehr vernahm, löste sie den Strang und ging hinaus.

Eine Stunde lang überlegte sie, wie sie ihre Untat am besten verschleiern könnte. Unbehagen bereitete ihr nur die Vorstellung, möglicherweise am Hals der Schwiegermutter sichtbar Drosselspuren verursacht zu haben. Sie überprüfte das, konnte aber nichts Auffälliges feststellen. Um ganz sicher zu gehen, spülte Annegret die Mundhöhle der Getöteten aus, wischte mit einem Lappen nach, um mögliche Giftreste zu beseitigen, verbrannte Drosselwerkzeug und Lappen im Küchenherd, wusch sorgfältig das Gesicht der Toten und bettete deren Oberkörper mittels eines zusätzlichen Kissens so hoch, dass der Kopf sich auf die Halsvorderseite neigte. Nach dieser makabren Prozedur ging sie ins Bett und schlief erschöpft, aber ohne jeden Skrupel ein.

Am nächsten Morgen verständigte Annegret mit gespielter Betroffenheit den ärztlichen Notdienst. Eine gewisse innere Spannung ergriff sie, als der Doktor nach der Leichenschau Bedenken an der Natürlichkeit des Todesfalls äußerte und eine Anzeige bei der VP ankündigte. Und mit mulmigen Gefühlen erwartete sie die Kriminalpolizei. Doch alles ging glatt: Der junge Kriminalist ließ sich täuschen, hegte keinen Zweifel am angeblichen Suizid der kranken, alten Frau.

Annegrets stumpfe, eigennützige Selbstsicherheit kehrte endgültig zurück, als die Verstorbene wenige Tage später höchst offiziell bestattet wurde.

Der englische Chemiker Crookes entdeckte im Jahre 1861 bei spektralanalytischen Untersuchungen von Bleikammerschlamm ein Metall, das eine grüne Spektrallinie bildete und nannte es Thallium (griech. Blattgrün). Seine giftige Wirkung ist seit der Jahrhundertwende bekannt. Bis in die 70er Jahre wurden Thalliumverbindungen vor allem für Mäuse- und Rattenvertilgungsmittel gewerblich genutzt, ehe sie durch die heute noch gebräuchlichen Cumarinpräparate abgelöst wurden, die für Mensch und Haustiere weitaus weniger gefährlich sind. Bis dahin sind Thalliumpräparate relativ häufig auch als Mordgifte eingesetzt worden, zumal ihr verhältnismäßig unauffälliger Geschmack durch stark gesüßte oder aromatisierte Getränke leicht zu kaschieren ist. Sie führen bei einer Gabe von etwa einem Gramm Thallium zu einem schweren, undifferenzierten Krankheitsbild, das innerhalb von wenigen Wochen in Form eines unaufhaltsamen Siechtums zum Tode führt. Der spurenkundliche Nachweis des Thalliums an der Leiche ist – wie der anderer giftiger Metallverbindungen auch – ziemlich unkompliziert und auch noch nach langer Liegezeit möglich, vorausgesetzt, kriminalistischer Spürsinn verfolgt einen derartigen Verdacht.

Annegret Schröder ging von der irrigen Annahme aus, dass die Beibringung des Rattengiftes »Celiopaste« den sofortigen Tod der Schwiegermutter herbeiführen würde. Sie kannte zwar allgemein die tödliche Wirkung dieses Präparats, nicht aber den genauen vergiftungsbedingten klinischen Verlauf.

Nach dem Tod der Schwiegermutter zog Annegret mit ihrer Familie in die größere Mietwohnung nach Mühlbeck. Diese Veränderung lenkte ab. Sie dämpfte den Drang nach außerehelicher Abwechslung. Auch die Attacken gegen den Gatten wurden seltener und erübrigten in gleichem Maße dessen Aufenthalte in der Speisekammer. So beruhigte sich das Klima zwischen den Eheleuten. Wenigstens zeitweise. Annegret genoss den neuen Besitz, auch Helmut war zufrieden. Monate vergingen. Eine weitere Katastrophe nahm ihren Lauf: Als sich die Eheleute eines Abends in wohligem Empfinden darüber austauschten, wie schön der Besitz des Hauses in Jessnitz ist, dessen Mieteinnahmen die Haushaltskasse so entlaste, dass sie sich sogar einen gebrauchten »Wartburg« leisten konnten, verfing sich Annegret in der Schlinge ihres Geltungsdranges. Unbesonnen verriet sie die näheren Umstände des schnellen Todes der Schwiegermutter, ohne den sie ihren Lebensstandard nicht so schnell erreicht hätten. Kaum ausgesprochen, bereute sie einen Augenblick lang ihr Geständnis. Doch Helmuts Reaktion stimmte sie auf der Stelle zufrieden, als er lediglich bemerkte: »Lassen wir das Thema, es ist nicht schade um sie!«

So verging die Zeit bis zum Frühjahr 1962. Längst hatte sich Annegret an die Wohnung in Mühlbeck und die freundlichen Vermieter gewöhnt. Und längst war das eheliche Kriegsbeil wieder ausgegraben. Die Zwistigkeiten bestimmten in alter, gewohnter handgreiflicher Form das eheliche Wochenendleben. Für Helmut wurde die Speisekammer wieder zum Ort der Zuflucht vor den Attacken der tobenden Ehefrau. Während seiner Abwesenheit frönte diese ungehemmt ihren außerehelichen Leidenschaften. Natürlich war er längst misstrauisch, doch er war zu schwach, sich ernsthaft zu wehren. Als Annegret anlässlich einer erneuten Auseinandersetzung plötzlich äußerte, sich scheiden zu lassen, drohte er überraschend mit der Offenbarung ihrer Schandtat, falls sie die Absicht verwirkliche. Sein kurzes Aufbegehren kam einem Todesurteil gleich. Denn von nun an ging Annegret die Liquidierung des zuviel wissenden Gatten nicht mehr aus dem Kopf. Ihre anfangs diffusen Überlegungen, wie sie ihn am besten töten und am schnellsten seinen Leichnam beseitigen könne, nahmen mit der Zeit immer schärfere Konturen an. Dann stand es fest: Am Freitag, dem 16. März, wenn Helmut heimgekehrt sein würde, musste er sterben. Auf keinen Fall wollte sich Annegret das am darauffolgenden Abend stattfindende Betriebsfest vermiesen lassen. Deshalb musste bis dahin alles erledigt sein. Bereits Tage vor der geplanten Hinrichtung verbreitete Annegret in der Nachbarschaft und im HO-Warenhaus, sich scheiden zu lassen. Angeblich habe man sich nach friedlicher Übereinkunft zu diesem Schritt entschlossen. Helmut verzichte sogar zugunsten der Kinder auf sein Haus, weil er für die nächsten Jahre auf Auslandsmontage gehe. Die meisten Leute verstanden das; sie verwunderte nur, dass diese seltsame Ehe, in der eine Auseinandersetzung die andere ablöste, nicht schon längst gescheitert war.

Wieder erschwindelte Annegret von einem Arzt das Rezept für ein Schlafmittel. Diesmal war es »Dormalon«, ein flüssiges Sedativum und Hypnotikum, das leichter als schwerlösliche Tabletten einem Getränk beigemischt werden kann. Und wieder verschaffte sie sich die berüchtigte »Celiopaste«, natürlich gegen die Ratten im Haus, wie sie dem Drogisten vorgaukelte.

Als Annegret am Freitag, dem 16. März 1962, gegen Abend von der Arbeit kam, war Helmut bereits da. Jetzt hieß es, ihn in Arglosigkeit zu wiegen. Ruhig, kalt und überlegt verfolgte sie ihr mörderisches Ziel. Sie gab sich betont wohlgelaunt. Helmut deutete ihr Verhalten als baldige Gelegenheit für Intimitäten. Sie ließ ihn in dem Glauben. Nach 20.00 Uhr, die Kinder lagen längst in ihren Betten, füllte Annegret die alte Zinkbadewanne in der Küche mit warmem Wasser, entkleidete sich vor den Augen des Gatten, stieg ins Bad und bat ihn zu sich. Helmut nutzte diese Chance für eine bekleidungsfreie Annäherung und folgte ihr. Doch Annegret hielt ihn mit falscher Freundlichkeit auf Distanz, versprach das Vergnügen zu späterer Zeit. Kurz darauf saß das fast unbekleidete Ehepaar am Tisch in der warmen Wohnstube und trank Wein. Annegret hatte sich dabei so auffällig platziert, dass Helmuts Blick unentwegt zwischen ihren Schenkeln klebte. Auf diese Weise war er abgelenkt, wie Annegret es beabsichtigte. Den mit dem Schlafmittel vergällten Wein goss er hastig in sich hinein. Und als er den Raum für kurze Zeit verließ, um die Toilette aufzusuchen, mischte Annegret den Rest des Schlafmittels in die Weinflasche, die er nach seiner Rückkehr in einem Zug leerte.

Schon bald zeigten die K.o.-Tropfen ihre Wirkung: Schläfrig und nackt legte sich Helmut auf das alte Sofa und forderte Annegret auf: »Komm zu mir!«

Sie tat es und duldete seine tätschelnden Hände an ihrem Körper. Doch zusehends wurden seine Bewegungen langsamer. Sie konnte sehen, wie die Erregung nachließ. Noch eine Weile blieb sie bei ihm liegen, bis gleichmäßige Atemzüge verrieten, dass er tief schlief.

Auf leisen Sohlen verließ Annegret die Stube. Draußen bereitete sie einen Cocktail aus Rattengift und Fruchtsaft, füllte ihn in ein Kaffeekännchen und trat an den Schlafenden heran. Vorsichtig goss sie den Trank in dessen halbgeöffneten Mund. Reflektorisch nahm er einige kleine Schlucke, den Rest spuckte er aus. Aber er schlief. Annegret überfiel eine maßlose Wut, ihre Aktion könnte scheitern. Sie eilte in den Keller, riss das Beil aus dem Hackklotz und kam zurück. Sie trat an den schlafenden Gatten heran. Ohne zu zögern versetzte sie ihm mit der stumpfen Seite des Beiles einen heftigen Schlag gegen den Schädel.

Helmut Schröder richtete sich kurz auf, fiel vom Sofa und blieb bäuchlings auf dem Fußboden liegen. Noch ehe er zu sich kam, schlug die Mörderin abermals zu. Sie hörte erst damit auf, als er sein Leben ausgehaucht hatte.

Eine lange Stunde überlegte sie, was nun zu tun sei. Dann wusste sie es: Mit kaum vorstellbarer Kaltherzigkeit stürzte Annegret den nackten Leichnam kopfüber die Treppe hinunter in den Keller. Sie verschloss die Tür. Bis zur Morgendämmerung war sie damit beschäftigt, die Blutspuren zu beseitigen. Immer und immer wieder schrubbte sie den Fußboden der Wohnstube, des Flures und die Stufen der Kellertreppe. Viele Eimer Wasser musste sie tragen, bis sie mit dem Ergebnis der Reinigung zufrieden war. Dann blieben ihr nur noch wenige Stunden Ruhe.

Am nächsten Tag verwunderte sie die Kollegen im HO-Warenhaus durch ihre ungewöhnliche Heiterkeit und Aufgeschlossenheit. Jedermann glaubte, sie freue sich auf das abendliche Betriebsvergnügen. Und den Rest der Nacht gab sie sich auf dem alten Sofa in der Wohnstube unbekümmert dem Liebesvergnügen mit dem Kollegen Klaus Mager hin, den sie kurz zuvor erobert hatte. Derweil lag der Leichnam ihres Mannes mit zerschmettertem Schädel im Keller.

Am Montag, dem 19. März 1962, hatte sie Haushaltstag. Alles war wohl organisiert. Die Kinder schickte sie beizeiten in der Schule, niemand störte mehr. Mit Beil und Fuchsschwanz zerlegte Annegret im Keller den toten Ehemann in neun Teile, verpackte diese in unauffällige Bündel, die sie bereitstellte. Dann reinigte sie den Keller, bis sie glaubte, alle Spuren beseitigt zu haben. Die Werkzeuge ließ sie in einer fremden Mülltonne in Bitterfeld verschwinden. Nun hatte sie nur noch vor, den am Abend erwarteten Geliebten zu bitten, ihr bei der Entsorgung des vermeintlichen Unrats behilflich zu sein. Und so geschah es.

Oberleutnant Baberowski bastelt lange an dem umfangreichen Schlussbericht. Doch noch ehe er in den wohlverdienten Sommerurlaub geht, kann er die Akte dem Staatsanwalt zur Anklage übergeben. Inzwischen ist Annegret Schröder psychiatrisch-neurologisch begutachtet worden. Sie wird als lügnerisch, gefühlsroh, haltlos, geltungsbedürftig, verschlagen, zänkisch und sexuell triebhaft charakterisiert, unfähig, echte soziale Bindungen einzugehen. Insgesamt sei sie eine psychopathische Persönlichkeit. Jedoch: Das Tatgeschehen, ihr Verhalten vor und nach den Morden, ihre Aussagen vor der Kriminalpolizei seien weder abnorm noch krankheitswertig. Deshalb bescheinigen ihr die Experten eine volle strafrechtliche Verantwortlichkeit. Anfang Dezember 1962 findet vor dem 2. Strafsenat des Bezirksgerichts Halle die mehrtägige Verhandlung gegen Annegret Schröder wegen zweifachen Mordes gemäß § 211 StGB statt.

»Der Mörder wird mit dem Tode bestraft«, heißt es in diesem Paragraphen. Und in § 13 StGB ist definiert, wie dies zu geschehen hat: »Die Todesstrafe ist durch Enthauptung zu vollstrecken.« Annegret Schröder weiß, was auf sie zukommt.

Doch die junge Mutter, die einen zusätzlichen Mord eingestand, von dem niemand wusste, findet milde Richter. Vielleicht wollen sie nicht verantworten, die Aphrodite mit dem Pferdeschwanz und dem eiskalten Herzen dem Henker auszuliefern. Deshalb lautet ihr Urteil »Lebenslänglich«. Das SED-Bezirksorgan »Freiheit« beschränkt sich auf eine knappe Mitteilung über den Prozess gegen Annegret Schröder. Nur das Wochenblättchen »Bitterfelder Kreiszeitung« veröffentlicht einen mehrteiligen, für DDR-Verhältnisse ungewöhnlich ausführlichen Bericht – dies freilich nicht ohne die üblichen politisch-ideologischen Floskeln.

Brennpunkt »Sturzhelm«

(Aktenzeichen B I 13 / 67 Bezirksstaatsanwalt Karl-Marx-Stadt)

Karl-Marx-Stadt, Bezirksmetropole mit 300 000 Einwohnern, hat eine wechselvolle Geschichte. Gelegen in der Talmulde am Nordrand des Erzgebirges, durchquert von dem Flüsschen Chemnitz, das der Stadt ihren ursprünglichen Namen gab, ist die alte, ewig rußende Industriestadt so etwas wie das sächsische Manchester.

Die Wunden des Zweiten Weltkrieges sind beträchtlich: 80 Prozent der Stadtsubstanz, darunter viele historische Bauten wurden Opfer der angloamerikanischen Bomben. Bemerkenswerterweise ändert einen Monat vor dem legendären Aufstand der DDR-Arbeiterschaft die Partei- und Staatsführung am 10.05.1953 den Namen der Stadt Chemnitz kurzerhand in Karl-Marx-Stadt. Anlass dafür ist der 70. Todestag des Philosophen und Politökonomen Karl Marx. Doch der hatte mit dieser Stadt ebenso wenig zu tun wie Goethe mit dem Eiffelturm. Der eigentliche Grund aber ist, dass Chemnitz einstmals das sächsische Zentrum der kommunistischen Spartakusbewegung um Fritz Heckert war – ein Sohn dieser Stadt und in der Novemberrevolution 1918/19 einer der Vorsitzenden des Chemnitzer Arbeiter- und Soldatenrates. So hätte es zwar näher gelegen, den Namen in Fritz-Heckert-Stadt umzubenennen, doch ist dieser KPD-Funktionär, der 1936 im Moskauer Exil verstarb, eine zu unbekannte Größe. Den Namen Marx jedoch kennt inzwischen jedes Kind. Die Bürger nehmen die Namensänderung mit sächsischer Gelassenheit hin, sie plagen andere Sorgen. Indes macht der ironische Volksmund aus dem Flüsschen Chemnitz das Flüsschen Marxe.

Von nun an erhält die Stadt ein neues Industrieprofil: Maschinenbau, Elektrogeräteproduktion und Textilherstellung expandieren, eine eigene Hochschule für Maschinenbau wird gegründet. Der Wiederaufbau der Stadt wird angekurbelt. Große Wohngebiete an der Peripherie und eine Reihe gemeinnütziger Bauten im Zentrum entstehen. Dennoch können nicht alle kriegsbedingten Lücken baulich geschlossen werden. Einige von ihnen übernehmen die Funktion von Grünanlagen, andere bleiben Freiflächen, sehr zum Gefallen der City-Besucher, die dort auch heute noch ausreichende Parkmöglichkeiten finden.

Anfangs der 60er Jahre erregt ein unbekannter Sittenstrolch die betulichen, bürgerlichen Gemüter von Karl-Marx-Stadt: In größeren, unregelmäßigen Abständen und zu unterschiedlichen Uhrzeiten tritt im Stadtgebiet ein Mann plötzlich aus dem Hinterhalt vor Frauen, die ohne Begleitung sind, öffnet den Hosenschlitz und präsentiert den Erschrockenen seine erregte Männlichkeit. Folgerichtig häufen sich die Anzeigen bei der VP. Die Frauen können den Unbekannten zwar nur vage beschreiben, doch über eine Auffälligkeit berichten sie alle: Der Täter trägt einen einfachen, weißen Sturzhelm. Sein Gesicht ist kaum, die Haare sind gar nicht erkennbar. Dient die Maskerade der Tarnung? Ist er Motorrad- oder Mopedfahrer? Anfangs nimmt die Polizei die Sache nicht ernst und hält den Mann für einen harmlosen Exhibitionisten. Deshalb wird nur halbherzig ermittelt. Doch mit der Zeit weitet der Unbekannte mit dem Sturzhelm seinen Modus operandi aus: Er macht sich auch an Kinder heran, entblößt sich vor ihnen. Deren Aufmerksamkeit lenkt er durch einen vorgetäuschten Defekt an seinem Moped auf sich. Die Kinder können zum Alter des Mannes, zu seiner Größe und Figur nur ungenaue Angaben machen, dafür aber das Gefährt gut beschreiben. Nun weiß die

Polizei: Der Täter fährt eine »Schwalbe«, ein Kleinroller aus den Suhler Simson-Werken. Sie weiß aber auch, dass allein in Karl-Marx-Stadt mehrere hundert dieses, vom Volksmund als knatternder »Hühnerschreck« bezeichneten Gefährts im Verkehr sind. Und wenn er aus dem Kreisgebiet stammt ...? Das bedeutet massenhafte Routineüberprüfungen. Doch sie verlaufen ergebnislos.

Die Zeit vergeht. Das öffentliche Unbehagen wächst. Der Unbekannte mit dem Sturzhelm tritt nämlich immer häufiger auf, konzentriert sein perverses Tun offensichtlich nur noch auf Kinder. Auch seine anfängliche Zurückhaltung hat er längst abgelegt. Jetzt wird er gefährlich, bedroht nun seine kindlichen Opfer mit einem Messer und zwingt sie zu oralen Sexualpraktiken. Also kein harmloser Exhibitionist, wie bisher angenommen.

Die Karl-Marx-Städter Kriminalpolizei reagiert prompt: Ihr Leiter erlässt einen sogenannten Brennpunktbefehl. Das heißt: Eine Einsatzgruppe »Sturzhelm« wird gebildet, ausgestattet mit weitreichenden Befugnissen. Deren Leiter ist Unterleutnant Lohmeyer, ein schlanker, sommersprossiger Rotkopf von 27 Jahren und voller Ehrgeiz.

Monatelang fahnden er und seine Männer nach dem Phantom: Lockvögel der Polizei streifen durch die Grünanlagen, die Mopedfahrer werden erneut überprüft. Alle vorbestraften Sexualtäter gelangen ins Fadenkreuz kriminalistischer Ermittlungen. Hunderte von brauchbaren, Hoffnung weckenden, aber auch weniger brauchbaren Zeugen werden vernommen. Die Akten wachsen an. Dann endlich: Lohmeyer kann das Phantom nach sechs Jahren vergeblicher Jagd fassen: Günter Wiese (45), ist ein verheirateter, bisher unbescholtener, unscheinbarer, mittelgroßer Typ voller Hemmungen, aber mit Parteiabzeichen, der im Reichsbahnbetriebswerk als Heizer seinem Broterwerb nachgeht. Fast 90 strafbare Sexualhandlungen, überwiegend an Kindern, werden ihm inzwischen zur Last gelegt. Nach Monaten zäher Ermittlungsarbeit kann Lohmeyer ihm schließlich 91 Unzuchtshandlungen nachweisen, die dieser auch alle gesteht. Seit Herbst 1966 sitzt Günter Wiese nun in Untersuchungshaft und wartet auf den Abschluss seines Verfahrens.

Längst wäre der Fall auch zur Anklage gekommen, wenn nicht der Zufall, aber auch kriminalistische Spitzfindigkeit einen Umstand zutage gefördert hätte, der dem Verfahren eine jähe Wendung gibt.

Irgendwann im Frühjahr 1967 in der BdVP. Es ist Tischzeit. Im Speisesaal ist Hochbetrieb. Lohmeyer, inzwischen zum Leutnant befördert, balanciert die Terrine mit der Bohnensuppe durch das Menschengewühl und sucht einen freien Platz. Oberleutnant Rudi Korges, langjähriger Chef der Mordkommission, ein pfiffiger, untersetzter, ernsthafter Mann, aber nicht ohne Mutterwitz, winkt ihn von seinem Tisch aus heran: Hier ist ein Platz frei.

»Mahlzeit!«, begrüßen sich die Männer trocken und löffeln ihren Eintopf.

»Glückwunsch!«, meint Korges freundlich und neidlos. Lohmeyer versteht richtig, dass mit dieser kurzen Ehrenbezeigung nur die Festnahme und Überführung des Phantoms mit dem Sturzhelm gemeint ist. »Das Verfahren ist jetzt wasserdicht. In den nächsten Tagen geht's zum Staatsanwalt«, verkündet er stolz. Dann diskutieren die Männer über Spuren, Beweise, Fehlschläge, Hoffnungen und Erfolge im Fall des Heizers Günter Wiese, bis Lohmeyer resümiert: »91 Strafanzeigen, verteilt über mehr als sechs Jahre. Ich träume nur noch von missbrauchten Kindern, Gegenüberstellungen, Glaubwürdigkeitsgutachten …«

Korges will nun wissen, ob eine Vergleichsreihe angefertigt

wurde. Das ist ein großes, förmliches kriminalpolizeiliches Protokoll, in dem alle wichtigen Angaben über Tatzeiten, Tatorte, Begehungsweisen, Personenbeschreibungen und Hinweise fein säuberlich aufgereiht sind und so einen schnellen Überblick über die zeitlichen, örtlichen und modalen Bedingungen gestatten. Lohmeyer erläutert die umfangreiche Aufstellung, die einen ganzen Aktenordner füllt und fragt, warum er das wissen wolle. Korges erwidert vielsagend als ginge es um eine geheime Angelegenheit: »Guck ich mir mal an, das interessiert mich!«

Lohmeyer versteht nicht. Korges bemerkt es und kommentiert seinen Gedanken: »Ich hab da so 'ne Idee. Wir haben noch eine offene Vermisstensache von 1961. Ein achtjähriges Mädchen …«

Lohmeyer erinnert sich dunkel: Er war damals gerade Kriminalist im Kommissariat 3 für Allgemeine Kriminalität geworden. Das war Anfang 1961. Ein Kind aus dem Stadtzentrum verschwand spurlos. Kindesentführung hieß es. Hunderte von Polizeikräften und Freiwilligen beteiligten sich an der Suche. Die gigantische Fahndung zog sich über Monate hin. Doch sie blieb ohne Erfolg. Lohmeyer fragt nicht weiter, sagt nur: »Klar, bring ich vorbei!«

Ehe die Männer sich verabschieden, um in ihren Büros zu verschwinden, fragt Korges: »Willst du nicht zu mir in die Kommission? Ich brauch noch 'n guten Auswerter. Mein jetziger fängt im September in Kaulsdorf an, dann hat er anderes im Kopf als Mordvorgänge!«

Korges will damit sagen, dass einer seiner Mitstreiter an der VP-Hochschule in Berlin-Kaulsdorf ein mehrjähriges Direktstudium aufnehmen wird und dadurch für die Arbeit in der Kommission nicht mehr zur Verfügung steht. Lohmeyer bejaht die Frage sofort und mit Begeisterung, gibt aber gleichzeitig zu bedenken: »Hauptsache, der K-Leiter spielt mit!«

Korges beruhigt ihn: »Las mich mal machen, du weißt erst mal von nichts!«

Einige Tage vergehen. Oberleutnant Korges hat die Vergleichsreihe »Sturzhelm« gründlich studiert. Dabei stößt er auf einen merkwürdigen Umstand: Der Sexualtäter Günter Wiese begann mit seinen Straftaten im Jahre 1960. So jedenfalls ist den Anzeigen und den Einlassungen des Täters zu entnehmen. Seitdem trieb er sein Unwesen in verhältnismäßig regelmäßigen Abständen, mindestens einmal monatlich und begrenzt auf das Stadtgebiet von Karl-Marx-Stadt. Jedoch: Von Januar bis Dezember 1961 gibt es ein tatfreies Intervall. Nicht eine Anzeige liegt für diese Zeit gegen ihn vor. Natürlich kann das ein purer Zufall sein. Aber in dieser Zeit lief auch gerade die große Fahndungsaktion zur Suche nach dem vermissten Mädchen, das nie gefunden wurde. Haben die auffälligen Polizeiaktionen Wiese so abgeschreckt, dass sie seine abwegigen Triebe für ein knappes Jahr bremsten? War er in dieser Zeit krank oder konnte er sein Moped nicht benutzen? Oder hat Wiese sogar etwas mit der Sache zu tun und wollte kein weiteres Wagnis eingehen, bis die öffentliche Unruhe abgeklungen ist? Ein so langer deliktfreier Zeitraum ist uncharakteristisch für einen Typ vom Schlage eines Günter Wiese. Serientäter neigen zu einer relativen Regelmäßigkeit. Sie können dem Teufelskreis zwischen Phantasie, Erregung und Realisierungsdrang nicht entrinnen. Bisherige Erfolge motivieren immer von neuem. Die Serie wird schließlich ein Teil ihrer verbrecherischen Handschrift. Korges weiß das aus Erfahrung. Deshalb lassen ihn diese Fragen nicht mehr los, und deshalb lässt er sich die am 14. Januar 1961 eingestellte Akte über das vermisste Kind aus dem Archiv bringen.

Rückschau: Dienstag, der 3. Januar 1961. Stadtzentrum von Karl-Marx-Stadt. Gegen 20.30 Uhr erscheint in der Wache des

VP-Reviers die 30-jährige Erzieherin Hannelore Kögler aus der Uhlandstraße. Besorgt und aufgeregt meldet sie, dass ihre achtjährige Tochter Melanie gegen 15.30 Uhr die Wohnung verlassen habe, um ihre große 19-jährige Schwester zu besuchen, die in der Nähe der Paul-Jäckel-Straße wohne. Der nur wenige Minuten dauernde Weg sei ihrer Tochter bestens vertraut. Sie sei aber dort nicht angekommen. Auch wäre das Mädchen nicht, wie vereinbart, um 18.00 Uhr heimgekehrt. Da Melanie gewissenhaft und pünktlich sei und bisher noch nie unerlaubt ferngeblieben war, sei die mütterliche Sorge wohl verständlich.

Doch der Uniformierte hinter dem Tresen wiegelt zunächst ab, versucht, Frau Kögler zu beruhigen: Zu einer Vermisstenanzeige sei es noch zu früh, sie solle noch ein paar Stunden abwarten, noch liege keine akute Gefährdung und damit kein polizeilicher Handlungsanlass vor. Enttäuscht verlässt die Frau die Wache unverrichteter Dinge, um zwei Stunden später wieder zu erscheinen und energisch auf einer Anzeigenaufnahme zu bestehen. Nun besinnen sich die Ordnungshüter, nehmen die Angelegenheit ernst. Die Vermisstenanzeige und eine ausführliche Personenbeschreibung des Kindes werden am nächsten Morgen an die Kriminalpolizei weitergeleitet. Sofort werden die Ermittlungen eingeleitet. Damit sind alle prozessrechtlichen Hürden beseitigt, die einen massiven Sucheinsatz und mögliche polizeiliche Zwangsmaßnahmen behindern könnten. Wie Lauffeuer verbreitet sich in der Bevölkerung das üble Gerücht über einen Serientäter, der massenhaft Kinder entführen würde. Reaktion der Polizeiführung: Eine hilflos wirkende Information in der Bezirkspresse, die die aufgebrachte Volksseele beruhigen soll, aber auch die Bildung einer eigens für diesen Vermisstenfall zuständigen Einsatzgruppe unter der Federführung der Mordkommission. Sie checkt Verwandte und Bekannte des Kindes, überwacht und koordiniert die groß angelegten Suchaktionen im ganzen Stadtgebiet, an denen Hunderte von Polizisten mit Hundemeuten und Freiwilligen beteiligt sind. Gleichzeitig werden Zeugen vernommen. Nach ihren Angaben kann schließlich der Weg rekonstruiert werden, den Melanie zurückgelegt haben muss. Das Kind war an diesem Tag mit einem unauffälligen, dunklen Mantel bekleidet, trug aber auch ein rotschwarzkariertes Kopftuch. Manchem Passanten war deshalb das Reaktion der VP-Führung auf die in der Bevölkerung kursierenden Gerüchte: »Volksstimme« Karl-Marx-Stadt, Ausgabe B, vom 07.01.1961 kleine Mädchen mit dem markanten Kopftuch aufgefallen. Bald steht fest, dass es kurz vor 16.00 Uhr am Hauptpostamt noch gesehen wurde. Doch dann verliert sich jede Spur. Schnell zerrinnen die Hoffnungen, das vermisste Kind im Zuge der Fahndung aufzuspüren. So bleiben für die Ermittler zum Schluss die aufwendigen, viele Wochen dauernden Routineüberprüfungen der polizeibekannten Sexualtäter und das glimmende Fünkchen Zuversicht, dass der Zufall dem Fall eine positive Wende verleiht. Vergeblich. Am 14. April 1961 werden das Verfahren gegen Unbekannt eingestellt und die Einsatzgruppe aufgelöst. Die Akte verschwindet im verstaubten Archiv.

Sieben Jahre später erinnert sich der Chef der Mordkommission Rudi Korges an diesen, längst vergessen geglaubten Vorgang, der nun auf seinem Schreibtisch liegt. Viele Stunden lang strapaziert er seine grauen Zellen, um bei dieser überaus dürftigen Beweislage die richtige Taktik zu finden. Dann endlich: Korges hat einen ungewöhnlichen Plan. Er will dem Sexualtäter Günter Weise eine Falle stellen. Noch sind seine Vorstellungen unklar, unausgereift, doch je mehr er darüber nachdenkt, desto fester wird seine innere Überzeugung, dass dies der einzige Weg zur Aufklärung eines fast vergessenen Mordes sein kann. Ein Fehlschlag würde ihn dabei weniger enttäuschen, als diese letzte Möglichkeit überhaupt nicht erwogen zu haben.

Korges spannt einen Bogen Papier in die Schreibmaschine und tippt mit flinken Fingern los: »Vorschlag zur Wiederaufnahme des Ermittlungsverfahrens gegen Unbekannt, Tagebuchnummer 95/61 des VPKA Karl-Marx-Stadt, »Vermisstensache Melanie Kögler« …

Eine Woche später wird der junge Leutnant Lohmeyer zum großen Chef beordert, der eine Überraschung für ihn bereithält: »Machen Sie eine Übergabe Ihrer laufenden Vorgänge. Sie werden ab morgen bis auf weiteres zur MUK abkommandiert!«

Lohmeyer fühlt sich angenehm überrumpelt. Natürlich vermutet er Korges hinter diesem Befehl. Gut gelaunt meldet er sich am nächsten Tag bei seinem neuen Vorgesetzten.

»Genosse Lohmeyer«, beginnt Korges die offizielle Begrüßung und weist ihm einen Schreibtisch zu, »ich habe dich angefordert, weil wir eine diffizile Sache vorhaben!«

Lohmeyer macht ein erstauntes Gesicht.

»Keine Angst«, setzt Korges fort, »der Alte hat grünes Licht gegeben. Wir können dem Wiese eine Falle stellen. Du kennst diese Kakerlake am besten. Nur: Alles muss rechtlich, psychologisch und taktisch wasserklar sein, niemand darf uns deshalb ans Bein pinkeln!«

Lohmeyer sieht seinen neuen Chef interessiert an, und der erläutert eifrig das gewagte Vorhaben:

Der Heizer Günter Wiese sitzt seit Monaten in U-Haft. 91 Fälle des sexuellen Missbrauchs und Exhibitionismus wurden ihm nachgewiesen. Er ist ein harmoniebedürftiger, perverser Weichling, der bisher Geständnisbereitschaft zeigt. Aber den Vorwurf, einen Mord begangen zu haben, hat ihm noch niemand gemacht. Und das bietet eine günstige Startposition. Angenommen auch, Wiese hat das Mädchen Melanie getötet, und die polizeilichen Suchmaßnahmen mussten deshalb erfolglos verlaufen, weil er das Opfer verschwinden ließ. Angenommen, das tatfreie Intervall zwischen Anfang Januar und Dezember

1961 ist nicht deshalb entstanden, weil die offenkundigen Polizeiaktivitäten Wiese von weiteren Unzuchtshandlungen abhielten, sondern er hielt fast ein Jahr lang Ruhe, weil der Mord für ihn ein so außergewöhnliches, vielleicht ungewolltes Ereignis war, das ihn aus der Fassung brachte und seine Angst schürte, gefasst zu werden. Im Übrigen würde dies auch erklären, warum nach dem Abbruch der Fahndungs- und Suchmaßnahmen im April Wiese noch lange Zeit keine weiteren Missbrauchshandlungen beging. Denn die Beendigung der Polizeiaktionen war von der Öffentlichkeit aufmerksam registriert worden. Was also hätte ihn hindern sollen, ab April weitere Kinder zu schänden?

Und schließlich: Wenn Wiese der Täter ist, könnte er sein Opfer sogar spurlos beseitigt haben. Immerhin ist er Lokomotivheizer, und die kriminologischen Erfahrungen stützen eine solche Möglichkeit.

Noch eine Zeitlang zimmern die Männer an ihren Versionen. Doch eine große Frage bleibt unbeantwortet: Wie lässt sich Wiese überführen? Natürlich könnte man ihn in der nächsten Vernehmung mit dem Mordverdacht konfrontieren, an sein gutes Gewissen oder sein Rechtsbewusstsein appellieren und darauf hoffen, dass er reumütig zusammenbricht und ein Geständnis ablegt. Aber das wäre ein unverzeihliches, naives Unterfangen mit höchst geringer Erfolgschance. Und alles Pulver wäre verschossen.

Korges kennt sich im Metier aus: Ein Mord kann auch schwachen Tätern schier unzerbrechliche Widerstandsenergien verleihen. Nein, die Beweise kann nur der Mörder selbst liefern, er allein kennt die Tatumstände. Sie müssen ihm nur entlockt werden. Doch das geht nur über seine Psyche. Die Kriminalisten können damit rechnen, dass Wiese, falls er der Mörder ist, sich in einem dauerhaften seelischen Spannungszustand befindet, unvergleichlich stärker als durch die Unzuchtshandlungen. Die bringen ihm maximal zehn Jahre ein und nicht lebenslänglich oder gar den Tod auf dem Schafott. Nämlich: Unentdeckte Mörder leiden häufig unter einem gewaltigen inneren Druck, ihr tödliches Geheimnis zu wahren. Gerade das macht sie anfällig und verwundbar.

Die Ermittler sind sich schließlich einig, Wiese in absoluter Ahnungslosigkeit zu halten, um ihn dann unerwartet so zu labilisieren, dass ihm Unbedachtes, Verräterisches entschlüpft. Dazu muss sein Unterbewusstsein provoziert werden. Und wenn er doch unschuldig ist? Dann allerdings darf die Provokation keine Wirkung zeigen.

»Ein Seelendoktor muss her«, meint Lohmeyer, »ohne den geht's nicht.«

Korges stimmt ihm zu und ergänzt: »Wir präparieren eine Puppe nach Melanies Personenbeschreibung und konfrontieren Wiese damit.«

Lohmeyer ist begeistert, doch ergänzt er diesen Gedanken: »Und wenn wir ein echtes Kind nehmen? Gleiche Größe, gleiche Bekleidung, Gesicht durch einen Fachmann geschminkt ...«

Korges ist einen Augenblick lang nachdenklich, als würde er den eben geäußerten Gedanken prüfen. Dann beendet er das Gespräch: »Nun heb mal nicht gleich ab! Lass das mal unseren Hausund Hofpsychologen entscheiden. Stell dir vor, ein Kind wird durch so 'ne Aktion gefährdet, dann können wir beide gleich unseren Hut nehmen!« Er bittet seinen neuen Mitstreiter um ein möglichst genaues Persönlichkeitsbild des Sexualtäters Wiese: Biographie, Charakter, Familienverhältnisse, Hobbys, Verhalten in der Vernehmung, Stärken, Schwächen – das Ganze natürlich schriftlich und präzise, aber nicht mehr als fünf Seiten. Es soll die Grundlage für die Beratung mit dem Psychologen sein. Günter Wiese wuchs in der Idylle eines erzgebirgischen Dorfes auf. Der Vater, biederer, fleißiger Strumpfwirker, schuftete in einer der sächsischen Manufakturen, die Mutter war ihr Leben lang Hausfrau, die drei Kinder großzog. Günters Brüder, einer älter, der andere jünger als er, kehrten aus dem Krieg nicht mehr heim. Als Schulkind litt er unter einem Sprachfehler. Er stotterte, musste viele Hänseleien erdulden, die schon beizeiten seinen Selbstwert minderten. Überhaupt war Wiese ein schlechter Schüler, scheiterte an den Anforderungen der Volksschule. Auch ein Wechsel an eine Hilfsschule änderte daran nichts. Aber er überwand das Stottern. Sein Abschlusszeugnis war schließlich so mies, dass er keine Lehre aufnehmen konnte. Primitive Hilfsarbeiten ernährten ihn zeitweise. Dann rief der Barras. Doch bald stellte sich seine Wehruntauglichkeit heraus: Nicht intelligent genug für den Krieg. So blieb ihm der Schützengraben erspart. Auch die Bombennächte überstand er körperlich schadlos. Nach dem Zusammenbruch des Dritten Reiches arbeitete er eine Zeitlang als Gehilfe eines Zimmerers, dann als Hofarbeiter und Lagerist. Er trat der SED bei - wer weiß, wozu es mal gut ist -, wurde Kohlenfahrer, bis er 1956 eine Tätigkeit als Hilfsheizer bei der Deutschen Reichsbahn aufnahm. Dort fühlte er sich wohl, war arbeitsam, kollegial und zuverlässig. Erfolgreich absolvierte Wiese einen betriebsinternen Lehrgang. Von nun an durfte er sich Heizer für Niederdruckanlagen und Hilfslokomotiven nennen. Bis zu seiner Verhaftung blieb er dem Reichsbahnbetriebswerk treu und heizte fleißig die Lokomotiven vor, die erfahrene Führer für die großen Strecken übernahmen.

Günter Wiese hatte ein Faible für die Eisenbahn, wäre am liebsten selbst gern große Züge gefahren. Doch er weiß, dass dies niemals möglich sein wird. So fand er Ersatz in kleinen elektrischen Modellen, mit denen er mit kindlicher Begeisterung spielen kann.

Mit Frauen indes hatte er nie viel im Sinn. Vielleicht bremsten ihn die Hemmungen, die ihn stets begleiten. Lieber gab er sich seinen Phantasien hin. Masturbation bestimmte über viele

Jahre sein Sexualleben. Doch das Jahr 1947, Günter war knapp 25-jährig, brachte eine einschneidende Veränderung: Er lernte eine Frau kennen, die ihn akzeptierte. Ihr gelang es, ihn aus der autoerotischen Einengung zu befreien. Bald darauf heiratete er sie. Anfangs nahm ihn das neuartige Sexualleben voll in Anspruch und füllte nahezu jeden Abend aus. Die Gattin erkannte aber sehr schnell, wie sich ihre eheliche Funktion auf die Rolle des duldenden Sexualobjekts beschränken sollte. Seine absonderlichen Praktiken erweckten ihren Abscheu, bis sie eines Tages heftigen Widerstand zeigte, den er mit körperlicher Gewalt brach. Schließlich verweigerte sie sich ihm endgültig. Seitdem war er nur noch grob zu ihr.

Günter Wiese flüchtete in den Alkohol und zurück in die Abgeschiedenheit exzessiver Masturbation. Stück für Stück rissen die sozialen Bande zwischen ihm und seiner Frau, doch nach außen hin blieb die Ehe von Bestand.

Dann, im Jahre 1960, begann er, in der Öffentlichkeit zu masturbieren. Es verschaffte ihm einen zusätzlichen Kitzel, wenn dies vor arglosen Frauen geschah, die entsetzt davon eilten, auch wenn er auf Distanz zu ihnen blieb.

Doch die Reizgrenzen waren noch lange nicht erreicht. Zunehmend wendete er sich Kindern zu. Die Macht über sie verschaffte ihm einen neuen Genuss. Zunächst masturbierte er nur vor ihnen. Bald war ein Messer sein ständiger Begleiter: So brach er jeglichen Widerstand seiner Opfer, die er von nun an zu perversen Praktiken zwang. Erst Ende des Jahres 1966 gelang es der Polizei, ihn zu stellen.

Ganz im Gegensatz zu seinem häuslichen Verhalten ist Günter Wiese in der Untersuchungshaft still und zurückgezogen. Wenn es die Umstände erlauben, meidet er den Kontakt zu den anderen Gefangenen. In den Vernehmungen verhält er sich manchmal verstockt, ängstlich und nervös. Im Allgemeinen aber ist er kooperativ und freundlich. Die langen Monate des Ermittlungsverfahrens bauen zwischen Leutnant Lohmeyer und ihm eine bizarre, freundschaftlich anmutende Vertraulichkeit auf, die auch Platz für einen gelegentlichen Scherz schafft. Mitunter aber wirkt Wieses Höflichkeit aufgesetzt, autoritätshörig und kriecherisch. Sachverhalte kann er nur umständlich wiedergeben, sein Wortschatz ist ziemlich begrenzt.

Wenn Wiese den Opfern gegenübergestellt wird – Maßnahmen, die aus beweisrechtlichen Gründen erforderlich sind – empfindet er diese Prozeduren als höchst unangenehm. Dann wirkt er sehr erregt, scheu und gehemmt. Auffällig ist auch sein lebhaftes Ausdrucksverhalten: Erregung produziert Erröten, Stirnschweiß und heftige Gesten. Auf peinliche Fragen reagiert er zunächst mit leicht durchschaubaren Unwahrheiten und ausweichendem, gesenktem Blick. Fühlt er sich aber in die Enge getrieben, ist er den Tränen und der Wahrheit schnell nahe. Er ist wahrlich kein Prototyp eines hartgesottenen Lügners.

Es ist bereits Juli. Seit Tagen drückt die Sonne eine lähmende Hitze in die Stadt. Jedermann sehnt sich nach erfrischendem Regen. In den Büros der Mordkommission ist die Luft stickig und verraucht. Auch die geöffneten Fenster verbessern daran nichts. Korges und Lohmeyer erwarten Dr. Rößler, den erfahrenen Psychotherapeuten aus dem Bezirkskrankenhaus und Gerichtssachverständigen in Fragen der Zurechnungsfähigkeit und Glaubwürdigkeit, der sich bereits mit der Akte Wiese und dem Vermisstenfall Melanie Kögler vertraut gemacht hat. Korges beginnt ein persönliches Gespräch. Es geht darum, ob die ab nächsten Monat geltende generelle Fünf-Tage-Arbeitswoche und die Erhöhung des Mindesturlaubs auf 15 Tage sich auch auf die Arbeitszeit der Staatsdiener auswirkt, die eigentlich immer schon mit einer großzügigeren Urlaubsregelung bedacht wurden. Immerhin: Für die Allgemeinheit sind es die ersten bescheidenen, aber spürbaren Auswirkungen des VII. SED-Parteitages, der trotz der politischen und ökonomischen Schwierigkeiten im Lande das »entwickelte gesellschaftliche System des Sozialismus« verkündete. Die Erörterung dieses wichtigen Themas wird jäh unterbrochen, als Dr. Rößler, ein Kraftpaket von fast zwei Metern Länge mit dunkler Hornbrille, das Büro betritt. Er hat den letzten Teil des Gesprächs aufgeschnappt, ist über derlei Neuigkeiten ebenso informiert und unkt gleich los: »Das einzige, was die Leute interessiert, sind die drei Tage Urlaub mehr. Alles andere ist doch nur Umverteilung der Arbeitsstunden.« Korges und Lohmeyer geben ihm recht.

Nach dem kurzen Gedankenaustausch wird es ernst. Einziges Thema ist die Strategie der List. Dr. Rößler findet die Idee, Wiese mit einer Schaufensterpuppe zu konfrontieren, anfänglich gut. Als Lohmeyer jedoch den Gedanken auffrischt, Wiese nicht einer Puppe, sondern einem Kind gegenüberzustellen, wird der Doktor nachdenklich. Es müsste doch möglich sein, das Kind eines Kriminalisten aus dem Dezernat zu gewinnen. Dort arbeiten mehr als 30 Leute, und die meisten haben Kinder.

Korges ist bereit, das zu klären. Er ist sich mit Lohmeyer darüber einig, das Kind behutsam, ausführlich und psychologisch auf die Aktion vorzubereiten.

Dr. Rößler versteht diesen Hinweis: »Wenn Sie das Einverständnis der Eltern haben – die Vorbereitung des Kindes und die Regie übernehme ich!«

Die Männer einigen sich darauf, zunächst dieses Problem zu lösen, ehe sie sich den dramaturgischen Überlegungen ihres listigen Spiels zuwenden.

Korges spricht in den folgenden Tagen mit den Dezernatsmitarbeitern, die Väter von acht- bis zehnjährigen Mädchen sind, erläutert ihnen sein Anliegen, bemüht sich, Bedenken auszuräumen und appelliert leidenschaftlich an ihre Bereitschaft, ihn im Interesse der Wahrheitsfindung zu unterstützen. Einige der Befragten sind skeptisch, lehnen ab. Andere weichen aus. Doch er hat Glück: Er kann Hauptmann Pankratz für sein Vorhaben gewinnen. Dessen Tochter Sabine ist neun Jahre alt und spielt mit großem Eifer in einer Theatergruppe ihrer Schule. Korges ist zufrieden. Lohmeyer nutzt die Zeit, nach der Personenbeschreibung und einem Foto der vermissten Melanie passende Schuhe, einen dunklen Mantel und ein rotschwarzkariertes Kopftuch zu beschaffen. Es gelingt ihm sogar, einen Maskenbildner des Stadttheaters für die ungewöhnliche Aufgabe zu interessieren, auch einmal für die Gesetzcshüter tätig zu sein. Er entlockt ihm die Zusage, zu gegebener Zeit ein Kind für kriminaltaktische Zwecke kunstgerecht zu präparieren.

Dr. Rößler widmet sich, ohne weißen Kittel, der kleinen Sabine. Er muss sie nach den Regeln der Seelenkunde auf ihren großen Auftritt vorbereiten. Sabine hat keine Scheu, kennt die Umgebung, in der ihr Vater arbeitet. Pankratz hat sein Töchterlein bereits angespitzt, seinen kriminalistischen Kollegen bei der Lösung eines wichtigen Falles zu helfen. Sabines Neugierde ist damit bereits geweckt. Das Gespräch mit dem Mädchen verläuft zwanglos, heiter und entspannt. Sabine darf mit Puppen spielen, dabei Geschichten ausdenken und darstellen, deren Ablauf der Doktor geschickt in die von ihm gedachte Richtung lenkt. Auf diese spielerische Weise gibt Sabine Auskunft über sich, die Schule und das Spiel in der Theatergruppe. In szenischer Darstellung, begleitet von entsprechenden Dialogen, gelingt es Dr. Rößler, das Kind auf das bevorstehende Ereignis einzustimmen, das in wenigen Tagen stattfinden wird.

Sabine, so der Doktor, sei doch schon eine richtige, kleine Schauspielerin und obendrein so pfiffig, dass sie der Polizei helfen könne. Für die Überführung eines Missetäters wäre es sehr wichtig, wenn sie sich an einem gespielten Rätsel beteilige. Sie habe nun die Aufgabe, nacheinander in fünf Zimmer zu gehen, in denen sich jeweils zwei Männer befinden, und zwar einer vor dem Schreibtisch und einer hinter dem Schreibtisch. Der Mann hinter dem Schreibtisch sei ein Kriminalist und passe auf. Doch der sei uninteressant. Nur der Mann vor dem Schreibtisch sei wichtig. Genau diesen müsse sie kurz anschauen. Dann soll sie mit einem Schrei das Zimmer verlassen. Unter den fünf Männern, die sie am Schluss des Spiels dann angesehen habe, befänden sich somit vier Kriminalisten und nur ein Verdächtiger, und den müsse sie erraten. Damit sie bei diesem Spiel unerkannt bleibt, würde sie verkleidet wie eine richtige Schauspielerin, mit Schminke, Perücke und Kostüm. Sabine ist begeistert, findet das Ganze kolossal spannend: Eine echte Rolle in einem echten Kriminalspiel mit echtem Täter.

Eine reichliche Stunde später ist Dr. Rößler bei Oberleutnant Korges und Leutnant Lohmeyer. Die drei einigen sich schnell. Am 14. Juli 1967 nachmittags soll Wiese vorgeführt werden. Offizieller Anlass: Vernehmung durch Leutnant Lohmeyer. Wiese soll in einem Zimmer befragt werden, das durch einen Spiegelspion vom Nebenraum aus beobachtet werden kann. Eine dort installierte Schmalfilmkamera muss jede Regung, ein Tonbandgerät jeden Laut des unfreiwilligen Hauptakteurs festhalten. Heimliche Augenzeugen werden Oberleutnant Korges, Dr. Rößler, der Dezernatsleiter und Staatsanwalt Hennig sein. Inspizient auf dem Flur zur Steuerung von Sabines Einsatz ist Hauptmann Pankratz, ihr Vater. Die drei Männer geben sich verhalten optimistisch. Keiner zweifelt daran, ein Wagnis einzugehen, sich auf ein Spiel einzulassen, dessen Ausgang ungewiss ist. Doch sie haben die kriminalistische Herausforderung angenommen. Jetzt müssen sie prüfen, ob dieser Weg zur Wahrheit führt. Die Prüfung ist eine zuverlässige Schwester der Erkenntnis.

Unterdessen wartet Günter Wiese in der kargen Haftzelle des Untersuchungsgefängnisses auf den Abschluss seines Verfahren. Längst ist ihm klar, für die Unzuchtsdelikte mit mehreren Jahren Freiheitsentzug bestraft zu werden. Doch er kann nicht ahnen, wie sich rings um ihn eine unsichtbare Treibjagd auf sein böses Gewissen formiert, hinter dem sich das Geheimnis einer noch ungesühnten Bluttat verschanzt haben könnte.

Freitag, 14. Juli 1967, 14.00 Uhr. Es ist so weit, der Countdown läuft. Posten sichern die Korridore des Dezernats, wo eine gespannte Betriebsamkeit herrscht. Filmkamera und Tonbandgerät werden startklar gemacht. Der Staatsanwalt erscheint. In Korges Büro ist der Maskenbildner beschäftigt, aus der blonden Sabine Pankratz das vermisste Mädchen Melanie Kögler mit dunkelblonder Pagenkopffrisur und rotschwarzkariertem Kopftuch zu modellieren. In vier weiteren Büros werden nach Dr. Rößlers Anweisung Schreibtische und Stühle gerückt und jeweils zwei Kriminalisten platziert, die wissen, dass sich ihre Funktion nur darauf beschränkt, das Mädchen an seinen entscheidenden Auftritt zu gewöhnen. Dann führen Dr. Rößler und Hauptmann Pankratz Sabine vor die Tür des ersten Büros. Los! Sabine stürmt herein, geht schnellen Schritts einmal um den Mann vor dem Schreibtisch herum, blickt ihn an und schreit so laut auf, dass die Männer überrascht sind, und stürmt aus dem Raum. Dr. Rößler und der Vater loben sie. Dann folgt eine Pause mit Limonade und Süßigkeiten, aber auch mit freundlichen Regieanweisungen für den nächsten Auftritt. Sabine macht erwartungsgemäß ihre Sache so gut, dass Dr. Rößler unbesorgt zu den Männern im Beobachtungsraum gehen kann, während Sabines Vater die weitere Leitung ihrer Auftritte übernimmt. Nach jedem Akt eine weitere Pause.

Währenddessen holt Leutnant Lohmeyer den Untersuchungsgefangenen Günter Wiese aus dem Verwahrraum und führt ihn in sein »neues« Büro: Ein heller, schalldichter Raum mit großen, vergitterten Fenstern, an einer Wand ein kleines Waschbecken, über dem ein unauffälliger Spiegel hängt.

Lohmeyer befreit den unfreiwilligen Gast von den Handschellen und weist ihm einen Stuhl zu, der mitten im Raum steht, knapp zwei Meter vom Schreibtisch entfernt. Wiese, blass und hohläugig, in sauberem, buntkariertem Hemd und schwarzer Hose, blickt einen Moment lang unsicher um sich. Er setzt sich erst, nachdem Lohmeyer hinter dem Schreibtisch Platz genommen hat, der sich um eine entspannte Vernehmungssituation bemüht und Wieses momentane Befindlichkeit keinesfalls belasten will. »Wir werden Ihr Verfahren jetzt abschließen und dem Staatsanwalt zur Anklageerhebung übergeben«, beginnt Lohmeyer das Gespräch.

»Wann kriege ich denn die Anklageschrift?«, will Wiese wissen, der zusammengesunken auf seinem Stuhl hockt.

»Das ist Sache des Staatsanwalts und hängt vom Umfang des Verfahrens ab. Bei 91 Einzelhandlungen hat er ganz schön zu tun«, meint Lohmeyer.

Wiese grinst unsicher.

»Und wie geht's Ihnen sonst, konnten Sie mit Ihrer Frau sprechen«, fragt Lohmeyer.

»Die is nicht gekommen, is wohl aus zwischen uns«, knurrt Weise enttäuscht. Lohmeyer blättert derweil in irgendwelchen Akten, als suche er etwas Bestimmtes, doch er will nur Zeit schinden, reicht Wiese beiläufig eine kleine, zum Aschbecher umfunktionierte Blechbüchse: »Wenn Sie rauchen wollen, bitte!«

Wiese setzt den Aschbecher auf seinem Schoß ab, kramt aus der Hosentasche einen Beutel Tabak hervor, dreht sich geschickt eine Zigarette und pafft genüsslich dicke Wolken in den Raum. Er richtet sich plötzlich auf, schlägt die Beine übereinander und fragt mutig: »Könnten Sie regeln, dass meine Frau mir frische Wäsche bringt?«

»Was brauchen Sie denn«, fragt Lohmeyer und macht sich für Notizen bereit.

Und in dem Augenblick, als Günter Wiese seine Wünsche aufzählen will, wird die Tür hinter ihm aufgerissen und Sabine kommt herein. Wiese wendet sich überrascht nach hinten und nimmt das Mädchen wahr, das in einem engen Bogen eilig um ihn herumläuft und ihm dabei fest in die Augen schaut, dann aufschreit, als habe es etwas Entsetzliches gesehen, und eilig hinausläuft. Auf der Stelle springt er vom Stuhl auf. Blut schießt in sein blasses Gesicht, das höchste Bestürzung ausdrückt. Er zittert am ganzen Leibe, muss den Aschbecher abstellen. Dann sinkt er unter Tränen auf den Stuhl zurück und stammelt: »Mit dem Mord hab ich nichts zu tun!« Kurze Stille. Nur Wieses Schluchzen. Lohmeyer ist von der Reaktion selbst überrascht, weiß im Augenblick nichts weiter zu sagen als: »Na, Wiese, dann wissen Sie ja, worüber wir uns noch unterhalten müssen!«

Der Mann im buntkarierten Hemd nickt mit dem Kopf, schlägt mit der flachen Hand gegen die feuchte Stirn und jammert: »Das rotschwarze Kopftuch, die Frisur – ich habe es nicht vergessen!«

Lohmeyer hat sich inzwischen wieder gefasst. Er steht auf, geht auf Wiese zu, steckt ihm eine von seinen eigenen Zigaretten in den Mund, gibt ihm Feuer und fragt: »Höre ich ein Geständnis?«

»Ja, ich will drüber reden!«, ist die Antwort des Bezwungenen, der nicht wahrnehmen kann, wie sich die Männer hinter dem Spiegel siegreich auf die Schultern klopfen. Kriminalistenglück.

»Und wenn's schief gegangen wäre?«, gibt Staatsanwalt Hennig zu bedenken. Kurze Ratlosigkeit in der Männerrunde. Nur Dr. Rößler hat eine Antwort: »Zumindest für eine aussagepsychologische Analyse hätten wir eindrucksvolle Filmaufnahmen. Im Übrigen hatte das Mädchen doch seinen Spaß.«

Erst Minuten später erholt sich Günter Wiese von dem psychischen Tiefschlag. Seine Zerknirschung bleibt, verbindet sich aber mit einer ungewöhnlichen inneren Ruhe. Mehrmals betont er, keineswegs von seiner Zusage abzurücken, endlich über das zu sprechen, was ihn schon so lange bedrückt. Lohmeyer kündigt an, dass das Ermittlungsverfahren nun um den Vorwurf der vorsätzlichen Tötung erweitert wird. Oberleutnant Korges erscheint und nimmt neben Lohmeyer Platz.

Wiese rutscht unruhig auf seinem Stuhl umher, blickt die Männer an und beginnt mit leiser Stimme die ersten Worte seines Geständnisses: »Ich habe das Mädchen umgebracht und in einer Lokomotive verbrannt.« Die Kriminalisten blicken sich vielsagend an, ahnen, dass dieser Fall ein Mord ohne Leiche sein wird, dessen Nachweis sie auf eine weitere harte Probe stellen wird. Denn Wiese wird zwar präzises Täterwissen wiedergeben, nur wird es sich kaum objektivieren lassen. Folglich bleibt den Ermittlern nur die vage Hoffnung, im Dickicht seiner Aussagen eine Spur zu entdecken, die zu einem überzeugenden Beweis führt.

Was Günter Wiese in den nächsten Stunden berichtet, ist die mehr als sechs Jahre zurückliegende Geschichte der grausamen Ermordung eines kleinen Mädchens, dessen Namen er am folgenden Wochenende aus der Zeitung erfuhr.

Es war Dienstag, der 3. Januar 1961. In der vergangenen Nacht war etwas Schnee gefallen. Doch der Tag war trocken und windstill, die Temperaturen lagen knapp über dem Gefrierpunkt. Nach Schichtschluss knatterte Günter Wiese mit seinem Moped durch die Stadt. Doch sein Weg führte ihn nicht nach Hause. Unheilvolle Phantasien, sich an einem Mädchen zu vergehen, tobten bereits seit Stunden in seinem Hirn. Jetzt trieben sie ihn ins Stadtzentrum. In der Nähe des Hauptpostamtes stellte er das Moped ab. Dann tauchte er im Menschengewühl unter, verhielt sich unauffällig und bieder, war ein Passant wie jeder andere. Er schlenderte eine Zeitlang durch das HO-Warenhaus, begaffte die Auslagen, verzehrte später an einer Imbissbude eine Bockwurst mit viel Senf und ging in Richtung Post.

In der Straße der Nationen nahm Wiese plötzlich ein kleines Mädchen wahr. Es war »eine hübsche Kleine mit Pagenfrisur und rotschwarzkariertem Kopftuch«. Er machte sich sofort heran, sprach es mit falscher Freundlichkeit an: »Ist dir nicht kalt?« Das Kind, etwas scheu, doch aufgeschlossen, öffnete den oberen Knopf seines Mantels: »Da, guck, hab doch 'n dicken Pullover drunter!« Schon war der Kontakt zwischen dem Unhold und seinem Opfer geknüpft, einträchtig liefen sic nebeneinander her. Wiese steuerte die baldige Realisierung seiner bösen Absicht zielstrebig an. Die Vorstellung auf das Kommende erregte ihn. Doch er musste das Kind aus der Öffentlichkeit locken, wollte allein mit ihm sein.

»Willst du dir fünf Mark verdienen, dauert auch nicht lange«, fragte er listig.

Unsicher und gehemmt, aber doch interessiert, wurde die Frage bejaht.

»Ich zeig dir was. Wir müssen nur ein Stück mit dem Moped fahren, es steht gleich um die Ecke«, lockte Wiese weiter.

Das Vorhaben war dem Mädchen offensichtlich nicht geheuer, denn es gab zu bedenken: »Ich muss nach Hause, spätestens um sechs, sonst meckert meine Mutti!«

»Quatsch, schaffst du, ich bring dich bis vor die Tür«, beschwichtigte er das Kind. Wiese hatte Erfolg. Das Mädchen ging mit, stieg aufs Moped und lieferte sich so seinem grässlichen Schicksal aus. Was das Kind empfand, als es erkennen musste, sich leichtfertig einem Fremden ausgeliefert zu haben, welche unguten Gefühle es beherrschten, als das Moped in eine unbekannte, waldreiche Gegend fuhr, wird niemand mehr erfahren. Es müssen große Ängste gewesen sein. Denn als Wiese sein Moped stoppte, wollte das Kind fliehen. Nur mit Mühe konnte er verhindern, dass es ihm entwischte. Mit roher Gewalt packte er dessen Arme, herrschte es mit barschem Ton an: »Keinen Mucks, sonst passiert was!«, und drängte es ins Dickicht. Dort blieb er stehen, zog das Messer, das er seit einigen Monaten stets bei sich führte, aus der Anoraktasche und hielt es mit drohender Gebärde dem Mädchen an die Brust. In ekstatischer Erregung grapschte er zwischen die Beine des Opfers. Ein lauter, verzweifelter Aufschrei. Wiese befürchtete, jemand könnte es hören. Angst überfiel ihn, entdeckt zu werden. Er zog er seine Hand zurück, hielt den Mund des Kindes zu, um weitere Schreie zu ersticken. Wie von Sinnen stieß er mit der anderen Hand das Messer zweimal tief in das Herz des Kindes. Lautlos glitt das sterbende Mädchen zu Boden. Hastig versuchte Wiese einen Geschlechtsverkehr, doch sein Vorhaben misslang, das Kind war tot. Schnell klang die Erregung ab. Die Angst, entdeckt zu werden, holte ihn in die Realität zurück.

Ab jetzt galten alle weiteren Überlegungen der Verheimlichung seiner Untat. Er schleifte den leblosen Körper in dichtes Buschwerk und deckte ihn mit Laub und Schnee ab. Die einbrechende Dunkelheit unterstützte sein Tun, doch zwang sie ihn auch zu schnellem Handeln. Dann verließ er den Ort seiner Grausamkeit. Bevor er sein Moped erreicht hatte, konnte er sich des blutverschmierten Messers entledigen, in einem öffentlichen Papierkorb.

Daheim verhielt er sich unauffällig, trank Bier, hörte Radio, stänkerte mit der Gattin und ging beizeiten ins Bett: Angeblich beginne die morgige Schicht früher als sonst. In der Morgendämmerung des nächsten Tages verließ er das Haus und knatterte mit dem Moped davon. Unter dem Anorak versteckt hielt er einen leeren Kartoffelsack. Flugs fuhr er zum Ort des gestrigen Geschehens. Der war unverändert, genauso, wie er ihn verlassen hatte. Ohne Mühe ließ sich der kalte, starre Leichnam in den Sack verfrachten. Gut verschnürt legte er das Bündel quer über den Tank seines Mopeds. So fuhr er zum Reichsbahnbetriebswerk. Er vermied tunlichst, den offiziellen Weg durch die Toreinfahrt zu benutzen, wo ihn der Pförtner unweigerlich bemerkt hätte. Wiese benutzte einen Umgehungsweg hinter dem unbesetzten Häuschen der Rangieraufsicht und gelangte auf diese Art heimlich auf das Betriebsgelände. Den Sack versteckte er in der Nähe des Lokschuppens. Um offiziell auf das Betriebsgelände zu gelangen, hieß es nun, zurückzufahren und wie alle Tage die Toreinfahrt zu passieren. Alles ging gut. Der Pförtner winkte ihm freundlich zu. Drinnen kleidete er sich um und meldete sich pünktlich zum Schichtbeginn.

Im Verlaufe des Tages ergab sich eine günstige Gelegenheit, den Sack mit der unheimlichen Fracht zum Lokschuppen zu bringen, in dem die dampfenden Stahlrosse für die große Fahrt vorbereitet wurden. Wenig später verbrannte der kindliche Leichnam im Feuerungsraum einer Lokomotive, den Wiese noch reichlich mit Steinkohle beschickt hatte. Den Sack jedoch verwahrte er sorgsam. Grund: Er musste ihn heimlich nach Hause zurückbringen und ihn an gewohnter Stelle ablegen. Die Gattin würde ein Fehlen des Sackes bald bemerken, ein Umstand also, der nur peinliche Fragen aufwerfen könnte.

Kurz vor Schichtschluss war die illegale Einäscherung beendet. Günter Wiese war zufrieden, niemand konnte ihm jetzt einen Mord nachweisen, das Mädchen würde ewig vermisst bleiben. Die Asche schaufelte er in einen Transportwagen, sie wurde noch am gleichen Tage auf eine Deponie geschafft …

Als Günter Wiese die Schilderung beendet hat, ist er sichtlich erschöpft, so kräftezehrend war es, die ganze Wahrheit zu sagen. Jetzt wirkt er müde und verbraucht. Eine Fortsetzung der Vernehmung würde jetzt nichts mehr bringen. Korges will nur noch wissen: »Wann haben Sie nach dem Mord die Unzuchtshandlungen fortgesetzt?«

Kraftlos, mit schwacher Stimme stammelt der Befragte: »Ich, ich hatte Angst. Große Angst, dass sie mich kriegen … Bis kurz vor Weihnachten habe ich nichts gemacht, ganz ehrlich. Nichts. In dieser Zeit habe ich mir öfters einen runter geholt, manchmal auch mit meiner Frau geschlafen.«

Lohmeyer nimmt die volle Spule aus dem Tonbandgerät, ein untrügliches Zeichen, dass die Vernehmung jetzt ihren Abschluss findet. Doch er hat auch noch eine gewichtige Frage: »Und der Sack, mit dem Sie die Leiche transportiert haben, gibt's den noch?«

»Ja, ja, der liegt auf dem Hängeboden im Klo, den hat keiner weggeschmissen«, ist Günter Wieses letzter Satz, bevor er abgeführt wird.

Die Ermittlungen in den nächsten Wochen verlaufen zügig. Auch die Aussagebereitschaft des Mörders bleibt weiter bestehen. »Zur Sicherung möglicher Beweismittel« ordnet der Staatsanwalt eine Durchsuchung der Wohnung an. Frau Wiese lässt die INVAsion der staatlichen Neugierde geduldig über sich ergehen, lässt sich aber zu einer Bemerkung hinreißen, die ihre wenig innige Beziehung zu ihrem Angetrauten offenbart: »Lassen Se den bloß für immer drin!« Die Haussuchung ist ein Volltreffer: Auf dem Hängeboden in der Toilette liegt ein Kartoffelsack, jahrelang nicht mehr benutzt. Er wird zu einem wichtigen Beweismittel, denn die findigen Spurensucher können Blutspuren und einige Haare sichern, die nach mehr als sechs Jahren immer noch eindeutig Melanie Kögler zugeordnet werden können.

Korges organisiert eine Rekonstruktion des Opfertransports: Günter Wiese muss mit einem Sack, in dem sich ein Tierkadaver befindet, der dem Körpergewicht des getöteten Mädchens entspricht, demonstrieren, wie er die Leiche auf dem Tank des Mopeds vom Tatort bis zum Lokschuppen transportierte und wie er ihre Verbrennung bewerkstelligte. Dies freilich unter strenger Polizeiaufsicht. Auch diese Maßnahme ordnet sich logisch in den Sachverhalt ein, den Wiese in seinen Vernehmungen schildert.

Die gerichtspsychiatrische Begutachtung führt zu dem Resultat, dass Wiese zwar intellektuell unterentwickelt, keineswegs aber schwachsinnig ist. Züge des Devoten und der Gehemmtheit charakterisieren ihn ebenso wie eine ungezügelte, verwahrloste Sexualität. Es gibt keinen Anhalt für eine verminderte Zurechnungsfähigkeit, er ist folglich strafrechtlich voll verantwortlich.

Im letzten Quartal des Jahres 1967 findet vor dem Bezirksgericht Karl-Marx-Stadt die Hauptverhandlung gegen den Heizer Günter Wiese statt. Die Richter schließen sich dem Antrag des Staatsanwalts an und verurteilen ihn zu lebenslangem Zuchthaus.

Der 8-mm-Schmalfilm über die »Konfrontation des Verdächtigen mit einer Opferimitation« ist wegen des umfassenden Geständnisses beweisrechtlich von untergeordneter Bedeutung. Jedoch: Als Schulungsmaterial für die Kriminalisten erfüllt er jahrelang einen guten Zweck, bis er eines Tages von »Unbekannt archiviert« wird. – Für Leutnant Lohmeyer endet die Abkommandierung nach Abschluss des Verfahrens. Er muss zurück in sein altes Kommissariat und leitet von nun an die Arbeitsgruppe »Eigentum«. Entgegen seinen Erwartungen wird er auch später nicht in die Mordkommission versetzt.

Oberleutnant Rudi Korges bleibt noch bis zum Jahr 1979 VP-Angehöriger. Wegen heimlicher Westkontakte gefeuert, wird ihm eine Tätigkeit in der Kaderabteilung eines städtischen Betriebes zugewiesen. Wenn man den Gerüchten Glauben schenkt, hat er das unverzeihliche Vorkommnis bewusst provoziert, um sich der in der Volkspolizei herrschenden, einengenden Indoktrination zu entziehen.

Das Phänomen der Verdrängung unangenehmer Gedächtnisinhalte ist der Psychologie und Psychiatrie unter dem Begriff der »psychogenen Amnesie« schon lange bekannt. Den meisten Tätern fällt eine solche Verdrängung schwer. Das einschneidende Erlebnis eines Mordes lässt sie durchaus nicht kalt (Ausnahme: pathologisch begründete Erinnerungsausfälle durch die Wirkung von Suchtmitteln oder Geisteskrankheit). Ihr Gewissen regt sich, auch wenn es nur begrenzt ist. Die Ehrfurcht vor dem Leben, die nämlich auch bei den meisten Mördern psychisch verinnerlicht ist, kann mit ihrem Gewaltpotential zwar durchaus nebeneinander bestehen, doch bilden diese mit der Angst vor Verhaftung und Strafe eine nicht zu unterschätzende Triebkraft. Sie zwingt zu einer ständigen inneren Beschäftigung mit der Tat, die auf diese Weise im Gedächtnis, sogar über Jahre hinweg, bis ins Detail fixiert bleibt. Eine solche beständige Tataktualisierung führt in der Regel früher oder später zu auffälligen Verhaltensindizien, die, wenn sie fachmännisch beurteilt werden, zur Überführung des Täters kriminaltaktisch genutzt werden können. Gerade bei verschleierten Tötungsdelikten (kein Opfer, kein Tatort, keine Spuren, kein Geständnis) besteht die diffizile untersuchungsmethodische Aufgabe darin, bedeutsame Verhaltensindizien beim Verdächtigen – die in seinem sozialen Umfeld meist gar nicht wahrgenommen werden – zu erkennen, zu sammeln und gegen ihn einzusetzen.

Mitunter kann man den Verdächtigen auch zu Verhaltensindizien provozieren, wie es im Fall Günter Wiese geschehen ist. Dem Kriminalisten stehen dazu verschiedene taktische Verfahren zur Verfügung, seine Untersuchungslist optimal zur Wirkung zu bringen. Derlei Kunstgriffe durften auch in der DDR nur im Rahmen des prozessrechtlich Erlaubten angewendet werden. Vor allem musste ausgeschlossen sein, bei Unschuldigen eine positive Reaktion herbeizuführen.

Der Mörder Günter Wiese schleppte durch die Jahre, vor allem aber durch das umfangreiche Ermittlungsverfahren, die ungeheure Last des unterdrückten Mordes mit sich. Auch wenn das Geschehen schon lange zurücklag, war seine Erinnerung wach geblieben. Und das labilisierte ihn, schuf eine günstige Voraussetzung, ihn mit einer Opferimitation zu konfrontieren. Psychologisch gesehen, reagierte er auf diese Provokation mit einer sofortigen, zwanghaften Assoziation. Im Übrigen ist das Provozieren von Assoziationen u. a. auch ein Bestandteil der sogenannten Lügendetektion.

Der Sinngehalt des Satzes, »Mit dem Mord habe ich nichts zu tun«, kam Wiese erst dann zu Bewusstsein, als der Gedanke bereits ausgesprochen war. Er sollte eigentlich seinem Schutz dienen. Zu spät. Der innere Unterdrückungsmechanismus hatte versagt. Eine unbewusste, spontane Reaktion aus den tiefen Schichten seines Bewusstseins war die Folge. Sie verriet, dass er sich des Zusammenhangs zwischen dem Mädchen mit dem Pagenkopf, dem rotschwarzkarierten Kopftuch und dem Mord bewusst war. So gelang der erste Schritt zur Wahrheit, der auch den überwältigenden Zustand innerer Befreiung auslöste, endlich über das sprechen zu können, was mehr als sechs Jahre lang eigennützig unterdrückt werden musste.

Tödliches Dreieck

(Aktenzeichen B I 25 – 69 Generalstaatsanwalt von Groß-Berlin)

Berlin, Samstag, der 8. März 1962, Internationaler Frauentag, einst zum Gedenken der frühen Kämpfe um das Frauenwahlrecht eingeführt, nunmehr ein Tag des Lobes auf die Frauenpolitik in der DDR. Immerhin: Mehr als 95 Prozent der Frauen sind berufstätig, teils aus innerem Bedürfnis zur Teilnahme am Berufsleben, teils aus wirtschaftlicher Notwendigkeit.

In einem sich an diesem Tag alljährlich wiederholenden Ritual huldigen die DDR-Männer den Frauen und Müttern: Die betagten Genossen der Partei- und Staatsführung laden eine Schar handverlesener Vertreterinnen des schwachen Geschlechts zu einem Festschmaus mit patriotischen Reden nach Berlin ein. Anderswo im Land, in den Werkhallen und Büros, geht es bescheidener zu. Ob in Rostock, Dresden oder Suhl, überall etwa der gleiche Vorgang: Heute brühen die männlichen Kollegen den Pausenkaffee, der FDGB-Vorsitzende hält vor der Belegschaft ein heroisches Referat über die Gleichberechtigung der Frau, die wahrhaftig nur im Sozialismus möglich sei, und macht ein paar Finanzen aus dem »Kultur- und Sozialfonds« für die kulinarische und alkoholische Ausgestaltung des Tages locker. Der Chef überreicht Blumen, der Parteisekretär verteilt mit schwülstigen Worten Orden und Geldprämien. Fotos für die Brigadetagebücher werden geschossen – die dokumentierte Frauenförderung gibt Pluspunkte bei der Wettbewerbsabrechnung. Galanter Umgang mit dem schwachen Geschlecht ist angesagt, wenigstens heute. So auch im VEB Berlin-Chemie. Dort arbeitet die 23-jährige Laborantin

Heiderose Barowsky, blond, angenehm aussehend, Mutter der vierjährigen Carola, seit 1959 in fader, langweiliger Ehe an einen acht Jahre älteren Mann gekettet. Im Kreise ihrer Kolleginnen, von denen eine mit dem Titel »Aktivist« ausgezeichnet wurde, gibt sie sich bei Kaffee, Kuchen und Wein bereitwillig der angeordneten Fröhlichkeit hin. Die männlichen Kollegen fungieren indes mit aufgesetzter Liebenswürdigkeit als dienstbare Geister. So vergehen die Stunden des letzten Arbeitstages der Woche. Zum Schichtschluss ist die Stimmung schließlich so vergnüglich, dass einige der Labordamen, darunter auch Heiderose Barowsky, beschließen, den Tag in der Treptower HO-Gaststätte »Zenner« würdig ausklingen zu lassen. Sie wissen, dass in diesem Etablissement bereits am Nachmittag das Tanzbein geschwungen wird.

Genau dort lernt Heiderose ihn kennen: Patrice Tekajumba, 21 Jahre alt, groß, schlank, muskulös, schwarzes Kräuselhaar, lebhafte Augen, seine Haut braun wie Zartbitterschokolade. Sie tanzt bis in die Nacht hinein nur mit ihm, genießt sein exotisches Flair. Alle Augen im Saal sind neugierig auf das Paar gerichtet. Fremdenfeindlichkeit ist in diesen Jahren eine unbekannte Vokabel. Sprachprobleme verhindern nicht die Verständigung. Heiderose erfährt eine spannende Biographie. Die Heimat von Patrice sei der Kongo. Sein Vater gehöre der kongolesischen Nationalbewegung unter Führung des Ministerpräsidenten Lumumba an. Nach dem Militärputsch des Oberst Mobutu und der Ermordung Lumumbas durch dessen Soldateska habe man den Vater eingekerkert. Er jedoch konnte sich der Verfolgung durch Flucht in die DDR entziehen. In einem Berliner Metallbetrieb würde er nun einen Beruf erlernen, um danach an der Hochschule der Gewerkschaften Bernau zum Gewerkschaftsfunktionär ausgebildet zu werden.

Heiderose schmilzt in seinen Armen dahin, ist im Nu in ihn verliebt. Auch er scheint Gefallen an ihr zu finden. Als die beiden gegen Mitternacht »Zenner« verlassen, folgt siegern seiner Einladung in das kleine Zimmer im Lehrlingswohnheim. Dort erwartet sie ein stürmisches, unvergessliches Liebeserlebnis. Es beeindruckt sie so stark, dass sie später einer Freundin gesteht: »Er war nicht besonders zärtlich, eher brutal. Vielleicht hat er mich vergewaltigt. Aber gerade das hat mir gefallen. Da war Männlichkeit vorhanden. So etwas habe ich noch nie erlebt. Ich spürte gleich, dass ich nicht mehr von ihm loskomme!«

Die folgenden Monate bestätigen diese Selbsteinschätzung ihrer Gefühlslage. Heiderose fühlt eine übermächtige sexuelle Bindung an Patrice Tekajumba, die ihr kritisches Urteilsvermögen nach und nach schwinden lässt. So oft es die Zeit erlaubt, besucht sie Patrice in dem kleinen Zimmer. Seine schier unerschöpfliche Manneskraft wird eins mit ihrer nicht enden wollenden Lust auf ihn. Raum und Zeit scheinen für sie jede Bedeutung verloren zu haben, Geist und Körper befinden sich im Zustand totaler Hörigkeit. Es dauert auch nicht lange, und sie offenbart dem Angetrauten den außerehelichen Erlebnishunger, macht aus den inzwischen entstandenen, sexuellen Aversionen gegen ihn keinen Hehl. »Du bist eine sexuelle Niete!«, wirft sie ihm vor. Logische Folge: Die ehelichen Bande beginnen zu zerreißen. Und in gleichem Maße finden Heiderose und Patrice zueinander, planen bald eine gemeinsame Zukunft. Als Heiderose schwanger von ihm wird, ist dies ein ausreichender Anlass für die endgültige Trennung vom Gatten: Sie reicht die Scheidung ein. Wenige Wochen später ist diese juristisch vollzogen. In den Tagen klirrender Kälte des Winters 1963 bezieht sie mit ihrer Tochter Carola und dem heranwachsenden Leben unter ihrem Herzen im Stadtbezirk Lichtenberg, Hagenstraße, eine Wohnung im Parterre.

Leidenschaftliches, ungestörtes Sexualleben und friedliches, familiäres Beieinander scheinen die nächsten Monate zu prägen. Immer häufiger teilt sie die Doppelliege im Wohnzimmer mit Patrice Tekajumba, bis er schließlich ganz zu ihr zieht. Es missfällt ihr zwar, dass der Geliebte manchmal die Nacht woanders verbringt, um angeblich mit seinen kongolesischen Freunden zusammen zu sein, dafür entschädigt er sie mit begehrten Dingen des täglichen Bedarfs, die er aus Westberlin besorgt. Die strengen Grenzkontrollen sind zwar lästig, doch können Ausländer aus dem sogenannten NSW (nichtsozialistisches Wirtschaftsgebiet) ungehindert passieren. Heiderose genießt diese Zeit.

Bis zu dem Tag, an dem sie Patrice bei höchst suspekten Doktorspielen mit Carola ertappt. Sie ist entsetzt. Obwohl die Situation eindeutig war, wiegelt Patrice erfolgreich ab und kann ihr aufgebrachtes Gemüt wenig später mit einem Beischlaf beruhigen. Bis auf einen schwachen Protest ist sie deshalb zu keiner ernsthaften Konsequenz fähig, ergeht sich lieber im egoistischen Selbstmitleid, befürchtet, mit ihrer Schwangerschaft plötzlich allein zu sein und Patrice als Liebhaber zu verlieren, falls sie ihm die Gemeinschaft kündigt oder ihn gar bei der VP anzeigt. Deshalb schweigt sie. Jedoch bringt sie Carola einige Tage später zu ihrer Mutter nach Eichwalde, wo das Kind fortan leben wird.

Dezember 1963. In Berlin, Hauptstadt der DDR, herrscht eine allgemeine, freudige Verwirrung: Ein, wie die DDR-Führung auszudrücken pflegt, mit dem Senat »der politischen Einheit Westberlin, die nicht von der BRD regiert werden darf«, ausgehandeltes erstes Passierscheinabkommen soll Verwandtenbesuche im Ostteil der Stadt möglich machen. Auch Heiderose ist in freudiger Erwartung, aber aus anderem Grund: Sie bringt ihren Sohn Daniel zur Welt. Patrice aber, der eigentlich ein glücklicher Vater sein müsste, verhält sich nahezu gleichgültig. So bleibt es auch in der Zukunft. Er findet keine innere Bindung zu seinem kleinen Sohn, lässt Heiderose manchmal sogar spüren, dass er ihm eigentlich lästig ist. Überhaupt kümmern ihn die Belange des Haushalts nicht. Patrice lebt sein eigenes Leben, sein Interesse gilt hauptsächlich den Prüfungen zum Lehrabschluss. Heiderose toleriert seine Pascharolle, so lange er ihre sexuellen Wünsche erfüllt.

Als Mitte Mai 1964 Ostberlin vom bunten Treiben des letzten Deutschlandtreffens der FDJ beherrscht wird und die DDR-Jugend erstmals nach der Musik der Beatles – die, als dekadent und schädlich eingeschätzt, bislang verboten war – öffentlich tanzen darf, ist Patrice Tekajumba tagelang auf Achse, während Heiderose sich daheim um Säugling und Haushalt kümmert. Die junge Mutter fühlt sich vernachlässigt. Sie macht ihm seine Interesselosigkeit an der Familie zum Vorwurf. Er verspricht Besserung, und eine Zeitlang kehrt die Harmonie zurück. Zumindest empfindet es Heiderose so. Lediglich, wenn sie ihn zu fragen wagt, ob er sie heiraten würde, reagiert er schroff und ablehnend.

Dann, im Sommer 1965, mit Beginn seines Studiums an der Gewerkschaftshochschule in Bernau, zeigen sich weitere Veränderungen in Patrices Verhalten. Er nimmt sich eine Studentenbude im Wohnheim der Hochschule. Seine Besuche bei Heiderose und somit die intimen Stunden werden seltener, sind auch nicht mehr ganz so temperamentvoll wie früher. Heiderose erkennt darin ein mögliches Indiz dafür, dass er nebenher womöglich Beziehungen zu anderen Frauen unterhält, wie es angeblich in seiner Heimat üblich ist. Ihr weiblicher Instinkt signalisiert Argwohn. Patrice beginnt auch zu trinken, wobei ihn bereits geringe Mengen Bier außer Gefecht setzen. Immer häufiger beklagt er, Heiderose sei nicht mehr so attraktiv wie zu Beginn ihrer Beziehung. Manchmal nutzt er den erstbesten Anlass für einen Streit, um dann für eine ganze Woche fernzubleiben. Zurückgekehrt, verschafft er mit strategischem Vorbedacht Heiderose ein befriedigendes Beischlaferlebnis. Das stimmt sie zwar augenblicklich versöhnlich, doch kann es die zehrende Eifersucht nicht mindern. In diesem Wechselbad der Gefühle vergehen die nächsten anderthalb Jahre.

Anfang 1967. Seine Besuche sind noch kürzer, die Abstände zwischen ihnen größer geworden. Die Krise tritt offen zutage. Heiderose bombardiert Patrice mit schweren Vorwürfen, lässt der angestauten Eifersucht freien Lauf. Er beschwichtigt sie, versucht mit schwachen Argumenten, den Verdacht zu widerlegen, versteckt sich hinter den Belastungen des Studiums und versichert ihr, nur sie zu lieben. Aber sie kann ihm nicht glauben. Eigentlich müsste sie sich von ihm trennen, doch die sexuelle Bindung zum ihm lähmt jeden ernsthaften Entschluss.

Sie will Gewissheit, durchsucht heimlich seine Taschen, sucht nach Beweisen für seine Untreue, bleibt ihm mit detektivischem Eifer auf den Fersen. Eines Tages bestätigt sich ihre Befürchtung: Patrice beglückt eine andere Frau. Sie heißt Gerlinde Gruner, 17-jährig, dunkelhaarig, schlank, Lehrling in einer Filiale der Sparkasse in der Leipziger Straße und wohnt im Elternhaus in Pankow. Der drohende Liebesverlust versetzt Heiderose in Panik. Ein Suizidversuch ist die Folge. Vielleicht will sie nur ein Signal setzen, denn die Dosis an Schlaftabletten ist zu gering. Patrice zeigt sich unbeeindruckt. Ohne Rücksicht auf ihre angeschlagene Psyche gesteht er sogar, neben Heiderose eine andere Frau zu lieben. Eine monogame Beziehung würde ihn zu sehr einengen. Diese Offenbarung trifft Heiderose wie ein Schlag ins Gesicht. Nein, sie will diesen Mann mit niemandem teilen. Verzweifelt sucht sie nach einem Ausweg, Patrice ganz für sich zurückzugewinnen. Nach nächtlichem Grübeln glaubt sie, eine Lösung gefunden zu haben. Irgendwie muss es gelingen, Kontrolle über Patrice und vielleicht auch über das fremde Mädchen auszuüben. Das wäre die Voraussetzung, die beiden auseinanderzubringen. Deshalb schlägt sie vor, die Dreierbeziehung offen zu leben, Patrice könne das Mädchen doch getrost zu ihr nach Hause einladen. Er ist sofort damit einverstanden, denn der Gedanke, je nach Lust und Laune mal die eine, mal die andere Frau zu beglücken, gefällt ihm. Und es dauert nur wenige Tage, bis das absonderliche Treffen stattfindet.

Gerlinde Gruner ist diese Zusammenkunft anfangs sehr peinlich, doch sie hat Verständnis. Immerhin haben die beiden ein gemeinsames Kind. Ihre innere Verkrampfung löst sich auch bald. Heiderose zeigt sich nämlich betont aufgeschlossen, heiter und gastfreundlich, spielt sofort ihre intellektuelle Überlegenheit gegenüber der schüchtern wirkenden, jüngeren Rivalin aus. Mit falscher Freundlichkeit gewinnt Heiderose so deren Vertrauen. Doch in ihrem Innern brodelt der Hass. In der Folgezeit halten die beiden ungleichen Frauen telefonischen Kontakt. Manchmal treffen sie sich auch. Heiderose lädt Gerlinde nicht nur zum Kaffee ein, sondern hat immer neue Ratschläge parat, wie man Patrice nehmen müsse. Und Gerlinde fühlt sich geschmeichelt, nimmt derlei Hinweise gern entgegen. Unerfahrenheit und Arglosigkeit auf der einen Seite, eiskalt durchdachte Dramaturgie auf der anderen, bilden so den Nährboden für eine verhängnisvolle »Freundschaft« zwischen den beiden Frauen, deren eigentlicher Nutznießer Patrice ist. Denn, anfangs spielerisch, später mit immer größerer Ernsthaftigkeit, sinnt Heiderose darüber nach, wie sie sich die verhasste Gegnerin vom Halse schaffen könnte. Und zwar endgültig. Doch das bedeutet Tod. Nur muss sie geschickt vorgehen. Keinesfalls darf sie spontan und unüberlegt handeln, sich nicht unter Zeitdruck setzen. Ein perfekter Mord bedarf eben langer Vorbereitung.

Fast zwei Jahre besteht diese riskante Beziehung zwischen den beiden Frauen, deren lebensbedrohliche Brisanz Gerlinde Gruner zu keiner Zeit spürt. So geht es bis Anfang Juli 1969. Dann bringt ein kleiner Anlass die Lawine ins Rollen: Patrice teilt Heiderose mit, sich endgültig von ihr trennen zu wollen, weil er Gerlinde mehr liebe, sie überdies ein Kind von ihm erwarte und kurzum, er wolle sie heiraten. Heiderose stockt das Blut in den Adern. Damit hatte sie niemals gerechnet. Äußerlich gelassen nimmt sie die Nachricht zur Kenntnis, doch innerlich kocht sie vor Wut. Die Grenze der Zumutbarkeit ist überschritten, jetzt heißt es handeln.

Am Freitag, dem 18. Juli, vormittags. In der Sparkasse Leipziger Straße schrillt das Telefon.

»Für dich!«, sagt die Filialleiterin und reicht Gerlinde Gruner den Hörer. Es ist ein kurzes Gespräch mit einer Freundin, doch scheint die Angelegenheit höchst wichtig zu sein. So jedenfalls deutet es die Chefin. Denn kurz vor der Tischzeit hat Gerlinde es eilig: »Ich muss sofort los, draußen wartet ein Taxi!«

»Aber um 14.00 Uhr bist du zurück!«, mahnt die Chefin.

»Keine Bange, ich bin pünktlich«, sind Gerlindes letzte Worte, als sie die Sparkasse verlässt.

Die Filialleiterin folgt ihr, um für die zweistündige Kassenschließzeit die Eingangstür zu verriegeln. Dabei entgeht ihr nicht, wie Gerlinde in den Fond eines »Wolga«-Taxis steigt, in dem bereits eine andere Frau sitzt, die sie freundlich begrüßt. Das Auto fährt in Richtung Stadtmitte davon. Etwa zur gleichen Zeit: Patrice schwänzt das Freitagseminar und will das Wochenende bei Gerlinde verbringen. Mit elterlicher Zustimmung teilt sie gelegentlich ihr kleines Zimmer mit ihm. Überhaupt fühlt er sich wohl bei ihren Eltern, die spätestens seit Gerlindes Offenbarung, von Patrice schwanger zu sein, den künftigen Schwiegersohn in ihm sehen. Von Patrices Verhältnis zu Heiderose wissen sie jedoch nichts, auch nicht, dass diese ein Kind von ihm hat. Erst später sollen sie es erfahren, meint er, jetzt könnte es die Harmonie gefährden.

Zum Mittagessen erscheint Patrice bei Vater Gruner, der mit einem lädierten Bein das Haus hüten muss. Gerlinde wird deshalb an seiner Stelle den heutigen Musical-Abend im Metropol-Theater genießen. Mutter und Tochter freuen sich bereits auf diese seltene Gemeinsamkeit. Patrice wird sich unterdessen die Zeit mit Vater Gruner vertreiben. Ihm schmeichelt es, dessen viele Fragen über das Leben im Kongo zu beantworten.

Wie erwartet, kehrt gegen 16.00 Uhr Gerlindes Mutter heim. Anderthalb Stunden später erwartet man Gerlinde. Vergeblich, sie scheint sich zu verspäten. Weitere Zeit verrinnt, ohne dass sie auftaucht. Eigentlich müssten sich die Frauen kurz nach 18.00 Uhr auf den Weg machen. Doch das Mädchen bleibt fern.

»Gerlinde kommt direkt zum Theater, vielleicht arbeitet sie länger als gewöhnlich«, tröstet sich die Mutter und die Männer pflichten ihr bei. Dann wird die Zeit knapp. Mit galligem Gefühl verlässt Frau Gruner gegen 18.15 Uhr das Haus. Knapp zwei Stunden später ist sie zurück, aufgelöst, verärgert, mit sorgenvoller Miene: Sie habe vor dem Theater auf Gerlinde gewartet und schließlich die Vorstellung sausen lassen, die Lust sei ihr restlos vergangen.

»Da muss was passiert sein, das Mädel verhält sich nicht so«, klagt sie. Auch Vater Gruner und Patrice werden zusehends nachdenklicher.

»Ruf doch mal bei ihrer Chefin zu Hause an, Gerlinde hat dir die Nummer doch mal gegeben«, rät Herr Gruner.

Ja, stimmt, der Rat ist gut, und die Nachbarn eine Etage tiefer besitzen ein Telefon. Frau Gruner geht los. Zehn Minuten später ist sie zurück, bleich, entnervt, den Tränen nahe. Ihre Nachricht verheißt nichts Gutes: Gerlinde ist am Mittag von einer Bekannten abgeholt worden und nicht mehr an ihren Arbeitsplatz zurückgekehrt. Vater Gruner und Patrice sind ratlos. Weiteres ohnmächtiges Warten.

Kurz vor Mitternacht erscheint Frau Gruner beim Kriminaldienst der VP-Inspektion Pankow, um das unerklärliche Verschwinden ihrer Tochter zu melden. Ihre Befürchtung, vertröstet und wieder weggeschickt zu werden, bestätigt sich nicht. Ein Polizist in Zivil nimmt die Anzeige entgegen.

»Gerlinde ist ein zuverlässiges Mädchen, trotz ihrer 19 Jahre bleibt sie nie ohne vorherige Information von zu Hause weg. Wenn sie nicht im sechsten Monat schwanger wäre, würde ich mir nicht solche Sorgen machen …«, gibt sie zu Protokoll und begründet ihre dunklen Vorahnungen, Gerlinde könne womöglich etwas zugestoßen sein.

Der Polizist will von Frau Gruner wissen, ob Gerlinde psychisch krank sei, sich mit Freunden oder Verwandten gestritten habe, unter Liebeskummer leide oder gar republikflüchtig sein könnte. Nein, nichts dergleichen würde eine solche Vermutung stützen.

Alles in allem nimmt die Polizei die Vermisstenanzeige ernst. Doch es ist Wochenende, auch bei der Kriminalpolizei. Außerdem gibt es eine Dienstanweisung für Vermisstenfälle, die Fristen, Informationspflichten und den polizeilichen Aufwand regelt. Und danach ist noch keine Eile geboten. So richtig würde die Maschinerie sowieso erst ab Montag anlaufen, verspricht der Gesetzeshüter. Dennoch: Der Taxifahrer, der die beiden Frauen kutschierte und die junge Frau, die Gerlinde von der Sparkasse abholte, bieten jetzt schon genügend Stoff für Wochenendermittlungen. Eine interne Fahndung läuft an, und Patrice Tekajumba wird für Samstagvormittag zur Befragung vorgeladen.

Über die Funkleitstelle des VEB Taxi wird sehr schnell jener Fahrer festgestellt, der am Freitagmittag die fragliche Tour unternahm. Er kann sich gut erinnern: Vom Taxi-Warteplatz Frankfurter Tor habe er zunächst eine blonde, etwa 30-jährige Frau in die Leipziger Straße bis zur Sparkasse am Postmuseum gefahren. Dort sei eine weitere Frau, jünger als die erste und dunkelhaarig, zugestiegen. Beide habe er dann im Stadtbezirk Lichtenberg vor einem Haus mit Baugerüst in der Hagenstraße abgesetzt.

Patrices Befragung bestätigt die Wahrnehmungen des Taxifahrers. Was er Gerlindes Eltern nicht zu sagen wagte, vertraut er nun der Polizei an. Deshalb hält er es für möglich, dass die große Unbekannte seine Exgeliebte Heiderose Barowsky aus der Hagenstraße ist.

Nichts liegt nun näher als deren unverzügliche Befragung. Deshalb macht sich Kriminalhauptwachtmeister Böhling vom Kommissariat 3 der Pankower Inspektion noch am Samstag auf den Weg nach Lichtenberg. Er hat auch Glück und trifft Heiderose an. Verwundert über den ungewöhnlichen Besuch, aber keineswegs betroffen, stellt sie sich den Fragen des Polizisten. Was Heiderose zu sagen hat, ist nicht viel. Doch es klingt unschuldig und logisch: Ja, natürlich habe sie Gerlinde mit einem Taxi abgeholt, um daheim ein kurzes Gespräch unter Frauen zu führen. Sie wollte Gerlinde veranlassen, Einfluss auf Patrice zu nehmen, der mit dem Unterhalt für das gemeinsame Kind im Rückstand sei. Außerdem war es an der Zeit, dem Mädchen die Augen über Patrices schlechten Charakter zu öffnen. Gerlinde habe nicht einmal ihren Kaffee ausgetrunken und sei ziemlich bestürzt nach wenigen Minuten gegangen.

Am Ende glaubt der Polizist ein Motiv für das Verschwinden Gerlinde Gruners gefunden zu haben. Er fertigt ein Protokoll und verteidigt vor seinem Chef die wenig überzeugende Version, Gerlinde Gruner könnte wegen des Konflikts mit Patrice Tekajumba an unbekanntem Ort Selbstmord verübt haben.

VP-Inspektion Berlin-Pankow — *Berlin, 21.07.1969*
Abt. K – Kommissariat III – — *09.00 Uhr*

Protokoll
Aufgrund der Aussagen Tekajumba und Gruner wurde die Laborantin
Heiderose Barowsky

geb. 07.03.1939 in Dortmund
wohnhaft in 1130 Berlin-Lichtenberg
Hagenstraße xxx

aufgesucht und zu ihrem Verhältnis zu dem Tekajumba und der Vermißten befragt.

Zu Beginn der Befragung gab die Barowsky sofort zu, daß sie am Freitag, d. 18.07.1969, gegen 12.00 Uhr, nach telefonischer Verabredung mit der Vermißten vor deren Arbeitsstelle zusammengetroffen ist, um sie zu einem kurzen Gespräch zu sich nach Hause einzuladen. Als Grund dafür gab sie an, daß ihr ehemaliger Lebenskamerad Tekajumba bei ihrem gemeinsamen Kind Daniel Unterhaltsrückstände in Höhe von 480,- Mark hätte und sie seine Verlobte auffordern wollte, daß sie auf den Tekajumba einwirkt, diese Schuld sobald als möglich zu begleichen.

Weiterhin hätte sie der Vermißten Aufklärung über den wahren Charakter des Tekajumba gegeben. Sie hätte ihr klargemacht, daß ihr angeblich Verlobter außer sexuellen Bindungen keine anderen Bindungen zu Frauen kennt und er in seinem jetzigen Verhältnis auch nur egoistische Vorteile suche. Das Gespräch soll nur wenige Minuten gedauert haben und die Vermißte hätte sich dann weinend mit den Worten »Das muß ich erst alles verkraften« verabschiedet. Die Befragte gibt an, anschließend Mittag gegessen und Einkäufe getätigt zu haben. Dann sei sie zum Kindergarten in der Siegfriedstraße gegangen, um ihren Sohn Daniel abzuholen.

Befragte hatte am 18.07.1969 Haushaltstag (nach tel. Rücksprache vom Betrieb VEB Berlin-Chemie bestätigt). Die B. kann keine Angaben zum möglichen Aufenthalt der Vermißten machen. Ermittlungen im Wohnhaus der Befragten zu ihrem Tagesablauf verliefen negativ.

gez. Böhling
Krim.-Hauptwachtmeister

Der sich allein auf diese Befragung stützende Suizidverdacht fällt allerdings bereits am späten Montagvormittag wie ein Kartenhaus zusammen. Völlig ratlos und verzweifelt erscheint Frau Gruner erneut bei der Kriminalpolizei in Pankow. Sie legt dem verdutzten Polizisten zwei frankierte, abgestempelte, handschriftliche Briefe vor, die gerade mit der Post gekommen waren: Einer an sie, der andere an Patrice adressiert. Mit absoluter Sicherheit erkennt Frau Gruner die Handschrift ihrer Tochter. Der Brief an Patrice enthält wüste Beschimpfungen und ein Eingeständnis, dass auch ein anderer Mann sich um Gerlinde bemühe, weshalb er sich tüchtig anstrengen müsse, um sie nicht zu verlieren. Im Brief an die Mutter formuliert Gerlinde den großen Abschied.

»Ich bitte Dich«, schreibt sie, »sämtl. Sachen, die ich von Patrice bekommen habe, an ihn zurückzugeben. Ich habe es jetzt sehr eilig. Sei nicht böse, alles Nähere schreibe ich Dir, wenn ich angekommen bin. In 15 Jahren bekommst Du ja Rente, dann können wir uns spätestens wieder sehen, es ist ja keine Trennung für immer …«

Nachdenklich liest der Polizist die beiden Texte. Zunächst scheint er selbst argwöhnisch zu sein, ob Gerlinde die Urheberin der Briefe ist, denn er meint, ein kriminaltechnisches Schriftgutachten wäre erforderlich. Dann aber gelangt er zu der bizarren Erkenntnis: »Das sieht doch wie Republikflucht aus!« Frau Gruner ist außer sich.

»Was soll sie im Westen?«, jammert sie. Nein, unmöglich! Im sechsten Monat schwanger, dort keine Verwandten, hier feste persönliche und berufliche Pläne und ihre Familie. Ein absurder Gedanke.

»Im nächsten Jahr wollte sie ein Fernstudium an der Finanzfachschule Gotha aufnehmen«, wendet Frau Gruner ein. Sie wehrt sich mit aller Macht gegen die Vorstellung, Gerlinde könnte ohne jedes Anzeichen Familie und Freunde verlassen haben.

Auch der Polizist ist ratlos, meint nur: »Warten Sie die weiteren Ermittlungen ab, vielleicht ist es doch eine Fälschung – oder nur ein schlechter Scherz!«

Doch der Gedanke, die Vermisste könnte einen illegalen Weg zum Klassenfeind gefunden haben, hält ihn gefangen. Aber der zuständige Kommissariatsleiter in der VP-Inspektion Pankow bremst den Eifer seines Mitstreiters. Nur wenige Erkenntnisse liegen zu diesem Zeitpunkt vor, dringende Ermittlungen stehen noch aus. So wäre es unverzeihlich, den Fall von vornherein auf einen ungesetzlichen Grenzübertritt zu reduzieren. Jetzt geht es vorrangig um eine genaue Überprüfung der Personen aus dem sozialen Umfeld der Vermissten, besonders ihres Verlobten und jener Frau, die mit ihr zuletzt zusammen war. Auch die Fahndungsmaßnahmen müssen erweitert werden. Und schließlich: Nur formgerechte Zeugenvernehmungen des Taxifahrers, der Filialleiterin der Sparkasse und der Laborantin Heiderose Barowsky haben beweisrechtliches Gewicht, nicht lapidare Befragungsprotokolle. Noch hat niemand Gerlinde Gruners Zimmer sachkundig unter die Lupe genommen. Ihre erkennungsdienstlichen Daten müssen ergänzt werden. Kurzum: Das alles ist Grund genug, Kriminalhauptwachtmeister Böhling mit der Erarbeitung eines Maßnahmeplans zu beauftragen. Und eine seiner ersten Amtshandlungen wird sein, das VP-Präsidium am Alexanderplatz über den Vermisstenfall zu informieren.

Stadtbezirk Lichtenberg. Das Areal zwischen Mauritiuskirche, U-Bahnhof Magdalenenstraße und S-Bahnhof Nöldnerplatz bildet nahezu ein gleichschenkliges Dreieck. Eine parallel zur Frankfurter Allee verlaufende Reihe wuchtiger Neubauten begrenzt es in nördlicher, die Bahnstrecke Lichtenberg-Berliner Norden in südlicher Richtung. Dazwischen – eine riesige Baustelle. Aufgewühlte Erde, Fundamentgruben, Baumaterialien,

Kräne und Baubuden künden davon, dass in dieser Gegend etliche elfgeschossige Wohnblöcke in üblicher Plattenbauweise, ein Sportplatz und verschiedene Lagerhallen entstehen. Auch neue Straßen werden die Gegend bald durchqueren. Genau dort, wo künftig das Studentenheim der Humboldt-Universität in der Coppistraße erbaut wird, endet der Baurummel an einer idyllischen Enklave: Die Kleingartenanlage »Zur Pflaume« an der Buchberger Straße. Sie wird erst zwei Jahre später den Planierraupen und Baggern zum Opfer fallen.

Es ist Dienstag, der 22. Juli 1969. Der frühmorgendliche Himmel über Berlin ist grau überzogen, ein ungewöhnlich frischer Wind weht. Noch erinnert nichts an die sonst übliche Hitze in der Mitte des Sommers. Rentner Ewald Stange betritt seinen Schrebergarten in der genannten Anlage an der Buchberger Straße. Blumenkohl ernten und Hecke schneiden, hatte seine Frau ihm aufgetragen. Die Rückseite seines Grundstücks grenzt an einen öffentlichen Weg. Einst wurde eine Hainbuchenhecke angepflanzt, um neugierigen Spaziergängern den Blick auf den Kaffeetisch der Laubenpieper zu versperren. Inzwischen hat das Buschwerk die beachtliche Höhe von mehr als zwei Metern erreicht. Grund genug, es wieder in Fasson zu bringen.

Rentner Stange beginnt an der Außenfront des Gartens sein verschönerndes Werk. Mit kräftigen Schlägen betätigt er die große Schere. Doch schon bald muss er die Arbeit unterbrechen: An einer lichten Stelle im Buschwerk liegt ein Hindernis. Es ist ein ziemlich großer Stein, der dort nicht hingehört. Nur mit Mühe kann der alte Mann das Hindernis beiseite rollen. Geschafft! Doch was ist das? Die Stelle, an der der Stein lag, entpuppt sich als kleiner, etwa 30 cm hoher Erdhügel, aus dem das Ende eines karierten Stoffes herausragt. Da hat jemand seinen Müll entsorgt, denkt Ewald Stange und zieht aus Leibeskräften daran. Vergeblich, es steckt zu tief in der Erde. Verärgert holt er einen Spaten und trägt die erste Schicht des Walls ab. Wieder zieht er an dem textilen Zipfel. Die Erde rutscht zur Seite und gibt den Blick frei auf ein weiteres Stück des karierten Stoffs. Es könnte eine Decke sein, in die etwas eingewickelt wurde, vermutet Ewald Stange richtig. Mit dem Spaten schiebt er den Stoff auseinander. Da macht er eine entsetzliche Entdeckung: Er hat ein menschliches Bein freigelegt. Der Körper scheint vom Rest der Decke umhüllt zu sein. Ein Riesenschreck schüttelt ihn durch und lähmt für einen Moment alle Sinne. Dann fasst er sich, eilt quer durch die Gartenanlage zum Vereinslokal, dessen Inhaber dort wohnt und ein Telefon besitzt. Doch der Wirt schläft noch. Ewald Stange muss ihn lauthals wecken, was ihm im Nu gelingt: »Mensch, Wilhelm, mach bloß uff, bei mir am Zaun liegt 'ne Leiche!«

Unverzüglich geht die Mitteilung über den unheimlichen Fund in der Funkleitzentrale des VP-Präsidiums ein. »Wir kommen sofort!« heißt es. Ewald Stange geht zurück zur Buchberger Straße und wartet in respektvollem Abstand zur Hainbuchenhecke auf die VP.

Minuten später Blaulicht und Sondersignal: Ein grüngelber Funkwagen, zwei Schutzpolizisten darin, rumpelt über die staubige Piste heran. Der Rentner zeigt die Fundstelle. Die Wachtmeister beäugen sie kritisch – »die sachliche Richtigkeit der Anzeige feststellen« heißt diese Amtshandlung im Polizeijargon. Dann nicken sie sich vielsagend zu, melden über Funk das Ergebnis ihrer kurzen Inspektion und fordern weitere Sicherungskräfte an. Ewald Stange könnte sich nun seinen Gemüsebeeten widmen, ihm wurde nur aufgetragen, sich für eine Befragung durch die Kripo bereitzuhalten. Aber seine Neugierde an den weiteren Vorgängen ist momentan stärker als das Interesse an Blumenkohl und Kopfsalat.

In der Tat: Es dauert gar nicht lange, und weitere Funkstreifenwagen rollen heran, blockieren in gebührender Entfernung vom Fundort die Zugänge und Zufahrten, halten die sich von den Baustellen nähernden Gaffer fern. Dann sind zivile Fahrzeuge zur Stelle: Der Bereitschaftsdienst der Mordkommission. Einsatzleiter ist Oberleutnant Rohde, ein leicht übergewichtiger, gemütlich wirkender Mittdreißiger. Er prüft die Fundstelle, erfasst die Lage, weist die anderen Kriminalisten ein. Rentner Ewald Stange muss schildern, wie er den Leichnam entdeckte. Die Spurenfahnder treten in Aktion. Nummerntäfelchen werden aufgestellt, unentwegt klickt der Fotoapparat des Kriminaltechnikers. Aber es ist schwierig, in dem durch Schutt, Baumaterial und Ausschachtung verunstalteten Gelände Relikte eines Verbrechens aufzuspüren.

Und noch ein Streifenwagen rollt heran: Aus dem Fond steigt der Gerichtsarzt Dr. Radant, ein chronischer Nichtautofahrer mit Bürstenschnitt und messerscharfen Bügelfalten. Er, Rohde und ein Kriminaltechniker begeben sich zur Fundstelle.

Noch immer ist der Leichnam in eine Decke eingehüllt und mit dunkelgrauem, trockenem Sand bedeckt. Nur ein Bein ist sichtbar. Das Erdreich wird abgetragen. Mehrere Lagen blutiges Packpapier werden freigelegt. Jetzt kann man erkennen, dass eine dünne Schnur das unheimliche Paket fest umschließt. Die Verschnürung wird gelöst und die Decke zurückgeschlagen. Dann der schauerliche Anblick: Die Leiche einer Frau, jung, nackt, zusammengekrümmt in Hockstellung. Am Hals fallen einige glattrandige, klaffende Schnittwunden auf. Der aufgedunsene Körper ist stellenweise schmutziggrün verfärbt, ebenso das Gesicht. Braunrote Flüssigkeit fließt aus Mund und Nase. Die Augenlider und Lippen sind monströs angeschwollen.

Übler Geruch verbreitet sich, das untrügliche Zeichen fortgeschrittener Fäulnis.

Dr. Radant kann jetzt nur einige, grobe Hinweise geben: Alter der Toten etwa 20 bis 25 Jahre, Liegezeit unter Berücksichtigung der sommerlichen Temperaturen 2 Tage bis 1 Woche, Todeszeit könnte der Liegezeit entsprechen, Todesursache ungewiss. Nur eines steht fest: Die Auffindungssituation lässt keinen Zweifel an einem Verbrechen. Dann der übliche Satz: »Alles weitere nach der Obduktion!«

Ein Fährtenhund kommt am Fundort zum Einsatz. Die sensible Nase dicht über dem Boden trabt er zielstrebig davon. Doch bereits nach wenigen Metern scheint er die Spur zu verlieren, irritiert läuft er hin und her, bis er schließlich ganz aufgibt.

Die Männer im Gelände sind indes erfolgreicher: Zwanzig Meter vom Leichenfundort entfernt bedecken Bruchsteine eine blutbefleckte »Intershop«-Tüte. Hinter einem Betonring liegt eine schwarz lackierte Müllschippe. Ein zusammengedrückter Fernsehkarton mit dem Aufkleber »Typ Dürer 94, EVP 1620. MDN, Geräte-Nr. 7005881« ist zwischen Betonrohren eingeklemmt. Auch an ihm befinden sich Blutspuren. Im Innern des Kartons weitere blutverschmierte Utensilien: Ein zerknülltes Blatt Papier mit handschriftlichen französischen Schreibübungen, ein »Schnittmusterbogen Nr. 125« für einen Damenrock und der Abschnitt einer Auftragskarte für Mangelwäsche Nr. 40375. Einige hundert Meter vom Fundort der Leiche entfernt liegt zwischen illegal entsorgtem Müll ein Sportkinderwagen mit Blutspuren auf dem Kunststoffbezug. Alles in allem: Rohdes Tatortteam macht mit mehr als dreißig Spuren eine ungewöhnlich reiche Beute. Ihr Zusammenhang begründet unschwer die Version über den Transport und die Beseitigung der Leiche. Der Oberleutnant ist zufrieden.

In sein Büro zurückgekehrt, tippt er eilig ein Protokoll »Verfügung zur Einleitung eines Ermittlungsverfahrens gegen Unbekannt wegen vorsätzlicher Tötung«, legt es dem Dezernatsleiter zur Unterschrift vor, klemmt sich eine Mappe mit den Vermisstenmeldungen der letzten Tage unter den Arm und macht sich auf den Weg zur Gerichtsmedizin in die Hannoversche Straße, wo die Autopsie der unbekannten toten Frau längst begonnen hat.

Ehrfurchtsvoll betritt Oberleutnant Rohde den im vorigen Jahrhundert errichteten neugotischen, roten Backsteinbau, der mit dem angrenzenden Dorotheenstädtischen Friedhof auf eigene Weise den letzen Frieden symbolisiert. Es ist ein erhabenes Haus der Stille, Ort des letzten Dienstes am Menschen zur Suche nach der Wahrheit. Einst als Leichenschauhaus bezeichnet, in dem unbekannte Tote zum Zwecke der Wiedererkennung öffentlich aufgebahrt wurden, befand sich darin das erste deutsche gerichtsmedizinische Institut, geführt von berühmten Gelehrten. Jetziger Chef ist Prof. Dr. Prokop, Gerichtsmediziner, Immunologe und Genetiker von Weltruf. Wichtige Entdeckungen auf dem Gebiet der Blut- und Serumgruppen, mehr als 600 wissenschaftliche Veröffentlichungen, darunter fast 50 Bücher, zeugen von seiner ungewöhnlichen Produktivität.

Im Sektionssaal ist Dr. Radant emsig bei der Sache. Ihm assistiert ein Gehilfe. Der Kriminaltechniker erledigt die erkennungsdienstlichen Aufgaben und fotografiert die wichtigsten Phasen der Leichenöffnung. Auch der Staatsanwalt ist anwesend. Er verfolgt das Geschehen aber aus sicherer Distanz. An das penetrante Geruchsgemisch aus Leichenfäulnis und Desinfektionsmitteln haben sich die Männer mittlerweile gewöhnt. In nierenförmigen Emailleschalen und Schüsseln aus Edelstahl liegen Organpakete für spezielle Untersuchungen bereit. Gewebeproben, asserviert in Schraubgläsern, sind für toxikologisch-chemische und histologische Analysen vorgesehen.

Der Doktor kann inzwischen mit wichtigen Ergebnissen aufwarten: Das Alter der toten Frau schwankt zwischen 20 bis 25 Jahren. Sie ist 158 cm groß, von schlanker Gestalt, wiegt 68 kg. Und das Wichtigste: Sie ist im 6. Monat schwanger. An der rechten Kinnseite befindet sich eine kleine ältere, an der Außenseite des rechten Oberschenkels eine längst verheilte größere Operationsnarbe.

»Infolge der massiven Unterblutung der Halsweichteile mit Bruch des Schildknorpels, bei Fehlen anderweitiger Todesursachen, ist der Todeseintritt durch eine grobe stumpfe Gewalteinwirkung auf den Hals, am ehesten durch Drosseln oder Würgen, zu erklären«, diktiert der Obduzent. Der Verdacht »Mord oder Totschlag« hat sich zusätzlich bestätigt. Die Schnittwunden am Hals sind nach Eintritt des Todes entstanden, vermutlich durch ein Messer oder ein scharfschneidiges Hiebwerkzeug. Die Todeszeit lässt sich durch die fortgeschrittene Fäulnis nur annähernd schätzen, dürfte aber nur wenige Tage zurückliegen.

Der Oberleutnant vergleicht die Daten aus den mitgebrachten Vermisstenunterlagen nach Geschlecht, Alter, Größe, Haarfarbe, möglicher Schwangerschaft, Narben … Schon nach wenigen Minuten steht fest: Die Tote ist mit der seit 18. Juli vermissten Gerlinde Gruner identisch.

In dieser Untersuchungsphase hängt die Täterermittlung weitgehend von den Ergebnissen der Spurensicherung am Leichenfundort ab. Doch die liegen erst in einigen Tagen vor. Kriminalistischen Erfahrungen zufolge weist die Ermordung einer Schwangeren zunächst auf eine Beziehungstat hin. Folgerichtig leitet Rohde daraus ab: Der Schlüssel zur Lösung des Falls muss irgendwo in der Dreiecksbeziehung zwischen der Toten, Patrice Tekajumba und Heiderose Barowsky liegen. Deshalb müssen die beiden nicht wie bisher nur oberflächlich befragt, sondern förmlich und ausführlich vernommen werden. Allerdings ist Tekajumbas Alibi hieb- und stichfest; er hielt sich ab Freitagmittag bei Herrn Gruner auf. Nur das seiner Ex-Lebensgefährtin steht auf sehr wackligen Füßen. Ihre Vernehmung hat somit Vorrang.

Zunächst gilt es aber, Familie Gruner die Nachricht über den schrecklichen Tod ihrer Tochter zu überbringen. Ein solcher Gang fällt auch Oberleutnant Rohde schwer, obwohl der Umgang mit dem Tod für ihn etwas Selbstverständliches geworden ist. Allerdings machen ihn immer wieder die Reaktionen der Hinterbliebenen auf die Schreckensnachricht betroffen und hilflos. Um dem anschließenden Besuch bei Heiderose Barowsky von vornherein ein gehöriges Maß an staatlicher Autorität zu verleihen, begibt er sich nicht allein, sondern mit Leutnant Müller, Jüngster im Team, und dem Kriminaltechniker, Oberleutnant Thilo, auf den Weg. Frau Gruner hat einige Tage Urlaub. Große Ungewissheit, schlaflose Nächte und nicht enden wollende böse Befürchtungen haben ihre Nerven bloßgelegt. Sie ist unfähig, arbeiten zu gehen. Herr Gruner, in der gleichen labilen Gemütsverfassung, ist durch das Gipsbein immer noch in seiner Bewegungsfreiheit beeinträchtigt. Wütend beklagt er seinen Zustand. Patrice hat sich aus dem Gefühl familiärer Zusammengehörigkeit seit Freitagmittag ununterbrochen bei Gerlindes Eltern aufgehalten. Auch er teilt deren Sorgen. Vor allem, weil niemand weiß, was es mit den ominösen Briefen auf sich hat, in denen Gerlinde sich auf so absonderliche Weise verabschiedet.

Oberleutnant Rohde ist allein erschienen, derweil seine Mitstreiter im Wagen warten. Tief erschüttert, blass, innerlich wie versteinert, nehmen die drei die Todesbotschaft entgegen. Noch ehe sie die Unumkehrbarkeit des schrecklichen Schicksals ihrer Tochter begreifen, zieht sich Rohde taktvoll zurück. Dies freilich ohne zu vergessen, Patrice Tekajumba amtlich korrekt für den nächsten Tag, Mittwoch, den 23. Juli 1969, 9.00 Uhr, zur Zeugenvernehmung ins Präsidium vorzuladen.

Am späten Nachmittag in Lichtenberg. Ein unauffälliges Polizeifahrzeug mit Rohde und den beiden Mitstreitern parkt vor dem Haus mit dem Baugerüst in der Hagenstraße. Das Auge des Gesetzes ist jetzt auf Heiderose Barowsky gerichtet. Rohde wendet sich an Müller: »Du gehst im Haus auf Klingeltour. Frag ein paar Leute, was sie über die Dame wissen: Alibi, Leumund, Kinderwagen, Fernsehkarton … Du weißt schon! Dann kommst du zu uns.«

Der Kriminalist steigt aus dem Auto und verschwindet im Haus.

Etwas später klingeln Rohde und der Kriminaltechniker Thilo an Heiderose Barowskys Wohnung im Hochparterre. Sie wissen, dass sie mit dem fünfjährigen Daniel vor einer Stunde vom Kindergarten heimgekehrt ist – sonst wären sie schlechte Ermittler. Oberleutnant Rohde kalkuliert sogar die Möglichkeit ein, im Fall der Fälle Frau Barowsky zuzuführen. Und: Er ist darauf vorbereitet, dann das Kind der Obhut ihrer Mutter in Eichwalde anzuvertrauen.

»Wir müssen uns noch mal über den vorigen Freitag unterhalten«, beginnt Rohde gleich und meint beiläufig, von der Mordkommission zu sein. Heiderose, still und verwirrt, schickt Daniel ins Kinderzimmer und führt die Männer in die Wohnstube. Rohde wirft sofort einen Blick auf den Fernseher. Es ist ein »Dürer 94«.

»Was meinen Sie mit Freitag, ich hab doch alles gesagt«, reagiert Heiderose unbeholfen. Ihr Gesicht ist puterrot, durch den Unterkiefer geht ein feines Zittern. Die Erregung ist ihr anzusehen. Rohde winkt gleichgültig ab, geht stattdessen zielbewusst auf den Fernseher zu, schlägt mit der flachen Hand darauf und fragt mit scharfer Stimme: »Und die Verpackung, haben Sie die noch?«

Die Frage löst bei Heiderose höchstes Unbehagen aus. Nervös nestelt sie an ihrem Haar, versucht, dem Blick des Kriminalisten auszuweichen, sagt leise: »Nee, damals weggeschmissen.« Rohde sieht ihr an, dass sie sich beklommen und bedroht fühlt.

Oberleutnant Thilo blättert unterdessen hemmungslos in einem Schreibblock, der auf dem Couchtisch liegt, stutzt, zeigt auf ein beschriebenes Blatt und fragt listig: »Ach, schau mal einer an, französisch! Eine schwere Sprache?«

Heiderose kann keinen klaren Gedanken fassen, antwortet lieber nicht. Der Hintergrund dieser Frage ist ihr unbegreiflich. Sie ist so angeschlagen, dass sie sich außerstande fühlt, der Dreistigkeit des Polizisten, in ihren Sachen herumzuschnüffeln, Einhalt zu gebieten. Eine innere Verkrampfung schnürt ihr fast die Kehle zu.

Rohde lässt nicht locker, holt zum nächsten Schlag aus:

»Haben Sie 'n Kinderwagen?« Das sitzt. Heiderose ist einen Augenblick sprachlos, sucht krampfhaft nach Worten, wohl wissend, dass sie etwa sagen muss. Dann will sie antworten, doch es klingelt an der Wohnungstür. Eine rettende Pause. Heiderose kann Zeit schinden, will zur Tür, doch Rohde kommt ihr zuvor: »Lassen Sie nur, ich gehe schon!« Er öffnet. Leutnant Müller meldet sich von der Klingeltour zurück. Nun ist das Polizistentrio wieder komplett.

Rohde hat die letzte Frage nicht vergessen und wiederholt sie mit Nachdruck: »Also, was ist mit dem Kinderwagen?«

Heiderose fühlt, wie die Falle zuschnappt. Sie kann nicht mehr, fängt an zu weinen. Noch immer sucht sie nach einer plausiblen Antwort. Da trifft sie ein weiterer Schlag: Der junge Leutnant Müller blickt sie scharf an und zischt ihr ins Ohr: »Unten im Keller sind Blutspuren!«

Auch das noch! Ihr Gesichtsausdruck verrät, dass sie nicht mehr logisch denken kann. »Die sind von mir«, quetscht sie gequält hervor, »es ist Menstrualblut!«

Die Männer lachen zynisch. Rohde herrscht Heiderose an: »Schluss mit der Komödie, Sie wissen doch, warum wir hier sind!«

Jetzt ist Heiderose völlig am Ende. Tränen rollen über ihre

Wangen. Sie hält verzweifelt die Hände vor das Gesicht und winselt: »Ich wollte es nicht, glauben Sie mir, es tut mir so leid!«

Rohde verzieht keine Miene, doch innerlich triumphiert er. Gelassen lässt er sich in einen Sessel fallen, fordert Heiderose auf, Platz auf der Couch zu nehmen, schiebt ihr den Schreibblock zu und spricht mit ruhiger Stimme: »Frau Barowsky, Sie sind vorläufig festgenommen. Jetzt warten wir auf Ihre Mutter, sie wird sich um Ihren Sohn kümmern.« Er wirft Leutnant Müller einen Blick zu. Der kapiert sofort und verlässt die Szene. Heideroses kleiner Junge, der nicht verstehen kann, was die fremden Männer von seiner Mama wollen, und warum sie weint, wird unterdessen von Oberleutnant Thilo im Nebenzimmer mit einem Spiel beschäftigt.

Rohde bietet Heiderose eine Zigarette an, reicht ihr einen Kugelschreiber und sagt: »Wir haben Zeit, schreiben Sie's auf, kurz und knapp!«

Und Heiderose schreibt: »Ich wollte es nicht, aber ich habe es getan.

Am Freitag habe ich Gerlinde Gruner in meiner Wohnung mit einem Gürtel umgebracht. Ich hatte nicht die Absicht, sie zu töten. Ich wollte ja nur eine gründliche Aussprache mit ihr. Ich weiß nicht mehr, wie es über mich kam, ich habe dann einen Gürtel um ihren Hals geworfen und fest zugezogen, bis sie umfiel. Vielleicht dachte ich in diesem Moment, dass ich Patrice zurückgewinne, wenn sie nicht mehr da ist. Aber dann hatte ich Angst, dass sie wieder zu Bewusstsein kommt und mich beschuldigen könnte, aber ich hatte auch Angst, dass sie tot ist. Ich habe dann noch mit meinen Händen den Hals zugedrückt. Ich habe sie dann in meinen Keller gebracht. Vorher habe ich sie entkleidet und die Sachen verbrannt. Nachts habe ich sie in einem Fernsehkarton auf meinem Sportkinderwagen an eine Gartenanlage gebracht und dort verbuddelt. Sie hat mir Patrice weggenommen. Ich war ständig eifersüchtig auf die jüngere

Gerlinde. Aber nun bereue ich alles, was passiert ist. Ich wäre froh, wenn sie leben würde. Heiderose Barowsky«

Diese Sätze sind der erste und wichtigste Schritt auf dem steinigen Weg zur Wahrheit. Rohde ist zufrieden. Jetzt kann er großzügig sein und Heiderose erlauben, bis zur Ankunft ihrer Mutter bei dem Kind zu sein, freilich unter strenger Aufsicht der Staatsgewalt. Eine reichliche Stunde später: Leutnant Müller ist zurück, in seiner Begleitung Heideroses Mutter. Die Betroffenheit ist ihr anzusehen. Vermutlich kennt sie den Grund für die Polizeiaktion, denn sie behandelt Heiderose kühl und distanziert, wendet sich gleich ihrem Enkel zu. Wiederum klingelt es an der Wohnungstür. Weitere Kriminalisten erscheinen, bereit, die bevorstehende Tatortuntersuchung zu unterstützen.

Schließlich geht alles sehr schnell: Heiderose muss sich von Daniel verabschieden, der ab September ein Schulkind ist, aber erst viel später begreifen wird, warum die Mama so plötzlich und für so lange Zeit verreisen muss. Als Rohde sie abführt, sagt ihre Mutter: »Schlimm, was du getan hast. Ab jetzt wirst du ganz allein sein!« Und in ihrer Stimme liegt eine ungeheure Verbitterung und Traurigkeit.

Im Polizeipräsidium erwartet Heiderose zunächst die übliche Prozedur, die einer Verhaftung folgt: Bekanntgabe des Ermittlungsverfahrens, erkennungsdienstliche Behandlung, Vorführung beim Haftrichter, Belehrung, ärztliche Untersuchung zur Feststellung der Hafttauglichkeit. Dann wird für den Rest der Nacht die Zellentür hinter ihr verschlossen.

Oberleutnant Rohde hat die erste große Beschuldigtenvernehmung für den morgigen Nachmittag geplant. Er will nämlich erst die bis in die Morgendämmerung andauernde Tatortuntersuchung und die Vernehmung Tekajumbas abwarten.

Jedoch: Am Mittwoch, dem 23. Juli 1969, wartet er vergeblich auf Heideroses Ex-Lebensgefährten. Da ein unentschuldigtes

Ausbleiben des Zeugen eine unverzeihliche Versündigung gegen die Prozessordnung ist, schickt Oberleutnant Rohde sofort einen seiner Männer in die Spur. Doch der meldet schließlich resignierend, dass Patrice das Ehepaar Gruner am Vorabend ohne Ankündigung verlassen habe. Auch in der Gewerkschaftshochschule sei er nicht wieder aufgetaucht. Ohne eine Spur zu hinterlassen, bleibt er verschwunden.

Erst Wochen später wird den Ordnungshütern klar, dass Patrice Tekajumba das Land des Sozialismus klammheimlich verlassen hat. Und zwar für immer. Niemals kann er daher als Zeuge vernommen werden.

Sein plötzliches Verschwinden löst bei einigen Funktionären in der Führungsetage des VP-Präsidiums wilde Spekulationen aus: Man sieht in ihm den flüchtigen Mordanstifter, zumindest einen Tathelfer bei der Beseitigung des Leichnams. Doch alles das lässt sich niemals beweisen.

Es gibt aber eine einfache, plausible Erklärung: Patrice Tekajumba hat sich durch sein Untertauchen aller Vaterpflichten gegenüber dem fünfjährigen Daniel dauerhaft entledigt. Schmählicher Eigennutz war vermutlich sein Motiv. Und ein wichtiger Umstand schien sein Vorhaben zu begünstigen: Für Bürger nichtsozialistischer Länder war nämlich die Mauer kein unüberwindbares Hindernis.

Als Heiderose Barowsky zur Vernehmung vorgeführt wird, macht sie einen jammervollen, niedergeschlagenen Eindruck. Ihr Gesicht ist blass, wirkt übermüdet und verheult. Die nervlichen Belastungen des mörderischen Geschehens vom 18. Juli, die quälende Ungewissheit, wann ihre Untat ans Tageslicht kommt und die wirren Gedanken über das viele Jahre andauernde künftige Leben hinter Gefängnismauern, haben sie über Nacht in eine selbstmörderische Stimmung versetzt. Oberleutnant Rohde kennt derlei psychische Ausnahmesituationen, die er vor allem bei Beziehungstätern beobachtet, wenn deren Genugtuung über den Taterfolg durch ein vernichtendes Schamgefühl abgelöst wird. Mit einigem Erfolg kann er Heiderose darauf vorbereiten, dass nur ein schonungsloses Offenlegen der Wahrheit ihre Zerknirschtheit mindern kann.

»Ich habe das große Bedürfnis, über meine Tat zu sprechen«, sagt sie zu Beginn ihres langen Monologs, den Rohde nur unterbricht, wenn ihm etwas unklar erscheint. Tatsächlich: Im Verlaufe der kommenden Stunden, in denen sie über die Einzelheiten des mörderischen Geschehens, ihre Gedanken und Empfindungen reflektiert, löst sich die depressive Verstimmung. Und Rohde erfährt die ganze Wahrheit.

Ihre Tat war nämlich keineswegs ein spontaner, affektiver Akt, der sie aller Sinne beraubte, wie sie in ihrem schriftlichen Geständnis angab. Im Gegenteil: Sie war das Ergebnis einer monatelangen, gedanklichen Vorbereitung. Es sollte ein perfekter Mord sein, bis ins Detail ausgeklügelt.

Heideroses Gefühlswelt war mit der Zeit aus den Fugen geraten: Sie konnte es nicht verkraften, der jüngeren Gerlinde Gruner den Platz an Patrices Seite freimachen zu müssen. So verfing sie sich in dem Irrtum, als Mutter seines Kindes Rechte an ihm einfordern zu können, und sie übersah dabei, dass seine Entscheidung längst zu ihren Ungunsten gefallen war. Wenn die Nebenbuhlerin verschwindet, glaubte sie, könnte die alte Beziehung restauriert werden. Und aus dieser Überlegung entsprang der mörderische Plan.

»Ich wollte Gerlinde unter einem Vorwand zu mir in die Wohnung bringen, um sie dort zu töten. Anfangs habe ich mit dem Gedanken gespielt, mir im Betrieb Gift zu besorgen, merkte aber bald, dass die Beschaffung zu große Schwierigkeiten bereitet«, gibt Heiderose später zu Protokoll und sagt weiter: »… Auch war mir noch nicht klar, wie sich ihr plötzliches Verschwinden erklären lässt. In der Folgezeit kam ich auf die Idee, Gerlinde die bekannten Briefe zu diktieren, um einerseits bei ihr die Vorstellung zu erwecken, Patrice wirklich nur auf eine Probe zu stellen, und andererseits wollte ich damit die Eltern über den Verbleib ihrer Tochter täuschen …«

Nach dem Diktat sollte Gerlinde Gruner sterben, ihre Leiche im Schutze der Dunkelheit heimlich weit weggeschafft werden. Als Zeitpunkt für die Tat wählte sie einen Freitagnachmittag. Sie konnte sicher sein, dass die meisten Hausbewohner nach vollbrachtem sozialistischem Tagwerk bereits im Exil ihrer Wochenendgrundstücke untergetaucht sind. Also: Beste Gewähr für ungestörtes Handeln.

Heiderose Barowsky hielt sich an ihren Plan. Sie nahm am 18. Juli den ihr zustehenden monatlichen Haushaltstag, rief mittags Gerlinde in der Sparkasse Leipziger Straße an, bat sie um ein kurzes, ungestörtes Gespräch bei ihr zu Hause. Mit einem Taxi würde sie abgeholt und zum Ende der Mittagspause wieder zurückgebracht. So geschah es auch. Arglos lieferte sich das Opfer seiner Mörderin aus, folgte ihr bis nach Hause. Als die beiden Frauen im Wohnzimmer Platz genommen hatten, sagte Heiderose: »Ich möchte dir einen Vorschlag machen. Die Fronten müssen endlich geklärt werden. Vielleicht hänge ich noch der Illusion nach, dass Patrice doch wieder zu mir zurückfindet. Doch das macht mich fertig. Ich will Klarheit haben, ob er überhaupt noch etwas für mich empfindet. Wir können ihn auf die Probe stellen. Zugleich wäre es auch für dich ein Beweis, dass er dich oder mich liebt. Wenn ich der Verlierer bin, sollst du in Ruhe mit ihm glücklich sein. Ich ziehe dann aus Berlin weg …«

Dieser vermeintlich faire Vorschlag schien Gerlinde Gruner zu gefallen. Mit der sprichwörtlichen Falschheit einer Schlange weihte Heiderose sie in ihren Plan ein: »Ich diktiere dir zwei Briefe, einen an Patrice und einen an deine Eltern. Patrice schreibst du, dass du ihn nur an der Nase herumgeführt hast … und gar keinen Wert auf ihn legst … Deinen Eltern schreibst du, dass du nach dem Westen abhaust. Alles muss echt wirken. Mit dem bestellten Taxi fährst du nachher wieder zu deiner Arbeit, und ich hole dich abends ab. Dann bleibst du übers Wochenende bei mir. Wenn wir heute den Brief noch einstecken, haben sie ihn Montag früh. Wir werden sehen, ob Patrice zu mir kommt. Du könntest vom Kinderzimmer aus alles mit anhören, was er sagt, ohne dass er dich bemerkt …«

Heiderose reichte Papier und Kugelschreiber. Gerlinde zögerte einen Moment, als schien ihr das Ganze nicht geheuer zu sein. Doch der naive, kurzsichtige Gedanke, Heideroses Zusage, Berlin zu verlassen, würde den Wochenendschreck, den die Briefe bei ihren Eltern auslösen würden, wettmachen, tröstete sie. Denn sie sagte: »Fang an, diktiere!«

Und Heiderose schritt in Oberlehrermanier durchs Wohnzimmer und diktierte die beiden verhängnisvollen Briefe. Kaum fertig, schlang sie blitzartig zwei miteinander verdrillte Gürtel, die sie hinter einem Sofakissen versteckt hielt, um Gerlindes Hals und zog aus Leibeskräften zu. Minutenlang verharrte sie so. Nur ein kurzes Röcheln war zu hören, bis Gerlindes Körper widerstandslos seitwärts auf die Couch sank. Heiderose befürchtete, dass die Widersacherin noch nicht gänzlich tot war. Deshalb löste sie den Strang und vollendete ihr mörderisches Werk mit einem lang anhaltenden, kräftigen Würgegriff. Trotzdem, um ganz sicher zu gehen, schlug sie zusätzlich mit einem kleinen Beil mehrmals auf Gerlindes Hals. »Ich habe dabei meinen Kopf weggedreht, um es nicht zu sehen«, gibt sie später zu Protokoll. Sie entkleidete die tote Gerlinde, um auf der Stelle alle ihre Sachen zu verbrennen. Bevor sie das tote Mädchen in einen Fernsehkarton zwängte, zog sie ihm den Goldring vom Finger und entfernte die Uhr vom Arm. Beides versteckte sie in ihren Winterstiefeln, die sie in der Abstellkammer aufbewahrte. Sodann verschnürte sie den Karton, zerrte ihn unter Aufwendung aller Kräfte aus der Wohnung, streng darauf achtend, dass sie niemand bemerkt, ließ sie ihn die Treppe hinuntergleiten und schloss ihn im Keller ein.

In die Wohnung zurückgekehrt, machte sie sich frisch, kleidete sich um und verließ das Haus. Die beiden Briefe steckte sie in den nächsten Briefkasten. Dann holte sie ihren Sohn Daniel aus dem Kindergarten. Heiter und zufrieden spielte sie mit ihm, bis kurz vor 19.00 Uhr das Fernsehsandmännchen angenehme Kinderträume versprach.

Nach 22.00 Uhr war Heideroses bisherige Kaltschnäuzigkeit plötzlich einer gewaltigen Herzbeklemmung gewichen. Zu theoretisch schien ihr ursprünglicher Plan zu sein, die Leiche außerhalb Berlins unauffindbar verschwinden zu lassen. Sie konnte nicht ahnen, welche destruktiven Kräfte das vollendete Verbrechen in ihr auslöste, die sie nun peinigten und hetzten. Deshalb kam ihr in den Sinn, Gerlindes Leiche schnell loswerden. So zog sie im Schutze der Nacht den schweren Karton mit dem Leichnam aus dem Keller die Treppe nach oben, hievte ihn mit großer Mühe auf den Sportkinderwagen und transportierte das grauenvolle Gut eilig in die etwa 2 km entfernte, unbeleuchtete Buchberger Straße. Dort verscharrte sie die Tote unter einer Hecke am Rande einer Gartenanlage.

Oberleutnant Rohde hat keine Mühe, das Verfahren bald zu Ende zu bringen. Als die Spurensucher aus Heideroses Wohnung siegreich zurückkehren, haben sie überzeugende Tatspuren in ihrem Gepäck. Die Blutstropfen auf der Kellertreppe erweisen sich keineswegs als Heideroses Menstrualblut. Sie stammen eindeutig von Gerlinde Gruner. Auch an dem kleinen Handbeil sowie an dem Plisseekleid, das Heiderose während des Mordes trug, finden sich Blutspuren des Opfers. In der Hausmülltonne können die ausgeglühten Metallreste von Gerlinde Gruners Handtäschchen, metallene Versteifungseinlagen ihres Büstenhalters und ein Fragment ihres verbrannten

Personalausweises gesichert werden. Die Schreibpaste des Kugelschreibers und das Papier des Schreibblocks auf dem Wohnzimmertisch in Heideroses Wohnung stimmen mit den beiden Briefen überein, die Gerlinde vor ihrem Tode diktiert wurden.

Schließlich spürten die Kriminalisten in den Winterstiefeln der Mörderin Ring und Armbanduhr des Opfers auf. Zusammen mit der Ausbeute am Fundort der Leiche ergibt sich insgesamt die beachtliche Anzahl von mehr als 70 relevanten Spuren. Sie alle bestätigen überzeugend den von Heiderose Barowsky geschilderten Tatablauf. Um jeden Zweifel an ihrer Alleintäterschaft auszuschließen, organisiert Oberleutnant Rohde eine Rekonstruktion. Heiderose muss mittels eines mit 68 kg Kartoffeln gefüllten Fernsehkartons am Tatort minutiös jede einzelne Phase des Opfertransports demonstrieren. Fazit: Niemand musste helfen.

Auch in der im November 1969 stattfindenden Verhandlung vor dem Berliner Stadtgericht bleibt Heiderose Barowsky standhaft bei der Wahrheit. Die Liebe, die Eifersucht und der Hass auf die Nebenbuhlerin haben sie zur Mörderin gemacht, ist ihre einzige Rechtfertigung.

Der psychiatrische Sachverständige, der sie gründlich untersucht hat, gelangt zu dem Schluss, dass »tatsächlich eine gewisse sexuelle Abhängigkeit bestand, die aber nicht als Hörigkeit insofern aufzufassen ist, dass Frau B. hierdurch in eine ausweglose Konfliktlage geriet … Auch für eine hochgradige Erregung im Sinne des Totschlags im Affekt findet sich kein Anhaltspunkt.«

Im Namen des Volkes wird Heiderose Barowsky wegen Mordes nach § 112 Abs. 1 StGB zu lebenslanger Freiheitsstrafe verurteilt. Die staatsbürgerlichen Rechte werden ihr für dauernd aberkannt.

Anfang des Jahres 1990 öffnen sich die Gefängnistore für die inzwischen fast 51-jährige Heiderose Barowsky wieder. Jetzt ist ihre Tat gesühnt, rechtlich vergessen. Um ein unauffälliges Leben zu führen, zieht sie sich in die Beschaulichkeit einer thüringischen Kleinstadt zurück. Nur das Schuldbewusstsein wird bis zum Ende ihrer Tage ihr ständiger Begleiter sein.

Schlüsselkind

(Tagebuchnummer 1363/70 BdVP Cottbus)

In einer typischen DDR-Familie sind Vater und Mutter vollbeschäftigt. Sie zahlen pünktlich ihre Beiträge für FDGB und DSF, manchmal auch für die SED, schauen heimlich Westfernsehen, bekleiden im Kindergarten, Betrieb, Wohngebiet oder in der Schule eine mehr oder minder sinnvolle gesellschaftliche Funktion. Sie warten jahrelang auf eine Neubauwohnung, einen Urlaubsplatz an der Ostsee, noch länger aber auf die begehrte Duroplastkarosse »Trabant«. Ihre Kinder besuchen den Kindergarten oder den Schulhort. Und wenn ihnen Beziehungen und Glück hold sind, besitzen sie sogar einen kleinen Schrebergarten mit Laube.

Die Familie Hinke aus Cottbus ähnelt diesem Klischee: Auch sie wartet geduldig auf eine helle, billige Plattenbauwohnung, muss sich derzeit noch mit den drei ofenbeheizten Zimmern in einem ziemlich heruntergekommenen frühen Nachkriegsbau in der Friedrich-Engels-Straße begnügen. Die Hoffnung, ein Gärtchen am Stadtrand zu erwerben, haben sie noch längst nicht aufgegeben. Da das Ehepaar Hinke wohlweislich bereits zur Zeit seiner Trauung vor zehn Jahren eine Autoanmeldung auf den bürokratischen Weg brachte, kann es wenigstens in den nächsten drei Jahren mit seiner »Pappe« rechnen, wie der Volksmund das Zweitaktgefährt ironisch bezeichnet. Doch die Klagen halten sich in Grenzen, der chronische Versorgungsmangel im Land wurde längst zur lästigen Gewohnheit. So gesehen lebt die Familie in bescheidenem Luxus: Noble Schrankwand, Fernseher, Kühlschrank und Waschmaschine.

Ansonsten kann auch Hoffnung zufrieden machen. Hinkes verdienen verhältnismäßig gut. Tagsüber berechnet die Mutter als Buchhalterin im VEB Baustoffversorgung die Löhne der Mitarbeiter, indes der Vater als Elektriker im Textilkombinat für den notwendigen Stromfluss sorgt, an den Wochenenden aber auch privat Leitungen und Steckdosen verlegt. Die zehnjährige Tochter Gerlinde, ein munteres, aufgewecktes Kind mit hellblondem Haar, besucht die 4. Klasse der 12. Oberschule in der Bahnhofstraße.

Weil Hinkes werktags kurz nach 6.00 Uhr das Haus verlassen müssen, besucht Gerlinde bereits vor Unterrichtsbeginn den Frühhort, der all jenen Kindern offensteht, deren Eltern Frühschichtarbeiter sind. In den ersten Jahren begleiten Vater oder Mutter die kleine Gerlinde frühmorgens zur Schule, um sie persönlich der Obhut der Erzieherinnen im Hort zu übergeben und nach Schichtschluss wieder von dort abzuholen. Inzwischen ist der knapp ein Kilometer lange Schulweg dem Mädchen so vertraut, dass es ihn seit Beginn der 4. Klasse im September 1970 allein gehen darf. Die kleine Gerlinde fühlt sich reif genug zu wissen, wann sie die Wohnung verlassen muss, um pünktlich zum Unterricht zu erscheinen. Deshalb haben die Eltern ihrer Tochter auch einen Wohnungsschlüssel anvertraut. An einer dünnen Kordel befestigt, trägt sie das Symbol der Selbständigkeit stolz an ihrem Hals, als wäre es eine wertvolle Kette.

Gerlinde ist ein Schlüsselkind, wie viele andere Kinder im Lande auch.

Mutter und Vater Hinke sind mit Recht stolz auf ihr kleines Mädchen, wie es sich in das gleichförmige Ritual der Wochentage fügt: Gerlinde verlässt beizeiten die Wohnung, achtet sorgsam auf den Straßenverkehr, bummelt auf dem Schulweg nicht, ist im Unterricht fleißig und aufmerksam, erledigt im Hort artig ihre Hausaufgaben, ehe sie nach Hause geht. Dann erst gibt sie sich dem Spiel hin. Kurz nach 16.00 Uhr kehren die Eltern heim.

Die anfängliche Aufregung, Eigenverantwortung tragen zu müssen, ist bald verflogen, und Gerlinde hat sich längst an ihren neuen, kleinen Alltag gewöhnt. So geht es einige Monate. Bis zu jenem 17. November 1970 …

Zunächst beginnt der Tag harmlos und unschuldig: Gerlinde hat wie jeden Dienstag erst um 11.30 Uhr Schulbeginn. Damit entfällt der unbeliebte Frühhort, und sie kann sich am Morgen etwas mehr Zeit lassen als sonst.

Als die Eltern aber am Nachmittag heimkehren, ist Gerlinde noch nicht aus der Schule zurück. Die Verwunderung darüber geht ziemlich schnell in eine diffuse Sorge über, und sie machen sich alsbald auf den Weg dorthin, denn auch die Schultasche liegt nicht am üblichen Platz im Kinderzimmer.

Im Schulgebäude ist alles ruhig, die Klassenräume sind leer. Auch das Sekretariat ist längst geschlossen. Nur im Hort ist noch Betrieb: Eine ahnungslose Erzieherin und einige Schüler sind anwesend, unter ihnen ein kleiner Junge aus Gerlindes Klasse. Er versichert, dass Gerlinde heute nicht in der Schule war. »Wir dachten, sie ist krank!«

Hinkes erkundigen sich bei der Hausmeisterin. Auch bei deren Ehemann, der Heizer in der Schule ist. Sie wissen, dass Gerlinde ihn schon einige Male im Heizungskeller besucht hat. Doch weder er noch seine Frau haben das Mädchen gesehen. Vorsorglich schauen sich die vier im Labyrinth der Kellerräume um. Nichts. Die Beunruhigung wächst. Wiederholt suchen die Hinkes den üblichen Schulweg ihres Kindes ab, kontrollieren den nahen Spielplatz und die Umgebung der Schule, fragen Nachbarn und Klassenkameraden, ob sie etwas über Gerlindes Verbleib wissen. Umsonst. Nirgends stoßen sie auf einen Hinweis, der ihnen weiterhelfen könnte. Langsam und unaufhaltsam wird aus ihrer Besorgnis die quälende Befürchtung, dem

Kind könnte etwas Schlimmes widerfahren sein. Erst als die Dunkelheit hereinbricht, geben die verzweifelten Eltern ihre Suche auf. Jetzt hält sie nichts mehr zurück, und sie erstatten beim Kriminaldienst des VPKA eine Vermisstenanzeige. Die VP verspricht schnelle Hilfe. Donnerstag, der 19. November 1970, BdVP Cottbus, Mordkommission.

Oberleutnant Horst Jelinek, 30, verheiratet, ein Sohn, nebenberuflich passionierter Waidmann, Nichtraucher, seit vielen Jahren im Polizeidienst, bereitet die Akte des gerade abgeschlossenen Falls einer Kindestötung für die Übergabe an den Staatsanwalt vor: Eine 17-Jährige hatte nach verheimlichter Schwangerschaft ein Kind geboren und ertränkt – die traurige Geschichte einer Fehlentwicklung, an deren Ende eine Tötung stand. Plötzlich betritt der Chef der Kommission, Hauptmann Thomas, ein schlankwüchsiger Typ mittleren Alters, das Büro, in seiner Hand ein Fernschreiben aus dem VPKA. Sein Blick streift über den zusammengebundenen Aktenstapel auf Jelineks Schreibtisch: »Wie ich sehe, hast du ja gleich nichts mehr zu tun«, grinst er kumpelhaft.

Jelinek ahnt, was diese Bemerkung bedeutet, gibt sich aber gelassen: »Das wirst du sicher gleich ändern!«

Tatsächlich: Thomas reicht Jelinek das Schriftstück, der es gleich überfliegt. Es ist eine sogenannte Sofortmeldung aus dem Kommissariat 3. Darin werden die wichtigsten Daten eines Vermisstenfalls an die übergeordnete Dienststelle gemeldet: Ein zehnjähriges Kind ist seit vorgestern morgen verschwunden.

»Wenn du hier fertig bist, kümmere dich doch mal um diese Sache«, fordert Thomas kurz und begibt sich zurück zur Tür. Ehe er Jelineks Büro verlässt, sagt er noch: »Die Genossen warten auf deinen Rückruf!«

Eine Viertel Stunde später greift Jelinek zum Telefon und wählt eine Nummer des VPKA. Er will den Vermisstensachbearbeiter sprechen. Das gelingt auch auf Anhieb. Als der Mann am anderen Ende der Leitung merkt, dass er mit der Mordkommission spricht, hebt er sogleich zu einem Klagelied an: Er wisse nicht mehr, wo ihm der Kopf stehe. Fünf Vorgänge über vermisste Kinder an einem Tag! Und: Hinter einem Fall, der am 17. November angezeigt wurde, könnte womöglich sogar ein Verbrechen stecken. Das zehnjährige Mädchen ging früh zur Schule, kam aber dort nicht an. Nun ist es schon drei Tage lang verschwunden. Und das bei diesem Sauwetter! Alle Suchmaßnahmen seien erfolg los geblieben. Heute würden die Fahndungsplakate veröffentlicht, doch jetzt wisse er nicht mehr weiter. Verzweifelt fragt er nun: »Könnt ihr die Sache übernehmen?«

Jelinek tröstet den Mann aus dem VPKA und verspricht: »Ich komme, sehe mir den Vorgang mal an!«

Rückschau: Seit den Abendstunden des 17. November bemühen sich die Kriminalisten des VPKA um eine Klärung der Vermisstensache Gerlinde Hinke. Die Eltern haben eine präzise Personenbeschreibung abgegeben: Das Kind war mit einem buntgemusterten Anorak und hellblauen Strumpfhosen bekleidet, trug einen Schulranzen und eine kleine, weiße Handtasche mit bunter Aufsatztasche. Unmittelbar nach der Anzeigenaufnahme erfolgt die Auslösung einer Eilfahndung. Alle im Dienst befindlichen VP-Angehörigen werden in die Suche einbezogen. Bald gilt als sicher, dass das Kind nicht zum Unterricht erschienen war. Uniformierte, zivile Streifen und Freiwillige Helfer suchen in der gleichen Nacht die Gegend zwischen der 12. Oberschule, der Bahnhof- und der Friedrich-Engels-Straße ab.

Am Tag darauf werden in den umliegenden Häusern die Bewohner befragt. Dabei stößt die Polizei auf zwei Zeugen, die unabhängig voneinander eine wichtige Wahrnehmung gemacht haben: Sie sahen am 17. November kurz vor 9.00 Uhr in der Nähe der Schule ein etwa zehnjähriges blondes Mädchen in buntgemustertem Anorak, dessen auffälliges Muster sie ziemlich gut beschreiben können. Niemand bezweifelt, dass es sich bei dem von ihnen wahrgenommenen Kind um die kleine Gerlinde handelt. Ihre Angaben offenbaren aber einen Widerspruch: Da in der Wohnung der Familie Hinke kein Schulranzen gefunden wurde, geht die VP bisher folgerichtig davon aus, dass Gerlinde diesen bei sich führte. Aber gerade das bestreiten die beiden Zeugen energisch: Sie haben das Kind ohne dieses wichtige Schülerutensil gesehen! Wo also ist der Schulranzen? Doch alle Ermittlungen führen ins Leere. Nun muss die Polizeiaktion auf das ganze Stadtgebiet von Cottbus ausgeweitet werden. Fahndungsplakate, ausgehängt in allen öffentlichen Gebäuden und Verkehrsmitteln, sollen die Bevölkerung zur Mitsuche aufrufen.

So weit der Stand der durch das VPKA geführten bisherigen Ermittlungen.

Als Oberleutnant Jelinek sich mit der Akte »Vermisstensache Gerlinde Hinke« vertraut gemacht hat, glaubt er fest: Das ist kein üblicher Fall eines ausgerissenen oder verirrten Kindes. Hier drängt sich tatsächlich der Verdacht eines Verbrechens auf. Mit den Worten »Wir übernehmen« befreit er den Vermisstensachbearbeiter aus dem VPKA von dem vertrackten Vorgang.

Eine Stunde später trommelt der Chef der MUK seine Männer zusammen, um, unabhängig von den laufenden Fahndungsmaßnahmen, die weiteren taktischen Schritte festzulegen.

Die Ermittlungen sollen nun in der gebotenen Breite geführt werden. Um die Übersicht zu behalten, werden verschiedene Untersuchungskomplexe bestimmt, danach Einsatzgruppen gebildet und deren Verantwortlichkeiten festgelegt. Zusätzliche Kräfte, die zur Verstärkung der Mordkommission als Einsatzreserve zur Verfügung stehen, befinden sich bereits im Anmarsch.

Fortan beschäftigt sich eine Gruppe mit der Analyse der Personen- und Fahrzeugbewegung, beginnend von dem Zeitpunkt, als Gerlindes Eltern frühmorgens die Wohnung verließen. Dazu gibt es in der Kriminalistik ein mathematisches Verfahren, mit dessen Hilfe alle bedeutsamen Personen und ihre Wahrnehmungen graphisch in örtliche und zeitliche Beziehung gebracht werden können. Es unterstützt die Überprüfung der Glaubwürdigkeit von Aussagen und Zeitabläufen ebenso wie die Präzisierung möglicher Verdachtsmomente.

Ein anderes Team befasst sich mit der Überprüfung der üblichen Verdächtigen: Vorbestrafte Kinderschänder, Gewalttäter, kriminell Gefährdete. Ein weiteres soll nach einem auf den Vermisstenfall zugeschnittenen Frageprogramm alle Bewohner in der Umgebung der 12. Oberschule, Schüler, das Schulpersonal, Geschäftsinhaber, Taxifahrer, Straßenbahner sowie die Beschäftigten der Straßenreinigung und Müllabfuhr erfassen und befragen. Jelinek ist für diesen Untersuchungskomplex verantwortlich. Und schließlich befasst sich eine Gruppe mit der Aufklärung der Persönlichkeit des vermissten Kindes und ihm nahestehender Menschen.

Da nun damit zu rechnen ist, dass in kurzer Zeit eine wahre Sturmflut von Ermittlungsberichten, Personenbefragungen und Hinweisen hereinbricht, werden eigens für deren Erfassung und Bewertung zwei Männer mit Sinn für buchhalterische Exaktheit ausgewählt. Alles in allem: Die Männer der MUK haben von Anbeginn ein möglichst engmaschiges Netz geknüpft, durch das es kein Entschlüpfen gibt. Bereits in den nächsten vier Tagen werden mehr als 800 Personen erfasst und überprüft.

Am Freitag, dem 20. November, macht sich Oberleutnant Jelinek auf den Weg zur Schule der verschwundenen Gerlinde

Hinke. Er will die ersten Erkundigungen vom Schulpersonal einholen und die Befragung der Kinder vorbereiten.

In dem ehrwürdigen, in der Blütezeit des letzten deutschen Kaiserreichs erbauten, wuchtigen Backsteingebäude an der Ecke Bahnhof- und August-Bebel-Straße haben schon viele Generationen die Schulbank gedrückt. Es ist so groß, dass gleichzeitig die 7. und die 12. Oberschule darin untergebracht wurden. Jelinek steigt die steinerne Haupttreppe empor in die erste Etage. An den Wänden Kinderzeichnungen zum Thema »Eroberung des Kosmos«. Ein Transparent aus rotem Stoff mit großen, aufgesteckten Lettern »Thälmann-Pioniere lernen und kämpfen für den Frieden« prangt im Vestibül. Hinter den Türen der Klassenzimmer verhaltene Unruhe, Gemurmel, Stühlerücken, Stimmen der Lehrer. Irgendwo wird gesungen: »Unsere Heimat, das sind nicht nur die Städte und Dörfer …«

Jelinek betritt das Vorzimmer des Schulleiters: Hinter der Schreibmaschine hockt eine ziemlich dralle Sekretärin, die neugierig aufschaut. Der Kriminalist zeigt die messingfarbene Dienstmarke und wird dienstlich: »Guten Tag, Jelinek, ich wollte zum Genossen Hoffmann, er weiß Bescheid!«

Die Dame lächelt verstehend, erhebt sich, öffnet beflissen die Tür zum Büro des Direktors einen Spalt weit, dass gerade ihr Kopf hindurchpasst und flüstert in den Raum: »Der Genosse von der K ist da!«

Jelinek wird hereingebeten. Schulleiter Hoffmann, ein glatzköpfiger Typ um die fünfzig, schmerbäuchig, mit unruhigen Augen, begrüßt den Gast freundlich. Ein kurzer, kriminalistisch unbedeutender Wortwechsel folgt: Ja, es sei furchtbar, dass eine Schülerin seiner Schule spurlos verschwunden sei. Kollegen und Schüler wären schockiert. Dann überreicht er Jelinek mehrere Blatt Papier: »Nach unserem Telefonat habe ich die Liste gleich in Auftrag gegeben!«

Die Blätter enthalten die Namen und Anschriften aller Lehrer, des technischen Schulpersonals und der Schüler aus der 4c. Jelinek bedankt sich und überfliegt die lange Namenliste. Beiläufig, fast entschuldigend, teilt er dem Chefpädagogen mit, dass in den nächsten Tagen jeder der Aufgeführten von der Kriminalpolizei belästigt werden müsse. Dann stutzt er, glaubt, die Liste ist nicht vollständig und beanstandet: »Der Hausmeister fehlt!« Schuldirektor Hoffmann versteht sofort und grinst:

»Hausmeister haben wir nicht, aber eine Hausmeisterin, die Frau Bock! Übrigens, ihr Mann ist unser Heizer. Sie sind für beide Schulen verantwortlich, wohnen hier in der Dienstwohnung, deshalb stehen sie nicht auf der Liste.«

Der Oberleutnant will mehr über das Ehepaar wissen. Und der Genosse Direktor weiß zu berichten, dass Herr und Frau Bock, beide so um die dreißig, bereits seit Anfang 1966 in der Schule tätig wären – sie offiziell als Hausmeisterin, er als Heizer. Die zwei würden eine gute Arbeit leisten, seien umsichtig, geschickt und sauber. Herr Bock, ein kräftiger Mann, sorge für die Beheizung der beiden Schulen, verrichte Maler- und Klempnerarbeiten ebenso wie kleine Elektroinstallationen. Freilich, für die Schüler seien die Bocks gefürchtete Respektspersonen. Aber das kann ja nichts schaden. Kurzum: Zwei unentbehrliche dienstbare Geister. Dass sie nicht in der Partei seien und auch sonst politisch ziemlich uninteressiert wären, störe niemanden. »Wir sind froh, die Stellen besetzt zu haben!« Übrigens seien die Bocks gläubige Leute, besuchen regelmäßig die Kirche und singen im Chor der Gemeinde »Apostelamt Jesu Christi« fromme Lieder.

Als Jelinek den redseligen Schuldirektor verlässt, kündigt das schrille Läuten der Schulklingel eine kleine Pause an. Im Nu werden die Türen der Klassenräume aufgerissen, Dutzende Kinder quellen lärmend heraus und toben durch die Gänge, als wollten sie das pädagogisch verordnete Stillsitzen der letzten

Stunde durch besondere Lebhaftigkeit wettmachen. Dazwischen gemächlichen Schritts die »Pauker« auf dem Weg zum Lehrerzimmer. Jelinek fragt sich durch, wo er Frau Bock finden könne. »Versuchen Sie's mal im Essenraum!« Dort nämlich findet in den Mittagsstunden die staatlich subventionierte Verköstigung der hungrigen Schülermäuler statt. Tatsächlich: Frau Bock, eine freundliche kleine Frau in geblümter Kittelschürze stapelt auf einem langen Tisch jede Menge Plastikschüsseln. Hinter dem Tisch steht eine Batterie wärmeisolierter geschlossener grüner Essenkübel, die Jelinek an die Manöverzeit bei der NVA erinnern. Der Besuch der Staatsmacht scheint sie nur wenig zu überraschen: Natürlich könne sie sich denken, warum die Kriminalpolizei im Hause ist, die Sache mit der verschwundenen Schülerin aus der 4c ist ja seit Tagen in aller Munde. Jelinek zeigt Frau Bock ein Foto von Gerlinde Hinke: »Kennen Sie das Mädchen?«

»Ach, die Kleine ist das«, sagt sie erstaunt, »ich kenne sie aus dem Frühhort.«

»Erinnern Sie sich, sie am 17. November gesehen zu haben«, fragt Jelinek.

Frau Bock denkt angestrengt einen Moment lang laut nach: »Warten Sie, da war ich vormittags beim Frauenarzt, anschließend habe ich ein Türschloss gekauft. Das am Chemieraum musste ausgewechselt werden. Nee, an dem Tag habe ich das Mädchen nicht gesehen!«

»In den nächsten Tagen wird Sie einer meiner Mitarbeiter aufsuchen, um ein Protokoll aufzunehmen. Vielleicht denken Sie nochmals über den Tagesablauf des 17. November nach, wir brauchen möglichst genaue Zeitangaben. Am besten, Sie schreiben's auf. Das war's schon«, sagt Jelinek. Beim Verlassen des Essenraums wirft er einen kurzen Blick auf die grünen Essenkübel und fragt neugierig: »Das verputzen die Kinder alles?«

»Meistens ja. Das andere landet im Schweinetrog. Die Hygiene, verstehen Sie«, meint Frau Bock. Jelinek will gerade die Tür hinter sich schließen, als sie ihm hinterher ruft: »Fragen Sie mal meinen Mann, der weiß vielleicht mehr. Er müsste unten in der Werkstatt sein!« Und genau das hat Oberleutnant Jelinek vor.

Unterhalb der Schule befindet sich ein wahres Labyrinth an Gängen, Nischen und Räumen: Werkstätten, Lager für defektes und neues Mobiliar, Abstellkammern, Kohlenbunker, Pumpenanlage, Heizraum, Duschen. Jelinek verschwindet hinter der feuersicheren Eingangstür zu dieser Unterwelt. Es riecht nach Holz, Kohlen und Staub. Aus der Ferne nimmt er Geräusche wahr, als würde jemand mit einer Feile Metall bearbeiten. Er schiebt sich zwischen den abgestellten Schränken in Richtung des Geräusches hindurch. Eine schwarze Katze mit steil aufgerichtetem Schwanz schleicht von irgendwoher auf ihn zu und schmiegt sich schnurrend an seine Beine. Jelinek bleibt nichts anderes übrig als sich zu bücken und sie zu streicheln. Das Tier weicht ihm nicht von der Seite, bis er den Raum erreicht, aus dem er das Feilen wahrnimmt: Ein Mann im dunkelblauen Overall, mittelgroß, breitschultrig, mit blonden, nach hinten gekämmten Haaren, hantiert an einer Werkbank.

»Herr Bock?«, fragt Jelinek und zeigt die Dienstmarke. Der Angesprochene nickt mit dem Kopf, legt das Werkzeug aus der Hand und blickt ihn misstrauisch an. Jelinek will etwas sagen, doch die schwarze Katze drängt sich dicht an seine Beine. Die schnurrende Belästigung bringt ihn aus dem Konzept. Bock scheint das zu erkennen, denn er meint entschuldigend: »Die gehört hierher, wegen der Mäuse!« Jelinek tritt einen Schritt zur Seite und verscheucht mit einer Handbewegung das vierbeinige Kellerinventar, kramt aus der Tasche das Foto von Gerlinde Hinke, übergibt es Bock und fragt: »Ihre Frau sagte, Sie wären hier unten. Ich komme wegen der vermissten Schülerin aus der 4c. Kennen Sie das Kind?«

Der Mann betrachtet mit einem auffällig ernsten Gesicht das Konterfei des Mädchens. Jelinek registriert sehr genau, wie sein nahezu ängstlicher Blick über das Foto streift und seine Hände zittern, obwohl er ansonsten einen ziemlich selbstsicheren Eindruck macht. Warum diese Nervosität? Ist die äußere Regung des Mannes ein Verhaltensindiz, etwas zu verschweigen? Es muss ja nicht gleich ein Mord sein. Wie dem auch sei, Jelinek macht sich seine Gedanken. Gereizt reicht Bock das Foto zurück und murrt: »Kenn ich nicht. Hier gibt's so viele Kinder, kann mir nicht jedes Gesicht merken.«

Jelinek schließt den Gedanken ab und wechselt das Thema: »Hätte ja sein können. Jetzt interessiert mich nur noch, was Sie am Dienstag gemacht haben!«

Bock gibt sich demonstrativ seiner feilenden Tätigkeit hin und brummt unwirsch in seinen nicht vorhandenen Bart: »Früh Kessel angefeuert, Asche rausgekarrt, Kohlen in den Bunker geschaufelt. War die ganze Zeit hier unten. Kurz vor Mittag habe ich Essenkübel rüber zur Schule in die Kahrener Straße gefahren, weil wir für die mitkochen. Nachmittags war Schulhof fegen angesagt. Reicht das?«

»Ist das üblich, Essen in eine andere Schule zu bringen?«

»Jeden Tag«, antwortet Bock kurz ohne aufzublicken.

»Und wie erfolgt das«, fragt Jelinek.

»Wie, wie«, äfft Bock den Kriminalisten nach und erwidert barsch: »Mit'm Fahrradanhänger!«

»Sind Sie immer so gesprächig?«

Bock antwortet nicht, feilt stattdessen emsig an dem Metallstück.

Jelinek ist genervt, hält in dieser Situation weitere Fragen für sinnlos. Der raue Charme dieses maulfaulen Zeitgenossen könnte ihn auf die Palme bringen. Deshalb winkt er ab und wird betont förmlich: »Wir sehen uns auf der Dienststelle. Da sind noch Fragen zu klären. Sie kriegen eine offizielle Vorladung.«

»Tun Sie, was Sie nicht lassen können«, knurrt Bock. Der Kriminalist kontert: »Mach ich auch!«

Montag, der 23. November 1970. Lagebesprechung beim MUK-Chef. Die Leiter der Einsatzgruppen berichten über die bisherigen Ermittlungen. Nach dem polizeilichen Melderegister wurden alle Bürger befragt, die an Gerlinde Hinkes üblichem Schulweg und im Umkreis der Schule wohnen oder arbeiten. Hunderte von Protokollen füllen inzwischen die Akte. Sie geben Auskunft über die Personalien der Befragten, ihre Wahrnehmungen, das Alibi und den Aufenthalt bzw. Bewegungsablauf am Morgen des 17. November. Zum Zwecke der Vergleichsarbeit werden die wichtigsten Daten nach einem bestimmten Schlüssel auf verschiedenfarbige Karteikarten übertragen. Die so erfassten Daten werden mit denen anderer Karteien verglichen und wie Bausteine eines Puzzles aneinandergefügt. So entsteht Stück für Stück ein ziemlich lückenloses Bild über alle Personen im fraglichen Territorium sowie ihre zeitliche und örtliche Beziehung zueinander.

Zwei Umstände bereiten den Männern von der Mordkommission ziemliche Kopfschmerzen. Zum einen gilt es als gesichert, dass Gerlinde Hinke am 17. November um 8.45 Uhr, den Ranzen über der Schulter, sich auf dem gewohnten Weg zur Schule befand. Zwei voneinander unabhängige Zeugen haben sie etwa 500 Meter von der Schule entfernt wahrgenommen. Zum anderen gibt es die Aussage einer Frau Wagenknecht, die wegen einer Knieverletzung auf dem Weg zu ihrem Doktor war. Sie will gesehen haben, wie kurz nach 9.00 Uhr ein etwa zehnjähriges Mädchen, dessen Personenbeschreibung auf Gerlinde Hinke zutrifft, unweit der Schule mit einer Katze spielte. Allerdings hätte dieses Kind keinen Schulranzen mit sich geführt. Es gibt keinerlei Veranlassung, diese Aussage anzuzweifeln.

Wo also hat Gerlinde ihren Ranzen gelassen? Die Beantwortung dieser Frage lässt nur eine Antwort zu: Sie muss sich an einem bisher unbekannten Ort irgendwo auf der Wegstrecke zwischen ihrem Wohnhaus und der Schule aufgehalten und dort den Schulranzen deponiert haben. Vor Schulbeginn hätte sie dorthin zurückkehren müssen, um das wichtige Utensil abzuholen. Dieser bedeutsame Ort liegt also ganz in der Nähe.

Die vorliegenden Ermittlungsergebnisse werden ausgetauscht. Dann entbrennt zwischen den Kriminalisten eine lebhafte Diskussion über das weitere taktische Vorgehen, um der noch zu erwartenden Informationsflut Herr zu werden. Sie gehen schon längst davon aus, nicht mehr allein das vermisste Mädchen, sondern zugleich auch einen Täter zu suchen.

Jelinek hat plötzlich einen Einfall und fragt den Mitarbeiter der Auswertergruppe: »Kann ich das Befragungsprotokoll der Zeugin Wagenknecht mal sehen?«

Der Angesprochene fischt aus dem vor sich liegenden Aktenstapel ein Protokoll heraus und übergibt es Jelinek. Der liest es aufmerksam durch, gibt es zurück und sagt enttäuscht: »Schade, ich dachte, da steht was über die Katze!« Die Männer grinsen und frotzeln: Wir suchen ein Mädchen, einen Täter und keine Katze! Doch Jelinek lässt nicht locker: »Mich interessiert die Katze, sozusagen ihre genaue Beschreibung!«

»Die kleinen Dinge erledigen wir doch gleich«, meint der Auswerter ironisch-kumpelhaft, erhebt sich, macht eine pantomimische Handbewegung in Richtung des MUK-Chefs, als betätige er die Wählscheibe eines Telefons und drücke einen Hörer gegen das Ohr. Daraufhin verlässt er den Raum.

Unterdessen setzen die Männer ihre Beratung fort, bewerten die einzelnen Befragungsergebnisse, wägen be- und entlastende Argumente ab und ordnen den einen oder anderen Mitbürger den Kategorien der sogenannten allgemeinen oder aktiven Verdachtsrichtung zu, prüfen, ob noch weitere Ermittlungen über sie notwendig sind, was im Fachjargon »operative Bearbeitung« heißt. Schließlich landet der Rest der Protokolle in einer Akte über jene Personen, bei denen vorerst kein Verdacht besteht.

Plötzlich herrscht gespannte Ruhe in der Männerrunde: Der Auswerter ist in den Beratungsraum zurückgekehrt. Er wendet sich an Jelinek uns sagt: »Das Vieh war schwarz.« Wieder grinsen die Männer. Doch Jelinek frohlockt verhalten und erläutert den von Amts wegen neugierigen Mitstreitern seine Ambitionen: »Ist so 'ne Idee von mir. Es geht um den Heizer der Schule, Karlheinz Bock. Er ist für heute Nachmittag vorgeladen. Wenn sich mein Verdacht bestätigt, haben wir einen fetten Verdächtigen. In drei Stunden weiß ich mehr!«

Es trifft sich gut, dass im großen Stapel der Ermittlungsprotokolle ein Papier über Bock zu finden ist, denn im Rahmen der Leumundsüberprüfungen des Schulpersonals war auch seine Kaderakte Gegenstand staatlichen Interesses. So kann Jelinek sich noch vor der Vernehmung mit der Kurzbiographie des Heizers befassen.

Karlheinz Bock, Jahrgang 1940, ein namenloses Findelkind, verbrachte die ersten Jahre seines Lebens in einem nationalsozialistischen Kinderheim. Nach dem Krieg folgten weitere sieben Jahre in einem Kinderheim in der sowjetischen Besatzungszone. Auf Anordnung des Innenministers der Landesregierung Sachsen-Anhalt erhielt er mit 14 Jahren per standesamtlicher Urkunde einen Namen und ein Geburtsdatum. Wegen schwerer Verhaltensstörung erfolgte seine weitere Erziehung und Bildung in der Psychiatrischen Landesanstalt Uchtspringe. Er besuchte die Grundschule, erreichte mit Ach und Krach aber nur die 7. Klasse. Der Abschluss reichte für eine Lehre als landwirtschaftlicher Facharbeiter, die er 1957 ordnungsgemäß abschloss. Sein Interesse am Alkohol aber verringerte die agronomischen Ambitionen. Er flüchtete aus der Landwirtschaft in die Uniform der NVA, verpflichtete sich für zwei Jahre zum Dienst an der Waffe. Danach wechselte er in die VP-Bereitschaft und wurde nach Berlin versetzt. Wegen »homosexueller Betätigung« wurde er im gleichen Jahr entlassen. Nun hatte ihn die Landwirtschaft für drei Jahre zurück. Danach übernahm er eine Stelle als Rangierer bei der Werkbahn des Kraftwerkes Lübbenau im Spreewald. Im Jahre 1966 heiratete er und ist seit dieser Zeit Heizer in der 12. Oberschule in Cottbus, während seine Frau den Hausmeisterposten bekleidet. Auch die religiöse Gebundenheit an die Gemeinde »Apostelamt Jesu Christi« und seine Lust am frommen Gesang sind in der Kaderakte bürokratisch exakt vermerkt. Während der Heizer Karlheinz Bock der polizeilichen

»Ladung zur Klärung eines Sachverhalts« folgt, ist ein Mitarbeiter der MUK auf dem Wege zur 12. Oberschule, um dessen Ehefrau zu interviewen. Diesmal will sich Oberleutnant Jelinek nicht nur auf eine unverbindliche Befragung Bocks einlassen. Jetzt will er ihn offiziell als Zeuge vernehmen.

Die übliche Belehrung über die Pflicht, wahrheitsgemäß auszusagen, und die Androhung strafrechtlicher Folgen bei vorsätzlicher Unwahrheit zwingen Bock von vornherein in die Schranken. Brummig und verstockt lässt er das Belehrungsritual über sich ergehen. Dann prasselt eine Frage nach der anderen auf ihn nieder. Doch er druckst herum, will sich an Einzelheiten nicht erinnern, antwortet nur zögerlich. Erst als Jelinek ihn ungehalten anfährt, »Lassen Sie sich die Würmer doch nicht einzeln aus der Nase ziehen«, wird sein Erinnerungsvermögen einigermaßen aktiviert.

Der Oberleutnant spürt, wie die ungewohnte, unterkühlte Gesprächssituation Bock ziemlich verunsichert. Und genau das will er erreichen. Mit großem Eifer strapaziert er die grauen Hirnzellen seines Gegenübers, um ihn auf möglichst viele Einzelheiten festzulegen. Als nach stundenlanger Exploration der inzwischen genervte Bock das fünfseitige Protokoll unterschreibt, ist der Kriminalist durchaus zufrieden. Denn nun besitzt er schwarz auf weiß detaillierte Aussagen über den Tagesablauf des Mannes am 17. November. Dass Bock nochmals bekräftigt, die Schülerin Gerlinde Hinke nicht zu kennen, ist ebenso wichtig wie seine Behauptung, die schwarze Katze im Schulkeller lebe bereits seit Wochen bei ihm und sei das Geschenk eines weitläufigen Bekannten. Nur: Der Name des tierliebenden Wohltäters sei ihm bedauerlicher Weise entfallen.

Tags darauf vergleicht Jelinek die Aussagen Frau Bocks mit denen ihres Ehemanns. Sie bestätigt seinen Tagesablauf am 17. November, vor allem seine längere Abwesenheit um die Mittagszeit, als er nämlich Essen zur Karehner Straße gefahren hat. Nur in einem einzigen Punkt weichen die Aussagen voneinander ab: Frau Bock hat die schwarze Katze das erste Mal am Abend des 17. November gesehen. Als sie ihren Mann fragte, ob das Tier zugelaufen sei, habe er geantwortet: »Hab ich heute geschenkt gekriegt!«

Und dieser Widerspruch weckt Jelineks Argwohn gegen den frommen, sangesfreudigen Heizer.

Am Donnerstag, dem 26. November, treten die Ermittlungen schließlich in die heiße Phase, denn auch aus anderen Befragungen ergeben sich wichtige Verdachtsgründe gegen Karlheinz Bock: So gab ein Mädchen aus der Klasse 4 c gegenüber der Polizei an, Gerlinde Hinke habe ihr vor einiger Zeit anvertraut, sie besuche Bock vor dem Frühhort gelegentlich im Heizungskeller. »Es sieht da unten aus wie in einer Fabrik«, hätte sie gesagt.

Und: Glaubt man der vertraulichen Mitteilung einer Lehrerin, kam es in der Schule vor einem reichlichen Jahr zu einem Vorkommnis mit Bock. Eine Schülerin beklagte sich bei der Schulleitung, der Heizer hätte sich ihr unsittlich genähert. Der Sache wurde schulintern nur sehr lax nachgegangen. Schuldirektor Hoffmann hat mit Rücksicht auf das Renommee der Schule den Verdacht möglicherweise ziemlich heruntergespielt. Schließlich beließ er es bei einer disziplinarischen Aussprache mit Bock. »Ein unbewiesener Verdacht. Außerdem sei es schwierig, ein gutes Hausmeisterehepaar zu finden«, war damals sein Argument.

Das alles reicht, um bei den Männern der MUK Einigkeit darüber zu erzielen, im Katalog der aktiven Verdachtsrichtungen Karlheinz Bock den ersten Platz zuzuweisen. Die Version, er könne das Mädchen nach einem sexuellen Missbrauch getötet und die Tat anschließend verschleiert haben, ist nach dem gegenwärtigen Ermittlungsstand die einzig logische Erklärung für das Verschwinden der Schülerin. Als wahrscheinlicher Tatort komme der Kellerbereich der Schule in Betracht. Jedoch: Der Verdächtige ist Heizer einer großen Kesselanlage. Nichts könne ihm also näher gelegen haben, als seine beruflichen Möglichkeiten für die Beseitigung eines Leichnams zu nutzen. Unter diesen Bedingungen würden andere Verschleierungspraktiken allen kriminologischen Erfahrungen widersprechen.

Fragen werden aufgeworfen: Ermöglicht die Heizungsanlage in der Schule überhaupt die unbemerkte Verbrennung einer Leiche? Wie lange könnte ein solcher Vorgang dauern? Erfolgte die Verbrennung unmittelbar nach der Tat oder wurde das Opfer zunächst woanders zwischengelagert? Lassen sich in den Kellerräumen, im Feuerraum des Heizkessels, in den Aschetonnen noch Spuren sichern?

Die Männer der Mordkommission sind sich bewusst, dass die diffizile Untersuchung eines Mordes bei fehlender Leiche eine besondere Herausforderung darstellt, weil damit der wichtigste Spurenträger nicht verfügbar ist.

Der MUK-Chef Hauptmann Thomas einigt sich mit dem zuständigen Staatsanwalt Hartwig über die weitere Vorgehensweise. Dann formiert er seine kleine Kämpferschar zu einer zielgerichteten Attacke gegen den Heizer Bock. Schützenhilfe erhält er von dem eigens zu diesem Zweck aus Berlin herbeigeeilten Hauptmann Scheumann, ein Mitarbeiter aus der für Morduntersuchungen zuständigen Abteilung 4 der obersten Kriminalbehörde des MdI.

Die neue taktische Konzeption geht nun von drei Angriffsrichtungen aus: Zum einen konzentrieren sich die Ermittlungen auf die Aufklärung der Persönlichkeit des Verdächtigen. Trotz nur geringer Hoffnung auf Erfolg ist zum anderen eine kriminaltechnische Untersuchung der Kellerräume und Heizungsanlagen in der 12. Oberschule notwendig. Und da bei der vermutlich mageren Spurenernte die Beweisführung von einem umfassenden Tatgeständnis abhängt, soll schließlich die Vernehmung Bocks den absoluten Schwerpunkt der Untersuchung bilden. Oberleutnant Jelinek, der Karlheinz Bock unterdessen am besten kennt, übernimmt diesen heiklen Part, unterstützt von der Berliner Autorität.

Am Nachmittag des gleichen Tages beginnt die Aktion: Ermittler schwärmen aus. Bock wird festgenommen, über den dringenden Tatverdacht in Kenntnis gesetzt und für mehrere Stunden dem öden Interieur einer Arrestzelle ausgesetzt. Andere Kriminalisten durchsuchen seine Wohnung. Kriminaltechniker sind in der staubigen Unterwelt der Schule auf der Jagd nach Spuren.

Inzwischen feilen Jelinek und der Mann aus Berlin an der Dramaturgie der bevorstehenden Vernehmung. Gleichzeitig wird die Tonaufzeichnungstechnik im Vernehmungsraum installiert. Die beiden vermuten: Bock ist sich durchaus bewusst, in welcher Schwierigkeit sich die Polizei befindet, ihm ein Tötungsverbrechen nachzuweisen. Das könnte ihn einerseits stabilisieren, andererseits aber auch zu weiteren Unwahrheiten verleiten, vorausgesetzt, er zieht sich nicht hinter eine Mauer des Schweigens zurück. Je mehr er also zu reden bereit ist, umso größer ist die Wahrscheinlichkeit, dass neue Lügengebäude aufgebaut werden. Jelinek und Scheumann wollen anfangs eine lockere Konversation mit Bock führen, seine Aussagen widerspruchslos entgegennehmen und ihn das Protokoll schließlich unterschreiben lassen. Er soll den Eindruck haben, die Vernehmung wäre damit beendet. Dann erst soll es hart zur Sache gehen.

21.00 Uhr. Eine unbehagliche Novembernacht breitet sich über der Bezirksstadt Cottbus aus. Jelinek und Scheumann lassen den Heizer Bock zur Vernehmung vorführen. Anfangs blickt er finster und misstrauisch drein, ist nervös, unsicher und zurückhaltend. Der Anblick Jelineks scheint ihm ebenso wenig zu behagen wie der des Fremden. Doch die verhältnismäßig freundliche Gesprächsatmosphäre schließt ihn bald auf. Bock scheint es nicht erwartet zu haben, dass sich die Polizisten anscheinend nur nebensächlich noch einmal bestätigen lassen, er würde die vermisste Schülerin nicht kennen. Er darf über die Schulordnung sprechen und seine Aufgaben als Heizer und Mann für alle Fälle, aber auch darüber, dass kein Schüler den Heizungskeller betreten darf. Selbst die technischen Details der Heizungsanlage in der Schule, das Hobby als Chorsänger in der Kirchengemeinde, die schwierige Kindheit und überhaupt der berufliche Werdegang sind Gegenstand der hinterlistigen Plauderei. Nur hin und wieder streuen die Kriminalisten vorsichtig ein paar Fragen zum Alibi des 17. November in den spätabendlichen Gedankenaustausch. Gegen 23.00 Uhr liest Bock das Protokoll durch und unterschreibt es. Jede Seite, jeden Durchschlag.

Minuten später: Unerwartet eröffnen Jelinek und Scheumann ein schweres Scharmützel. Ein Dauerfeuer peinlicher Fragen geht auf Bock nieder. Anfangs kann dieser sich noch hinter seine innere Deckung zurückziehen. Doch die Stunden vergehen, ohne dass die Attacken erlahmen. Bock kämpft gegen einen überlegenen Gegner, seine Verteidigungsversuche bleiben schwach. Als der Morgen graut, fühlt er sich im Gestrüpp der Lügen und Widersprüche vollends verfangen. Die zunehmende Müdigkeit tut ihr übriges. Ohnmächtig ergibt er sich seinen Gegnern und gesteht, die Schülerin Gerlinde Hinke getötet und im Heizkessel Nr. 1 verbrannt zu haben. Zugegeben, er habe sie in der Vergangenheit mehrmals zu sexuellen Handlungen verleitet. Doch dann wollte sie nicht mehr mitmachen, habe sogar gedroht, es ihren Eltern zu verraten. Aus bloßer Angst vor den strafrechtlichen Folgen habe er sie erschlagen.

Ein neues, vielseitiges Protokoll entsteht. Nach elf Stunden, morgens gegen 8.00 Uhr, ist endlich die strapaziöse Vernehmungsnacht vorüber.

Eine Viertelstunde später: Karlheinz Bock sinkt ermattet auf die harte Pritsche seiner Zelle, während Jelinek und Scheumann, völlig erschöpft, mit dem MUK-Chef die Ergebnisse ihrer nächtlichen Anstrengungen auswerten. Die Zuversicht, den vertrackten Fall nun endgültig lösen zu können, ist zurückgekehrt. Nur der fehlende Schlaf der letzten Nacht lässt sich nicht mehr nachholen.

Ein Schultag im Januar 1970, und es ist kalt. Der Unterricht beginnt erst in einer reichlichen Stunde. Gerlinde Hinke, das kleine Mädchen mit dem Schlüssel um den Hals, läuft gerade über den Schulhof, als es dem Heizer Karlheinz Bock begegnet. Der fragt es witzelnd: »Du willst wohl immer die erste in der Schule sein?«

»Mama und Papa müssen doch früh auf Arbeit, und ich gehe in den Hort«, erwidert das Mädchen.

»Brauchst du nicht. Wenn du Lust hast, komm zu mir runter in den Keller. Da ist es warm, du wirst staunen, was da alles los ist«, schlägt er vor.

Und schon ist die Neugierde des Kindes geweckt.

Diese Szene leitet jene verhängnisvollen Vorgänge ein, die Bock zehn Monate später zum Mörder werden lassen. Es ist seine Sexualität, die ihm zu schaffen macht. Schon seit der Jugend: Immer war er allein, nie hatte er Freunde, geschweige denn eine Freundin. Kontaktarmut und Gehemmtsein bestimmten ihn. So blieb er auch späterhin mit seinem Sexualempfindungen allein, befriedigte sich selbst. Manchmal mehrmals am Tag. Anfangs ist er immer nur ein Voyeur, er entkleidet Frauen und betrachtet sie. Das genügt ihm. Kein Geschlechtsverkehr, keine Gewalt, keine Absonderlichkeiten. Die Fixierung auf sich selbst bleibt auch dann noch bestehen, als er mit 25 Jahren seine spätere Frau kennenlernt. Sie ist die erste und einzige Frau in seinem Leben. An üblichem Geschlechtsverkehr findet er aber keinen Gefallen. Daran kann auch seine nunmehr schon vier Jahre dauernde Ehe nichts ändern. »Wenn ich mir einen runterhole, sind meine Lustgefühle stärker«, gesteht er in der späteren Vernehmung.

Vor Monaten hatte er schon einmal ein Kind in den Keller gelockt und es aufgefordert, seinen Penis zu massieren. Doch es kam nicht dazu. Als er das Attribut seiner Männlichkeit aus dem Hosenschlitz herausfingerte, verließ ihn das geschockte Kind und meldete den Vorfall dem Schuldirektor. Glücklicherweise kam Bock damals mit einem blauen Auge davon.

Längst ist Gras über die Sache gewachsen. Deshalb riskiert Bock einen neuerlichen Versuch: Jetzt will er die kleine Gerlinde Hinke zu einem Missbrauch überreden. Er fühlt sich sicher. Nur seine Frau könnte ihn jetzt stören. Doch die ist in der Küche beschäftigt, Beim Kartoffeln schälen wird jede Hand gebraucht.

Gerlinde Hinke folgt Bock in den Schulkeller. Er zeigt ihr die Werkstatt, den Kohlenbunker und die Heizanlage. Gerlinde scheint beeindruckt von dem geheimnisvollen, ein wenig gruseligen Abenteuerspielplatz. Dann fragt Bock vorsichtig: »Willst du drei Mark verdienen?«

Gerlinde ist einverstanden.

»Du musst aber an meinem Puller reiben«, fordert er.

Da sie keinerlei Reaktion einer Weigerung zeigt, präsentiert er sein steifes Glied. Und Gerlinde tut, wie ihr aufgetragen wurde. Bock unterlässt es, sie zu berühren. Sie ist sein Werkzeug, nicht das eigentliche Objekt seiner Lust. Nach erfolgreicher Manipulation verpflichtet er das Kind zum Schweigen, übergibt ihm die versprochenen Geldstücke und stellt in Aussicht, dass es auf diese Weise auch künftig sein Taschengeld aufbessern könne.

In der Folgezeit kommt es mehrmals zu weiteren heimlichen, intimen Begegnungen, die stets auf die gleiche Weise verlaufen. Bocks perfide und zugleich subtile Methode, dem Kind keine Angst einzuflößen, sondern es mit materiellen Gegenleistungen an sich zu binden, hat eine Zeitlang Erfolg. Als im Frühjahr die Heizperiode ausklingt, beginnen Gerlindes Besuche im Schulkeller seltener zu werden. Bock registriert es mit Misstrauen und befürchtet, dass sie irgendwann ihr Schweigen brechen könnte. Von nun an beschäftigt er sich gedanklich damit, sie auf der Stelle zu töten und zu verbrennen, falls er die ersten Hinweise eines Verrats verspürt. Vorsorglich stellt er ein etwa 90 cm langes hölzernes Tischbein bereit. Mit diesem will er sie durch einen Schlag auf den Kopf betäuben. Der Schlag soll so dosiert sein, dass keine Blutspuren entstehen. Dann soll sie im Heizkessel ein für allemal verschwinden.

Doch die Monate vergehen ohne das geringste Indiz eines Verrats. Gerlinde schweigt, offenbart sich niemandem. Bei den zufälligen Begegnungen mit Bock ist sie höflich und unbekümmert. Auch er gibt sich betont freundlich, in Gedanken hingegen ist er wachsam wie ein Raubtier. Gerlinde Hinke befindet sich in tödlicher Gefahr.

Das Drama erreicht am Dienstag, dem 17. November, seinen Höhepunkt: Aufgeregt erscheint das Mädchen weit vor Unterrichtsbeginn bei Bock im Heizungskeller: Sie habe soeben eine niedliche Katze entdeckt, die unweit der Schule herrenlos umherschleiche. Und da er sich ja immer eine gewünscht hätte, wollte sie fragen, ob sie ihm das Tier bringen soll. Bock ist überrascht, und er erinnert sich, einen solchen Wunsch früher einmal geäußert zu haben.

»Klar, hol sie, las deinen Ranzen so lange hier«, sagt er. Gerlinde legt den Ranzen ab, macht auf dem Absatz kehrt und erscheint eine Viertelstunde später mit einer schwarzen, zutraulichen Katze, die auf der Stelle damit beginnt, die Kellerräume zu erkunden.

»Wann beginnt eigentlich dein Unterricht«, fragt Bock beiläufig. Gerlinde sagt, sie müsse erst zur fünften Stunde da sein. Bock sieht auf die Uhr: Bis dahin ist ja noch eine reichliche Stunde Zeit. Diese will er für einen weiteren Sexualgenus nutzen. Die Gelegenheit ist günstig, denn seine Frau ist beim Arzt und wird erst am späten Vormittag zurückerwartet.

Er führt das Kind in ein heruntergekommenes altes Bad. Kurz entschlossen fingert er sein Glied aus dem Hosenschlitz: »Los, mach mal, kriegst auch zwei Mark!«

Doch diesmal weigert sich Gerlinde ernsthaft: »Ich will das nicht mehr, es ist schweinisch. Das sag ich meinen Eltern!« Bock ist im Nu abgekühlt. Sein einziger Gedanke: Die wird mich verraten. Jetzt sieht er den Augenblick des Handelns gekommen. Flugs ordnet er seine Kleidung, ergreift unbemerkt das bereitgestellte Tischbein und führt hinterrücks einen heftigen Schlag gegen den Kopf des Mädchens. Es sinkt auf der Stelle zu Boden. Einen Moment lang betrachtet er das Ergebnis seiner Gewalttätigkeit, und es beruhigt ihn, keine Blutspuren verursacht zu haben. Ohne lange zu überlegen, hebt er das bewusstlose Kind auf, trägt es in den Heizungsraum, steigt auf die Ofenbühne, öffnet mit einem Fuß die Feuerungsklappe des ersten Kessels und versenkt das Kind in der Glut. Dann holt er dessen Schulranzen, wirft ihn und das Tatwerkzeug hinterher und schüttet eine volle Schubkarre Briketts nach. Nachdem er die Feuerungsklappe wieder geschlossen hat, verlässt er den Keller. Es ist Zeit, Essen zur Karehner Straße zu fahren.

Beim Abendessen stellt seine Frau beiläufig fest, sie hätte im Schulgebäude eine Katze entdeckt. »Ist unsere, habe sie heute geschenkt gekriegt«, kommentiert er diese Tatsache gedankenlos. Nicht im Geringsten vermutet er, dass diese Bemerkung schwerwiegende Folgen haben könnte.

Am nächsten Morgen gegen 5.30 Uhr: Erst jetzt betritt Karlheinz Bock den Heizungskeller wieder, gefasst und ohne Skrupel. Akkurat reinigt er den Kessel Nr. 1, bringt die Asche zu den Tonnen auf dem Schulhof. Er weiß, sie werden zwei Tage später durch die Städtische Müllabfuhr offiziell geleert.

»Ich habe beim Säubern des Ofens die Asche des Mädchens erkannt. Sie war viel körniger und heller und hielt vielmehr zusammen als die Kohlenasche«, beschreibt er in der Vernehmung seine Beobachtung.

Der Wirbel um das vermisste Mädchen beunruhigt ihn sehr. Er ist niedergeschlagen, ihm ist hundeelend. Erst als die Aschetonnen geleert werden, fühlt er sich einigermaßen erleichtert. Doch tief in ihm sitzt die Angst. Aber nicht, weil die Polizei Spuren seiner Untat finden könnte, es ist die quälende Vermutung, in einer bohrenden Vernehmung schwach zu werden. Als er am 26. November festgenommen wird, ist es nur noch eine Frage von Stunden, dass sich seine Befürchtung bewahrheitet.

Tatsächlich: Trotz aller Sorgfalt finden die Kriminaltechniker nicht eine einzige beweiserhebliche Spur in den Räumen des Schulkellers. Mit dem vollständigen Verbrennen der Leiche und dem Abtransport ihrer Asche versiegte jede Quelle spurenkundlicher Erkenntnis. Die Mordkommission ist in ihrer

Beweisführung neben den Zeugenaussagen hauptsächlich auf Bocks Einlassungen angewiesen. Um die Beweiskraft des Geständnisses zu erhöhen, müssen ihm möglichst viele Details seines Tatwissens entlockt werden. Lange Vernehmungen sind die Folge. Sie sind Jelineks große Herausforderung. Schließlich soll eine kriminalistische Rekonstruktion die Aussagen Bocks untermauern, um so einen möglichen Geständniswiderruf abzuwehren. Unter örtlichen, zeitlichen und modalen Bedingungen, die dem Tathergang möglichst genau entsprechen, muss der Beschuldigte bei einem Lokaltermin vorführen, wie er Gerlinde Hinke hinterrücks niederschlug. Im Ergebnis dieser Maßnahme gelangen Staatsanwalt, Gerichtsmediziner und die Männer der MUK zu dem Schluss, dass der Schlag auf den Hinterkopf des Mädchens nur zu einer Bewusstlosigkeit geführt haben kann. Folgerichtig wurde der Tod durch Verbrennen verursacht – eine Tatsache, die die hartgesottenen Männer der Morduntersuchung ziemlich nachdenklich stimmt.

Auch die Frage, ob es tatsächlich möglich ist, in einem Heizkessel der Schule eine komplette Leichenverbrennung zu bewerkstelligen, soll durch eine Rekonstruktion beantwortet werden. Und: Sie soll klären, ob der von Bock geschilderte Geschehensablauf ebenso der Realität entspricht wie seine Angaben zur Farbe und Konsistenz der Asche des verbrannten Organismus.

Für diese unappetitliche Maßnahme stellt eine LPG aus dem Landkreis ein totes Kalb mit dem Körpergewicht des Opfers zur Verfügung. Auch ein Schulranzen, so wie ihn Gerlinde Hinke besaß, wird herangeschafft. Außer Staatsanwalt Hartwig, MUK-Leiter Thomas, Jelinek und Scheumann nehmen hochrangige Vertreter des MdI und des MfS an der Demonstration teil. Eine Filmkamera dokumentiert jede einzelne Phase des Vorgangs. Nach den Angaben Bocks wird der fragliche Heizkessel mit Kohle beschickt und angeheizt. Dann werden das tote Kalb und der Schulranzen auf die Glut gelegt und darauf eine Schubkarre voll Briketts geschichtet. Nach einiger Zeit erreicht der Verbrennungsraum des Heizkessels eine Temperatur von 1500 Grad. Sie liegt um mehrere hundert Grad höher als die bei einer vorschriftsmäßigen Feuerbestattung. Nach vier Stunden ist der Verbrennungsvorgang beendet, und der Heizkessel wird der Abkühlung überlassen. Dann wird die Asche untersucht. Tatsächlich: Es hat eine komplette Kremation stattgefunden. Trotzdem lässt sich die Asche der Kohle durch Farbe und Festigkeit von der des Tierkadavers deutlich unterscheiden. Die Metallteile des Schulranzens sind vollständig oxidiert.

Alles in allem bestätigt die Aktion, dass die von Karlheinz Bock gemachten Angaben zum Verbrennen des Opfers der Wahrheit entsprechen.

Die Zeugenaussagen, Bocks umfangreiches Geständnis und das Ergebnis der Rekonstruktion des Tathergangs reichen Staatsanwalt Hartwig für die Anklageerhebung. Das Bezirksgericht Cottbus spricht Karlheinz Bock des Mordes an der zehnjährigen Gerlinde Hinke schuldig und verhängt eine lebenslange Freiheitsstrafe.

Nachtrag: Der Direktor der 12. Oberschule, Hoffmann, wird disziplinarisch zur Verantwortung gezogen und strafversetzt, weil er dem dringenden Hinweis einer Schülerin, Bock habe sie zu einem sexuellen Missbrauch verleiten wollen, nicht die gebührende Beachtung geschenkt und statt dessen den Verdacht verantwortungslos bagatellisiert und aus eigennützigen Gründen totgeschwiegen hatte.

Horst Jelineks fachliche Qualitäten sichern seine weitere Karriere. Im Jahre 1972 übernimmt er Hauptmann Thomas' Funktion, der nämlich schneller als erwartet in die Chefetage aufrückt. Damit ist der 32-jährige der jüngste Leiter einer Mordkommission in der DDR. Er absolviert ein kriminalistisches Universitätsfernstudium und führt bis zum Jahre 1990 in Cottbus eine der erfolgreichsten Mordkommissionen.

Ende der 80er Jahre öffnen sich für Karlheinz Bock die Gefängnistore. Einige Zeit später schließt er sich mit zwei weiteren aus der Haft entlassenen Cottbuser Mördern zusammen. Sie wollen nach dem Untergang der DDR den monatelang bestehenden nahezu rechtsfreien Raum in Ostdeutschland für sich nutzen und zetern pressewirksam, wie sie während der Untersuchungshaft vom Chef der Mordkommission Jelinek und von Staatsanwalt Hartwig gefoltert und zu Geständnissen erpresst worden seien. Journalisten eines renommierten Wochenmagazins stürzen sich gierig auf ihre Berichte. Ein Ehrenwort der Knastbrüder reicht aus, um ihnen die Horrorgeschichten abzunehmen. Wochenlang werden Jelinek und Hartwig von feder- und kameraflinken Zeitungsleuten belagert, gehetzt und verleumdet. Dann hat die Rechtsstaatlichkeit das Territorium Ostdeutschlands endgültig erreicht. Eine ordentliche juristische Prüfung der Anschuldigungen erfolgt. Die Vorwürfe erweisen sich als unhaltbar, und das journalistische Interesse erlischt prompt.

Horst Jelinek nimmt nach all dem die Möglichkeit des Vorruhestandes wahr, verlässt als Kriminalrat den aktiven Polizeidienst und widmet sich fortan seinen waidmännischen Ambitionen.

Staatsanwalt Hartwig bleibt unbeirrt im Amt und ist auch weiterhin Herr über die polizeilichen Ermittlungen bei der Untersuchung von Gewaltverbrechen.

Der Mörder Karlheinz Bock hingegen erliegt im Jahre 1992 einem Schlaganfall.

Unter den Sexualdelikten in der DDR *hatte der Kindesmissbrauch vor der Vergewaltigung den größten Anteil: In den 80er Jahren betrug die Belastung sechs gerichtlich verfolgte Delikte pro 100 000 Einwohner (Vergleich: Bundesrepublik 19, Westberlin 28 pro 100 000 Einwohner).*

Für Vergewaltigungen lag sie hingegen bei 3,7 (Vergleich: Bundesrepublik acht pro 100 000 Einwohner). Hinzu gerechnet werden müssen sowohl die geschätzte Dunkelziffer der nicht zur Anzeige gelangten Missbrauchshandlungen (etwa das Achtfache der angezeigten Delikte) als auch der durch Beweisnot entstandene Schwund zwischen Anzeige, Anklageerhebung und Verurteilung (vier Anzeigen stehen einer Verurteilung gegenüber).

Im Vergleich zur kriminologischen Situation in der Bundesrepublik (die geschätzte Dunkelziffer überstieg schon in den 80er Jahren fast das 30fache der polizeilich bekannt gewordenen Delikte) schienen die Verhältnisse in der DDR *nicht ganz so besorgniserregend zu sein. Denn es ist anzunehmen, dass die Maxime vom solidarischen Zusammenleben aller, die sich in vielfältigen, obligatorischen, aber auch freiwilligen Formen der Bildung von sogenannten sozialistischen Gruppenbeziehungen äußerte, die Menschen eng aneinander führte und damit weitgehend gegenseitige Aufmerksamkeit und Kontrolle gewährleistete. Deshalb hielt die sozialistische Obrigkeit eine Aufklärung der Allgemeinheit für überflüssig. Jedoch, beginnend mit den 60er Jahren forcierten* DDR-*Kriminologen, Gerichtsmediziner, Psychologen und Psychiater die Untersuchung des sexuellen Kindesmissbrauchs (wie überhaupt der Gewalt gegen das Kind). Eine Reihe von Fachpublikationen entstand. Dieser Umstand minderte aber keineswegs die große Angst der Öffentlichkeit vor diesem Delikt des Duldens und Schweigens, das die Jüngsten in der Gesellschaft trifft und sie psychisch und körperlich traumatisiert. Die Perfidität des sexuellen Missbrauch liegt in seinen begünstigenden Bedingungen: Auf der Täterseite psychische und physische Überlegenheit, Autorität und Vertrauen, auf der Opferseite Arglosigkeit, Unreife, Angst und erzwungenes oder erkauftes Verheimlichen.*

Die Begehungsweisen des sexuellen Missbrauchs erfassen ein breites Spektrum: Es beginnt bei einfachen, spurenkundlich nicht objektivierbaren, sexuell gefärbten Berührungen, führt über alle möglichen Formen sexueller Betätigung bis zu schweren sadistischen Praktiken. Egal, welche Machart der Täter im Einzelnen auch bevorzugt, aus Gründen seines Selbstschutzes besteht immer die Gefahr einer Verdeckungstötung.

Da der kriminalistische Erfolg stets von der objektiven Beweislage abhängt, wird deutlich, in welche Schwierigkeiten Polizei und Gericht geraten, wenn bei der Bearbeitung von Anzeigen wegen sexuellen Missbrauchs kein spurenkundlicher Befund erhoben werden kann, sondern nur die Aussage des kindlichen Opfers gegen die des Verdächtigen steht.

Aber auch die Anzeigebereitschaft der Erwachsenen wird bisweilen durch Verharmlosung, Verheimlichung, Verdrängung, sogar Mitleid mit dem Täter gebremst. Die Gründe sind meist sozialer Natur, weil der Verdächtige dem Opfer und seiner Familie nahesteht. In anderen Fällen sind es Bequemlichkeit und Gleichgültigkeit. Alles das ermuntert den Täter zur Fortsetzung und potenziert die Gefahr einer Verdeckungshandlung.

Der vorliegende Bericht über den Heizer Bock belegt die These: Dass der Schuldirektor Hoffmann dem ihm lange vor dem Mord an Gerlinde Hinke bekannt gewordenen Verdachtshinweis nicht die gebührende Beachtung schenkte, spricht nicht nur für sein erhebliches pädagogisches Defizit, sondern erklärt, wie seine Verantwortungslosigkeit unfreiwillig begünstigende Bedingungen für weitere Taten gesetzt hat. Eine rechtzeitige Anzeige bei der Polizei hätte Bocks Folgetaten Einhalt geboten. Und: Der Verdeckungsmord hätte verhindert werden können.

Bettgeflüster

(Aktenzeichen S 28/66 – Str. IC 4/66 Militärobergericht Leipzig, 1. Strafsenat)

Die tageslichtarmen Zellen mit ihren kleinen vergitterten Fenstern im Erdgeschoß der alten Leipziger Untersuchungshaftanstalt beherbergen ausnahmsweise keine festgenommenen Bösewichte. Sie wurden zu behelfsmäßigen Büroräumen der Kriminalpolizei umfunktioniert. Unter anderem arbeitet hier die sechsköpfige Mordkommission, der Hauptmann Schröder, ein mittelgroßer, 47-jähriger sächsischer Pfiffikus mit schütterem Haar, vorsteht. Trotz jahrelanger Bemühungen um eine bescheidene individuelle Verschönerung der zweckentfremdet genutzten Miniräume ist es nicht gelungen, den klaustrophoben Geist aus dem alten Gemäuer zu vertreiben. Doch mit der Zeit haben sich Schröder und seine Mitstreiter mit den allen arbeitspsychologischen Normen widersprechenden Arbeitsbedingungen abgefunden. Längst haben sie die Hoffnung begraben, die Polizeiführung würde alsbald weniger schwermütig stimmende Räume zur Verfügung stellen. Außerdem verdrängen die täglichen Untersuchungsaufgaben schnell jeden aufkeimenden sentimentalen Gedanken an helle geräumige Büros.

Es ist Mitte Dezember 1965. Schröder brütet über einer dubiosen Vermisstensache, in der alle bisherigen Ermittlungen keinen Schritt weiterführten. Jetzt droht der Fall zu stagnieren. Das ist ein erstes ernstes Symptom für eine baldige Einstellung der Untersuchungen.

Und dabei begannen sie wie ein problemloser Routinefall: Seit dem 17. November wird die 17-jährige Martina Heuer aus der Riebeckstraße vermisst. Sie, Lehrling bei der Reichsbahn, lebt bei ihrem geschiedenen Vater, ein trinkfreudiger, unbekümmerter Müßiggänger mit zweifelhaftem Ruf, den das tagelange Fernbleiben seiner Tochter nicht ernsthaft beunruhigt. Martina hingegen ist ein wohlgeratenes, fleißiges und sittsames Mädchen, befreundet mit einem anständigen jungen Mann aus der Nachbarschaft.

Eine Woche nach ihrem plötzlichen Verschwinden entschließt sich der Vater endlich zur Erstattung einer Vermisstenanzeige. Die VP findet sehr schnell heraus, dass das Mädchen am späten Nachmittag des 17. November Hausaufgaben für die Berufsschule erledigte, während sich ihr Vater in Begleitung eines Bekannten nahe des Möbiusplatzes in der Destille »Zur Warthe« dem Trunke hingab. Gegen 18.00 Uhr war Martina wohlgelaunt und guter Dinge bei ihrem Freund erschienen und blieb bei ihm und dessen Eltern bis kurz vor 20.00 Uhr. Danach begab sie sich auf den kurzen Heimweg. Seitdem verliert sich ihre Spur.

Die uniformierte Polizei, die die Vermisstenmeldung entgegennahm, zeigte sich von Anfang an argwöhnisch, weil die Anzeigenerstattung durch den Vater ungewöhnlich spät erfolgte. Sicherheitshalber übergab sie den Fall deshalb bereits nach wenigen Tagen der Mordkommission.

Schröders Männer rekonstruieren ziemlich schnell Martinas letzten Tagesablauf und überprüfen die Alibis aller Personen aus ihrem Umfeld. Martinas Freund, der 19-jährige Oberschüler Christian Mewes, kann bald ausgeschlossen werden: Er hielt sich am fraglichen Abend bei seinen Eltern auf. Der Bekannte, mit dem Martinas Vater die Kneipe besuchte, namens Hans-Joachim Hinz aus der nahen Mühlstraße, ist ein verheirateter, 24-jähriger, gutbeleumdeter Berufssoldat im Range eines Feldwebels, den Martina schon seit ihrer Kindheit kennt. Er hatte sich bereit erklärt, ihrem Vater bei Renovierungsarbeiten behilflich zu sein. Die Details sollten bei Schnaps und Bier in der »Warthe« besprochen werden. Doch Hans-Joachim Hinz verließ seinen Zechkumpan nach geraumer Zeit, um seine Frau von der Arbeit abzuholen. In der Tat: Die gleichaltrige Marlies Hinz, die im Tanzschuppen »Ringcafe« am Roßplatz als Serviererin tätig ist, bestätigte der Polizei, dass der Gatte in der fraglichen Zeit im Lokal auf ihren Schichtschluss gewartet habe, um sie nach Hause zu begleiten.

Nur das Alibi des Vaters der Vermissten steht auf zerbrechlichen Füßen: Er sei eine reichliche Stunde später, nachdem Hinz das Lokal verlassen habe, nach Hause gegangen, um sich mit schwerem Kopf schlafen zu legen. Und niemand kann seine Anwesenheit zu Hause bestätigen. Auch seine Begründung, das spurlose Verschwinden seiner Tochter der VP erst nach einer Woche gemeldet zu haben, weil er es zunächst nicht ernstgenommen habe, löst Misstrauen gegen ihn aus. Es entspricht den allgemeinen kriminologischen Erfahrungen, dass eine verspätete Vermisstenmeldung grundsätzlich Verdachtsmomente gegen den Anzeigeerstatter rechtfertigt. Und als die Kriminalisten aus den internen Akten eine alte Vorstrafe des Vaters wegen eines Sexualdelikts zutage förderten, konzentrierten sie die ersten Ermittlungen auf ihn.

Jedoch: Schon nach wenigen Tagen stellt sich heraus, dass sich der Anfangsverdacht gegen Martinas Vater nicht bestätigt. Stattdessen rückt nun Hans-Joachim Hinz in den Mittelpunkt der weiteren Ermittlungen. Die Kriminalisten finden nämlich heraus, dass das von der Ehefrau abgesicherte Alibi, der Gatte habe in den Abendstunden des 17. November im »Ringcafé« auf sie gewartet, von den dortigen Mitarbeitern nicht bestätigt werden kann. Das ist verwunderlich, denn die anderen Bedienungskräfte kennen den Angetrauten ihrer Kollegin, hätten ihn demzufolge auch wahrnehmen müssen. Ist es ein Zufall, dass sie Hinz nicht bemerkt haben? Schon möglich, denn das

Tanzlokal war um diese Zeit bis auf den letzten Platz besetzt, und die Serviererinnen hatten alle Hände voll zu tun.

Hingegen behauptet ein Mieter aus dem Haus in der Riebeckstraße, in dem Martina Heuer wohnt: Er sei am Abend des fraglichen Tages im Treppenaufgang nochmals jenem jungen Mann begegnet, den er zwei Stunden zuvor, nämlich in Begleitung des Vaters der Vermissten schon einmal gesehen habe, als sich beide Männer in Richtung Möbiusplatz auf den Weg machten. Natürlich wird Hinz dazu befragt. Doch er hält die Wahrnehmung des Zeugen für einen bösen Irrtum und versichert nochmals unbeirrt, zur fraglichen Zeit keineswegs in der Riebeckstraße, sondern im »Ringcafe« gewesen zu sein. Auch Frau Hinz bekräftigt erneut das Alibi ihres Gatten.

Hauptmann Schröder ist mit dem bisherigen Untersuchungsverlauf in der Vermisstensache Martina Heuer nicht zufrieden: Die Persönlichkeitsaufklärung der Verschwundenen bietet keinen Anlass zur Annahme, das Mädchen könnte ausgerissen sein. Auch ein Unfall muss den Umständen nach ausgeschlossen werden. Die Recherchen zur Personen- und Fahrzeugbewegung auf dem kurzen Weg Martinas von der Wohnung ihres Freundes bis nach Hause, die Hinweise über einen tatrelevanten, zufälligen Kontakt liefern könnten, verlaufen im Sand. Fast einen Monat lang ermitteln die Kriminalisten, ohne auf eine Spur des Mädchens zu stoßen. Immer mehr verdichtet sich die schlimme Vermutung eines Verbrechens. Jedoch: Dass es ein sogenannter Fremdtäter begangen haben kann, schließt Schröder zunächst aus. Dieser Möglichkeit wird folglich der letzte Platz in der Rangordnung der Versionen zugewiesen. Denn das Zusammentreffen mit einem Täter aus dem Beziehungsfeld des Mädchens scheint der Wahrheit am nächsten zu kommen. Doch wer könnte es sein? Welches Tatmotiv könnte ihn geleitet haben?

Häufig bestätigt die kriminalistische Erfahrung, dass bei einem vertrackten Fall der Schlüssel zur Lösung irgendwo im Berg bisheriger Ermittlungsergebnisse verborgen liegt. Also, Strategieänderung und Neubeginn der Untersuchungen sind angesagt. Doch Hauptmann Schröders Überlegungen führen ihn immer wieder zu dem Feldwebel Hans-Joachim Hinz, der über ein scheinbar felsenfestes Alibi verfügt. Und das aus gutem Grund: Zum einen, weil eine Freundin des vermissten Mädchens bei einer Befragung beiläufig äußerte, Martina habe ihr anvertraut, Hinz bedränge sie in letzter Zeit, mache aus seinem sexuellen Interesse an ihr keinen Hehl, weswegen sie ihn energisch auf Distanz halten müsse. Zum anderen findet sich unter den Befragungsprotokollen die Mitteilung eines Rentners aus dem Haus in der Mühlstraße, in dem das Ehepaar Hinz wohnt, der glaubte, Hinz am Abend des 17. November gegen 19.30 Uhr vor dem Wohnhaus gesehen zu haben, freilich ohne dies beschwören zu können. Natürlich könnte dies der zweite Irrtum sein, der sich um das Alibi des Feldwebels Hans-Joachim Hinz rankt. Doch wenn sich dieser Rentner nicht irrt? Dann allerdings belegt auch die Aussage des Zeugen aus Martinas Wohnhaus: Frau Hinz hat ein falsches Alibi ihres Gatten bestätigt.

Taktvoll wird die Serviererin Marlies Hinz zu einer neuerlichen Befragung gebeten. Es ist der letzte Versuch, auf Schwächen in der möglichen Alibikonstruktion zu stoßen. Doch so sehr sich Schröder bemüht, Frau Hinz steht zu ihrem Gatten, bleibt beharrlich bei ihrer bisherigen Aussage, dieser habe in der fraglichen Zeit im »Ringcafe« auf sie gewartet. Enttäuscht bleibt der Hauptmann mit seinem Argwohn zurück.

Seine Mitstreiter warten indes mit einer Neuigkeit auf: Sie haben nämlich eine Arbeitskollegin von Frau Hinz aufgespürt, die einschätzt, die Beziehung zwischen den Eheleuten Hinz sei erheblich gestört. Marlies Hinz habe ihr gegenüber angedeutet, ihren Mann schon lange »nicht mehr an sich heranlassen« zu können. Natürlich wollte die Kollegin Näheres wissen. Doch mehr konnte sie nicht erfahren.

Überhaupt sei Marlies in letzter Zeit entgegen ihrer früheren Heiterkeit ziemlich schwermütig und verschlossen, als drücke eine schwere seelische Last auf ihr.

Eigentlich wären in diesem Untersuchungsstadium sowohl eine intensive Vernehmung des Feldwebels Hans-Joachim Hinz als auch weitere Erkundigungen über ihn erforderlich. Bei strafprozessrechtlichen Erfordernissen gegen NVA-Angehörige wird jedoch die kriminalpolizeiliche Kompetenz durch den Militärstaatsanwalt begrenzt. Hauptmann Schröder glaubt, bei der derzeitigen Sachlage würde es ihm nicht gelingen, den Militärstaatsanwalt für Ermittlungen gegen Hinz zu gewinnen. Auch bezweifelt er dessen fachliche Kompetenz hinsichtlich einer diffizilen Morduntersuchung. Deshalb konzentriert er das weitere taktische Vorgehen auf den schwächsten Baustein der mutmaßlichen Alibikonstruktion, nämlich auf die Ehefrau des Feldwebels, Marlies Hinz. Die Realisierung erfordert eine präzise Vorbereitung und Abstimmung mit einem zuständigen Offizier des Dezernats 1. Die dort in Lohn und Brot stehenden Kriminalisten sind für die »Bekämpfung der Kriminalität mit speziellen Mitteln und Methoden« zuständig und haben die »strenge Wahrung der Konspiration« auf ihre Fahne geheftet. In dieser relativ neuen Struktureinheit der Kriminalpolizei ist Hauptmann Grimm verantwortlich für verdeckte Ermittlungen in Mordfällen. Schröder trifft sich mit ihm zu einem langen Gespräch. Es geht um den strategischen Plan der, wie es in der Polizeisprache heißt, »operativen Bearbeitung des Hans-Joachim Hinz«.

Ende Januar 1966. Leipzig rüstet sich für die Anfang März stattfindende Frühjahrsmesse. Wie üblich kündigt die Partei-

und Staatsführung ihre Visite an. Die traditionsreiche Messe- und Kulturstadt wird aufpoliert. Der chronische Mangel wird übertüncht: Langsam füllen sich die Geschäfte mit Waren, die der sozialistische Einzelhandel sonst nicht bereithält. Den internationalen Messegästen soll Wohlstand präsentiert werden.

Marlies ist seit einem reichlichen Jahr mit dem Feldwebel Hans-Joachim Hinz verheiratet, der in einer NVA- Kaserne im Stadtbezirk Möckern als Geschützmeister sozialistische Wehrbereitschaft demonstriert. Längst liebt sie ihn nicht mehr. Freilich, damals im Herbst 1964, als sie den Bund fürs Leben schlossen, war alles anders. Frische, unbelastete Liebe verklärt, engt den kritischen Blick ein, den wahren Charakter des Partners zu durchschauen. Zu spät wurde Marlies klar, dass Hans-Joachim ihr nur die Rolle eines duldenden Sexualobjekts zugewiesen hat, für seine schier unaufhörlichen Gelüste in ständiger Bereitschaft zu sein. Jetzt aber fühlt sie das Dilemma, leidet unter der Degradierung. Doch ihr Aufbegehren bleibt schwach und erstickt schnell unter seiner Unleidlichkeit. Längst ist ihre Liebe versiegt. Stattdessen wächst der Abscheu gegen seine körperlichen Annäherungen. Hinzu kommt ein Vertrauensbruch. Nämlich: Als Hans-Joachim ihr eines Tages gesteht, Unterhalt für ein fünfjähriges Kind zahlen zu müssen, kann sie ihm nicht verzeihen, darüber so lange geschwiegen zu haben.

Alles in allem: Diese junge Ehe besteht längst nur noch aus einem dumpfen, eintönigen Nebeneinander und verschafft Marlies nur dann Erleichterung, wenn ein langer Dienst Hans-Joachim in der Kaserne hält oder sie in seiner Freizeit arbeiten gehen muss.

Eines Abends, als die Eheleute wortlos vor dem Fernseher hocken, klingelt es an der Wohnungstür: Ein sympathischer Mann vom Messeamt, gutgekleidet, um die dreißig, wirbt um Quartiere, natürlich nur bei vertrauenswürdigen Gastgebern.

Marlies und Hans-Joachim überlegen nicht lange: Eine willkommene Abwechslung mit verlockendem Zuverdienst. Mühelos ließe sich ein Zimmer der geräumigen Wohnung für einen Messegast herrichten. Als der Mann vom Messeamt sogar in Aussicht stellt, einen westdeutschen Gast zu vermitteln, wittern die beiden Mitbringsel, an die sie auf anderem Wege nicht gelangen würden. Und der amtliche Quartierwerber kann einen Erfolg verbuchen.

Als wenige Tage später ein Gast im »Ringcafe« seine Bestellung bei Marlies aufgibt, erkennt sie in ihm den sympathischen Typ vom Messeamt. Na, so ein Zufall! Ein kurzer, freundlicher Wortwechsel folgt. Geradeheraus lässt er sie wissen, Werner Frommolt zu heißen, 32 Jahre alt und ledig zu sein und Gefallen an ihr gefunden zu haben. Seine ungenierten Avancen verwirren Marlies und bleiben nicht ohne Erfolg. Schon schwirren die ersten Schmetterlinge in ihrem Bauch. Auf der Stelle würde sie mit ihm weiter plaudern, doch die Servierpflicht ruft. Aber jedes Mal, wenn sie mit dem Tablett an seinem Tisch vorübergeht, wirft er ihr einen so verliebten Blick zu, dass sie sich zwei Stunden später zu einem Stelldichein überreden lässt.

Schon am nächsten Tag trifft sie sich insgeheim mit dem neuen Bekannten zu einem ausgedehnten Winterspaziergang. Marlies ist von der heiteren, lockeren und liebenswürdigen Art ihres Begleiters so angetan, dass sich ihre bisherige Verschlossenheit immer mehr löst. In den folgenden Wochen werden die heimlichen Zusammenkünfte intensiver und erotischer. Um den Gatten nicht argwöhnisch zu stimmen, passt sie die zärtlichen Treffs seinem Dienstplan an. Langsam scheint Marlies' ursprüngliches, heiteres Wesen zurückzukehren. Diese Veränderung bemerken auch ihre Kolleginnen. »Sie lebt auf, hat sich vielleicht verliebt«, tuscheln sie hinter ihrem Rücken. Doch hin und wieder wird Marlies von einer unbändigen Traurigkeit erfasst, die dem Geliebten nicht entgeht. Behutsam forscht er nach möglichen Gründen für ihren jammervollen seelischen Zustand.

»Sprich drüber, wenn dich etwas bedrückt, mach dich frei«, lautet sein freundschaftlicher Appell.

»Ach, lass nur«, wehrt sie ab, »ich will dich damit nicht belasten.«

Auch in der Folgezeit versucht Werner Frommolt immer wieder, Marlies zu bewegen, über die Dinge zu reden, die sie offensichtlich bedrücken. Doch sie bleibt verschlossen. In der Nacht zum 3. März 1966 aber – während Hans-Joachim Hinz in der Kaserne Bereitschaftsdienst schiebt und der heimliche Freund Marlies ein befreiendes Liebeserlebnis verschafft – bricht sie plötzlich ihr Schweigen.

»Hilf mir«, sind ihre ersten verzweifelten Worte, »ich habe Angst, mein Mann ist ein Mörder ...!«

Im ersten Moment verschlägt es Werner Frommolt die Sprache. Doch er fasst sich schnell, beruhigt die Geliebte mit Liebkosungen und fordert sie mit ruhiger Stimme auf: »Komm, spuck es endlich aus!«

Nun ist Marlies Hinz bereit und beginnt eine lange, grauenerregende Schilderung ...

Es war am 17. November 1965. Marlies hatte Spätschicht im »Ringcafe«, Hans-Joachim regulären Tagdienst in der Kaserne. Müde und abgespannt kam sie kurz nach 23.00 Uhr nach Hause. Als sie die Wohnung betrat, fielen ihr sofort ein Paar fremde Damenwinterstiefel auf, die an der Flurgarderobe standen. Hans-Joachim geht fremd, war ihr erster Gedanke. Doch jede weitere Überlegung wurde jäh unterbrochen: Hans-Joachim trat mit hochrotem Gesicht, entblößtem Oberkörper und blutverschmierten Händen aus der hell erleuchteten Küche, fuchtelte gefährlich mit seiner Dienstpistole herum und zischte mit erregter, grober Stimme: »Wenn du jetzt nicht zu mir hältst, knall ich dich ab!« Marlies erstarrte das Blut in den Adern. Sie blieb wie angewurzelt stehen, war zu keiner Reaktion fähig.

Wie ein gefährliches Raubtier stand der Angetraute vor ihr. Sie durfte ihn nicht noch mehr reizen, musste sich folglich zur Gelassenheit zwingen. Wie benommen legte sie den Mantel ab und fragte leise: »Was ist hier los?«

Hans-Joachim steckte die Pistole in den Hosenbund und jammerte, sie müsse ihm helfen, etwas Schreckliches sei passiert. Er machte dabei einen so kläglichen Eindruck, dass Marlies ihre Fassung halbwegs wiedergewann, obwohl sie vor Angst zitterte. Der Angetraute ergriff ihr Handgelenk, führte sie ins Wohnzimmer und erklärte, Martina Heuer sei erschienen, um wegen der Malerarbeiten mit ihm zu sprechen. Sie habe sich ihm dann unmissverständlich sexuell genähert. Er musste alle Mühe aufwenden, um sie von sich fernzuhalten. Bei dem dadurch entstandenen Handgemenge sei Martina mit dem Kopf so unglücklich gegen den Kachelofen gestoßen, dass dies ihren Tod verursacht habe. Niemand werde ihm das glauben, wenn die Geschichte bekannt würde. Auch seine militärische Karriere wäre dann beendet. Deshalb habe er sich entschlossen, den Leichnam in der Küche zu zerstückeln. Nun müsse er nur noch weggeschafft werden.

Innerlich bestürzt, jede äußere Regung unterdrückend, nahm Marlies den makabren Bericht zur Kenntnis. Sein Verstand hat ausgesetzt, er ist verrückt, war ihr erster Gedanke, wenn nur das viele Blut nicht wäre. Wieder richtete der Gatte die Pistole auf sie: »Ich mache ernst, erst du, dann ich! Hilf mir!«

Instinktiv reagierte sie mit einem Satz, der sicher klang und ihn offensichtlich beruhigte: »Steck das Ding weg, lass uns in die Küche gehen!«

Hans-Joachim schob die Waffe zurück hinter den Hosenbund und führte Marlies in die Küche. Was sie nun erblickte, übertraf ihre schlimmsten Befürchtungen: Da waren die zerstückelten sterblichen Überreste des jungen Mädchens. Eine Plastikwanne und ein Eimer, gefüllt mit Fleischstücken, Knochen und inneren Organen, zeugten von den teuflischen Vorgängen der letzten Stunden. Blutverschmierte Messer lagen auf dem Küchentisch.

Lebensangst steuerte Marlies' weiteres Verhalten: Dem Wahnsinnigen nur keinen Anlass geben, der ihr Leben gefährden könnte.

Sie riskierte einen scheuen Blick auf die Leichenteile und meinte: »Wir müssen sie in Ölpapier einpacken!«

Dieser Satz hatte Wirkung: Auf der Stelle löste sich Hans-Joachims furchterregende Spannung, und er wurde auf absonderliche Weise gesprächig und wohlgelaunt. Mit unterdrücktem Ekel half Marlies ihm, geeignete Behältnisse heranzuschaffen, um sie mit Ölpapier auszukleiden, das er irgendwann einmal aus der Kaserne mitgebracht hatte. Beim Einpacken musste Marlies eine makabre anatomische Unterweisung erdulden, die Hans-Joachim mit infernalischer Lust vornahm. Immer wieder musste sie erraten, welches Organ er wohl grade in den Händen hielt.

Kurz nach 1.30 Uhr standen eine große Tasche, ein Koffer, ein Beutel und ein Eimer mit den verstauten Leichenteilen zum Abtransport bereit. Hans-Joachim erinnerte sich an seine frühere Tätigkeit als Straßenbahnschaffner und schlug vor, die makabren Gepäckstücke in der gleichen Nacht mit der Straßenbahnlinie 15 bis zur Endhaltestelle nach Liebertwolkwitz zu transportieren, um sie auf einem Feld an der Störmthaler Straße zu vergraben. So geschah es auch.

Nach Hause zurückgekehrt, unterstützte Marlies den Gatten beim Reinigen der Wohnung, bis augenscheinlich keine Spuren mehr zu finden waren. Dann rang der Mann ihr das Versprechen ab, ihm für den Fall der Fälle ein Alibi zu verschaffen, dessen Einzelheiten er sodann besprach. Die Bekleidung und die Stiefel des Mädchens verschnürte er zu einem festen Bündel und versteckte dieses in der Kammer. Zwei Tage danach forderte er von Marlies, das Bündel seiner in Eilenburg wohnenden Mutter zu bringen: »Sag ihr, sie soll es verbrennen!«

Wie Hans-Joachim ihr aufgetragen hatte, fuhr sie mit dem Zug nach Eilenburg und übergab das Bündel der Schwiegermutter. Ohne das absonderliche Anliegen kritisch zu hinterfragen, vernichtet die Frau das Bündel auf die gewünschte Weise.

In der Folgezeit hütete sich Marlies, in den Gesprächen mit ihrem Gatten das schreckliche Ereignis nochmals zu erwähnen. Es flammte nur noch einmal kurz auf, als am 28. November 1965 in der »Leipziger Volkszeitung« eine Fahndungsmeldung der VP erschien, die sich auf das seit mehr als zehn Tagen vermisste Mädchen Martina Heuer bezog. Mit mulmigen Gefühlen überstand sie die Befragung durch die Kriminalpolizei: Die Konstruktion des falschen Alibis erwies sich offensichtlich als nützlich und stabil. Das stimmte Hans-Joachim zufrieden. Die Vorgänge des 17. November 1965 schienen ihn nicht mehr zu belasten. Nur die Dienstpistole führte er von nun an ständig bei sich. Marlies indes verkroch sich autistisch in ihr Schneckenhaus, gepeinigt von wirren, üblen Gedanken in den schlaflosen Nächten. Zur Angst vor ihrem Gatten gesellte sich alsbald die Angst, sich durch ihr Verhalten selbst strafbar gemacht zu haben.

Monate vergingen. Offensichtlich zeigte die Kriminalpolizei kein Interesse, das Ehepaar Hinz erneut zu behelligen. Und mit der Zeit beruhigte sich die Situation etwas. Immerhin, so vermutete Marlies, schien niemand die Leiche entdeckt zu haben, sonst hätte dies längst in der Zeitung gestanden. Auch die Bemühungen um ein unauffälliges, normales Leben förderten die Verdrängung des entsetzlichen Geschehens …

Tatsächlich hatte Marlies Hinz ihrem Ehemann nach dessen Tat Hilfe und Beistand gewährt. Damit war der Strafrechtstatbestand der Begünstigung gem. § 233 Abs. 1 StGB (DDR) er füllt. Er setzte voraus, dass die Straftat bereits er folgt ist. Als Frau Hinz die Wohnung betrat, hatte der Ehemann die Tat, also die Tötung, bereits verwirklicht. Ihr Beitrag beschränkte sich also darauf, ihn bei der Beseitigung der Leichenteile zu unterstützen. Zweifelsfrei diente diese Begünstigungshandlung dem Ziel, einerseits die Tat zu verschleiern und andererseits damit den Ehemann vor dem Zugriff der Polizei zu schützen. Diese persönliche Begünstigung unterlag aber nur dann der Strafverfolgung, wenn sie einem Täter gewährt wurde, der kein naher Angehöriger war. Im vorliegenden Fall wurde die Begünstigung aber dem Ehemann gewährt. Damit trat § 233 Abs. 3 StGB (DDR) in Kraft, der regelte, von Maßnahmen der strafrechtlichen Verantwortlichkeit abzusehen, »wenn die Begünstigung einem nahen Angehörigen gewährt wird, um ihn der Strafverfolgung zu entziehen«. Insofern waren Frau Hinz' Bedenken, sich strafbar gemacht zu haben, unbegründet.

Aber selbst dann, wenn Marlies Hinz unter den gleichen, äußeren Bedingungen einem Täter, der kein naher Angehöriger gewesen wäre, Beistand geleistet hätte, ginge sie straffrei aus. Grund: Die ernsthafte Bedrohung mit der Pistole und die Ankündigung: »Wenn du jetzt nicht zu mir hältst, knall ich dich ab!« musste Frau Hinz angesichts der Ernsthaftigkeit der Situation als unmittelbare Gefahr für ihr Leben empfinden. Dadurch wurde sie zu einem Verhalten gezwungen, das sie nach § 19 StGB (DDR) exkulpierte. Es lag nämlich dann keine Straftat, sondern ein sogenannter Nötigungsstand vor. Dieser Schuldausschließungsgrund setzte voraus, dass jemand durch unwiderstehliche Gewalt oder durch Drohung mit einer gegenwärtigen, anders nicht zu beseitigenden Gefahr für Leben und Gesundheit zur Begehung einer Straftat gezwungen wurde.

Aber auch nach geltendem Recht der Bundesrepublik wäre Frau Hinz strafrechtlich nicht zur Verantwortung gezogen worden. Allerdings käme der Tatbestand der Begünstigung gem. § 257 StGB nicht zur Anwendung, weil dieser sich gegenüber früheren Fassungen auf die sogenannte sachliche Begünstigung (Sicherung von Vorteilen) beschränkt. Die persönliche Begünstigung (Schutz vor Strafverfolgung) ist in den Tatbestand der »Strafvereitelung« gem. § 258 StGB eingegangen, der auch die besondere Situation zwischen Angehörigen regelt. Frau Hinz bliebe unter Anwendung des Abs. 6 dieses Gesetzes daher straffrei.

Marlies' Schilderung, die hin und wieder durch Weinkrämpfe unterbrochen wurde, endet erst, als der Morgen graut. Werner Frommolt ist nachdenklich geworden, überlegt, wie er ihr am besten helfen könne. Dann schlägt er vor:

»Los, zeig mir die Stelle!«

Mit müden, erstaunten Augen blickt sie ihn an: »Jetzt?«

»Ja, jetzt«, drängt er. »Du musst zurück sein, bevor dein Mann kommt!«

Sie willigt ein. Mit Nachdruck verdeutlicht er, in welcher Lebensgefahr sie sich befinde. Nun gehe es vordringlich darum, ihren Ehemann auf geschickte Weise der Polizei in die Hände zu spielen. Darum wolle er sich kümmern. Eindringlich macht er ihr klar, dass sie sich auch in den nächsten Tagen unauffällig wie bisher verhalten müsse. Ihr Mann dürfe nicht den geringsten Verdacht schöpfen. Deshalb solle sie wie gewohnt ihrer Arbeit nachgehen und sich darauf verlassen, dass alles ein gutes Ende nehmen wird.

Marlies sieht aus ihrer Verstrickung keinen anderen Ausweg, als sich ihrem Freund bedingungslos anzuvertrauen und alle Hoffnung auf ihn zu setzen.

Wenige Minuten später knattert Frommolt mit seinem Motorrad durch die noch menschenleere Großstadt, die Geliebte auf dem Soziussitz. Sie zeigt ihm die Stelle, an der die Leichenteile vergraben wurden. Alles scheint unverändert an dem verwahrlosten Wiesengelände, das immer noch im langen Winterschlaf liegt.

Marlies Hinz liegt noch im Bett, als der Gatte müde und abgespannt vom Nachtdienst heimkehrt. Sie hat noch viel Zeit, denn ihre Spätschicht im »Ringcafé« beginnt erst am Nachmittag.

Stunden später. Hauptmann Grimm vom Dezernat 1 der BdVP führt in Liebertwolkwitz, der kleinen Ortschaft südöstlich von Leipzig, ein längeres, vertrauliches Gespräch mit einem Sicherheitsbeauftragten des Rates der Gemeinde: Es geht um ein Hilfeersuchen der Kriminalpolizei. Man benötige Unterstützung bei einer höchst diffizilen Verbrechensaufdeckung. Die Maßnahme erfordere absolutes Stillschweigen. Grimm erläutert die Details. Der Mann versteht, telefoniert, organisiert. Und während Hauptmann Grimm auf dem Rückweg ins Stadtzentrum ist, um dem Leiter der Mordkommission höchste Alarmbereitschaft zu signalisieren, erhalten drei Gemeindearbeiter den Auftrag, am Wiesengelände Störmthaler Straße irgendwelche Pflegearbeiten durchzuführen.

Das Resultat dieser geheimnisvollen Inszenierung lässt nicht lange auf sich warten: In den Mittagsstunden wird der Volkspolizei angezeigt, dass bei landwirtschaftlichen Arbeiten auf einem Flurstück an der Störmthaler Straße verweste menschliche Leichenteile gefunden wurden, die etwa einen halben Meter tief vergraben waren.

Die wie von magischer Hand lancierte »zufällige« Entdeckung der sterblichen Überreste bringt die offizielle kriminalistische Maschinerie schlagartig auf Hochtouren. Sie beginnt mit der förmlichen Vernehmung der Auffindungszeugen.

Unverzüglich rückt Hauptmann Schröder mit großer Mannschaft zur Tatortarbeit an, deren Ergebnis schließlich alle heimlichen Erwartungen erfüllt: Aus dem Erdreich werden insgesamt 30 Teile eines kompletten menschlichen Körpers geborgen. Fieberhaft untersuchen die Leipziger Gerichtsmediziner die einzelnen Fundstücke, ordnen sie zu einem Ganzen, bestimmen Geschlecht, Alter, Größe und Todeszeit der getöteten Person, ziehen Schlüsse auf mögliche Tatwerkzeuge und versuchen, die Todesursache zu präzisieren.

Bereits am Morgen des 4. März 1966 steht fest: Die aufgefundenen Leichenteile bestätigen die Identität mit der seit dem 17. November 1965 vermissten Jugendlichen Martina Heuer. Sie wurde Opfer eines Verbrechens, getötet durch einen Halsschnitt nach Ranger-Manier.

Nun kann sich die kriminalistische Aufmerksamkeit von Schröder und seinem Kollegen aus dem Dezernat 1 auf den Täter richten. Offiziell ist dieser zwar noch unbekannt, doch die Mörderjäger haben ihn längst im Visier. Nur wenige Vertraute wissen, dass es sich dabei um den Feldwebel Hans-Joachim Hinz handelt, dessen Name bereits eine dicke Akte füllt. Klar: Die Männer könnten ihn auf der Stelle festnehmen, denn an Haftgründen mangelt es wahrlich nicht. Jedoch: Hinz trägt ständig eine Waffe bei sich. Seine labile Gemütsverfassung macht ihn unberechenbar, könnte jeder Zeit affektive, irrationale Ausbrüche hervorrufen und eine nicht kalkulierbare Schießwut auslösen, die sein Leben und das anderer in höchstem Maße gefährden würde. Um das zu vermeiden, sind Sicherheit, Besonnenheit und Geduld jetzt wichtiger als übereiltes Handeln, das immer unbekannte Risikomomente in sich birgt. Trotzdem drängt die Zeit.

Auch aus einem anderen, vielleicht mehr eigennützigen Grund haben es die Männer eilig: Übermorgen beginnt die Frühjahrsmesse – ein öffentliches Ereignis von ökonomischer und politischer Bedeutung. Unter diesem günstigen Stern würde es ihrer Karriere keineswegs schaden, die Festnahme des Täters im Fall Martina Heuer noch heute zu verkünden.

Vor Schröder und Grimm stehen jetzt wichtige Aufgaben:

Sie wissen, Feldwebel Heinz ist pünktlich um 7.45 Uhr zum Dienst in der Kaserne erschienen. Auf keinen Fall darf er das Militärobjekt vor regulärem Dienstschluss verlassen. Der für die Mordkommission zuständige Staatsanwalt muss dies mit seinem uniformierten Amtsbruder klären. Weiter: Marlies Hinz ist Hauptbelastungszeuge in dieser Sache, vorausgesetzt, sie besteht nicht auf ihrem Aussageverweigerungsrecht, das ihr nämlich freistellt, gegen den Ehemann auszusagen. Sie muss auch dauerhaft gegen mögliche Racheakte des Angetrauten geschützt werden. Und: Da sie daheim ist, weil ihre Schicht im »Ringcafe« erst um 15.00 Uhr beginnt, muss sie so schnell wie möglich in Schneiders Büro geholt werden, denn ihre Vernehmung hat absolute Priorität. Erst danach soll Hinz verhaftet werden. Schließlich: Auch wenn der Mord bereits Monate zurückliegt, ist das kein Hinderungsgrund, die kriminaltechnische Untersuchung des Tatorts zu vernachlässigen. Die Spurensucher sind in Bereitschaft zu halten.

Während Schröder und Grimm die nächsten Stunden nutzen, den taktischen Plan für ihren Feldzug zu entwerfen, bereitet sich Marlies Hinz zu Hause auf den Empfang ihres Schlafgastes vor, dessen Eintreffen Werner Frommolt in seiner offiziellen Funktion als Mitarbeiter des Messeamts bereits angekündigt hatte.

Gegen 11.30 Uhr klingelt es an ihrer Wohnungstür. Doch zu ihrem Erstaunen ist es nicht der erwartete Gast. Werner Frommolt ist es, sichtlich nervös und in Eile. Er kommt sofort auf den Punkt: »Es ist so weit, gleich wird die Kripo da sein. Sie brauchen deine Zeugenaussage. Verschweige nichts, sag ihnen alles!«

Marlies Hinz blickt ihn mit großen, ernsten Augen an, nickt mit dem Kopf, fragt ängstlich: »Und Hans-Joachim?«

»Keine Gefahr, du wirst ihn nicht wieder sehen! Ab heute wird sich dein Leben verändern«, beruhigt er sie.

»Woher weißt du das so genau?«, will sie wissen. Er antwortet nicht, denn es klingelt Sturm an der Wohnungstür. Marlies will öffnen. Doch Frommolt stellt sich dicht vor sie, nimmt ihren Kopf zwischen beide Hände, schaut sie sehr ernst an und fragt eindringlich: »Spielst du mit?«

»Ja«, antwortet sie entschlossen und öffnet die Tür. Schröder, Grimm und weitere Kriminalisten sind erschienen. Frommolt wechselt einen kurzen Blick mit Hauptmann Grimm, raunt ihm zu: »Alles in Ordnung!« verabschiedet sich von Marlies mit betonter Förmlichkeit und verlässt eilig die Szene.

Marlies kommt gar nicht dazu, über seinen plötzlichen und seltsamen Abgang nachzudenken, weil Schröder und Grimm gleich an sie herantreten: »Hören Sie, Frau Hinz, Sie stehen unter dem Schutz der Volkspolizei, sind Sie bereit, gegen Ihren Mann auszusagen?«

Wieder antwortet sie mit einem klaren »Ja«, bittet aber inständig: »Machen Sie dem Horror nur bald ein Ende!«

»Versprochen«, versichert Grimm. Und Schröder drängt, »Also, fahren wir!«

Frau Hinz versteht richtig, den beiden zur Vernehmung in ihr Büro zu folgen. Doch bevor sie gehen, zeigt Schröder auf einen seiner Männer und fordert von Marlies: »Geben Sie ihm Ihre Wohnungsschlüssel – nur für ein paar Stunden.« Bereitwillig tut sie es, fragt aber besorgt: »Und mein Messegast?«

Hauptmann Grimm ist mit einer überraschenden Antwort zur Stelle: »Keine Sorge, den gibt's nicht!«

Wenige Augenblicke später haben die drei das Feld geräumt. Die anderen Männer aber bleiben zurück in der Wohnung, verhalten sich von nun an mucksmäuschenstill und warten.

Als Feldwebel Hans-Joachim Hinz kurz vor 17.00 Uhr die Tür zu seiner Wohnung öffnet, durchfährt ihn ein gewaltiger Schock. Mehrere Pistolenläufe sind drohend auf ihn gerichtet und eine resolute Stimme herrscht ihn an: »Hände hinter'n Kopf, Sie sind verhaftet!«

Der erfolgreiche Zugriff verschafft den Kriminalisten aber keine Atempause. Während Hauptmann Grimm sich unverzüglich hinter die unsichtbaren Mauern des Dezernats 1 zurückziehen muss, um sich weiteren »operativen Aufgaben« zuzuwenden, widmet sich Hauptmann Schröder der regulären Fallbearbeitung. Den Ausgangspunkt für die weiteren Ermittlungen bilden – abgesehen von den Spurenbefunden am Leichenfundort und aus der Tatwohnung – die Vernehmungsergebnisse der Ehefrau des Verdächtigen. Unverzagt, bis in die späten Abendstunden bringt Schröder daher Marlies' Zeugenaussage zu Papier. Sie bleibt tapfer bei dem, was sie Werner Frommolt bereits anvertraut hat. Tiefer Abscheu gegen den Ehemann begünstigt ihre Aussagebereitschaft.

Hans-Joachim Hinz hingegen ist trotzig und unnahbar. Vehement wehrt er sich gegen jeglichen Schuldvorwurf: Er habe nichts Unrechtes getan. Die früheren Aussagen zu seinem Alibi entsprächen der Wahrheit, seien durch seine Frau sogar mehrfach bestätigt worden. Wenn sie jetzt gegen ihn aussage, könne dies nur ein Racheakt sein, denn er habe vor einigen Tagen sein Scheidungsbegehren geäußert, weil sie ihm sexuell nicht mehr zusage. Das habe sie sehr aufgebracht. Der Kriminalist lässt ihn gewähren, protokolliert jede seiner Lügen und Einwände. Und mit seiner Unterschrift bestätigt Hinz den angeblichen Wahrheitsgehalt seiner Worte. Auf diese Weise manövriert Schröder ihn in immer neue Widersprüche. Als Hinz dann den Zeugen gegenübersteht, die ihn am Abend des 17. November 1965 sowohl vor seinem Haus als auch im Wohnhaus des verschwundenen Mädchens gesehen haben, und die in auf Anhieb wiedererkennen, scheint es, als würde er die Sinnlosigkeit weiteren Lügens einsehen. Seine Renitenz weicht einer tränenreichen Redseligkeit. Nun wolle er die reine Wahrheit sagen, beteuert er theatralisch. Doch Schröder ist zu Recht skeptisch. Denn, was Hinz nun vorbringt, passt nur teilweise in den Geschehnisablauf, den seine Frau zu Protokoll gab und der spurenkundlich längst bestätigt wurde. Hartnäckig beharrt er darauf, dass der Tod Martina Heuers die unbeabsichtigte Folge der körperlichen Auseinandersetzung sei. Und die habe sie letzten Endes selbst verursacht. Fazit: Eine Art Notwehr also, ein bedauerlicher, schrecklicher Unglücksfall, nichts weiter. Als sie leblos vor ihm lag, sei er in unbändige Angst und Panik geraten. Nur noch ein Gedanke habe ihn getrieben, nämlich, den Vorfall mit allen Mittel zu vertuschen, den Leichnam zu zerstückeln und spurlos zu beseitigen. Niemals habe er aber Marlies dazu gezwungen, bei der Beseitigung der Leiche mitzuhelfen. Ganz aus freien Stücken habe sie sich beteiligt, um ihm in dieser schwierigen Situation beizustehen. Ihre Idee, die Transportbehältnisse mit Ölpapier auszukleiden, beweise dies doch. Und die Pistole? Stimmt, die habe er seitdem tagelang bei sich getragen, jedoch nur, um sich später damit eventuell selbst zu töten.

Schröders auf Zeit angelegte Labilisierungsstrategie, Hinz' Verteidigungsposition tröpfchenweise durch Konfrontation mit den objektiven Fakten und seinen Aussagewidersprüchen zu schwächen, geht schließlich auf: Nach Wochen zermürbender Untersuchungshaft und vielen langen Vernehmungen findet sich Hinz im Dschungel seiner Ausflüchte nicht mehr zurecht. Die Last der Beweise bringt sein inneres Verteidigungsgebäude schließlich zum Einsturz. Nun wird ihm bewusst, dass nur ein wahres, umfassendes Geständnis die Richter milde stimmen könnte, sein Leben zu verschonen. Und er bekennt sich des Mordes an Martina Heuer schuldig …

Hans-Joachim Hinz hat das Licht der Welt noch nicht erblickt, als sich sein Vater bei Nacht und Nebel aus dem Staub machte, um den Vaterpflichten zu entgehen. Die junge Mutter, eine einfache, redliche, aber labile Frau, blieb zunächst mit dem Kind allein. Leichtfertig schloss sie ein Jahr später eheliche Bande mit einem Tunichtgut im Soldatenrock, den sie kaum kannte. Unbeschadet überstand dieser das tödliche Konzert der Stalinorgeln. Als der Kriegslärm verstummt war, widmete er sich ausschließlich dem Müßiggang, indes seine Frau sich als Reinigungskraft abplagen musste, um sich, ihren kleinen Sohn und den Ehemann durch die schweren Nachkriegsjahre zu bringen. Anfang der 50er Jahre verließ der Stiefvater die Familie und verschwand auf Nimmerwiedersehen im Westen Deutschlands. Wieder blieb die Mutter mit dem inzwischen elfjährigen Sohn allein. Beide bezogen nun eine kleine Wohnung in der Leipziger Riebeckstraße. Es war das gleiche Wohnhaus, in dem die vierjährige Martina Heuer aufwuchs. Von nun an war sich Hans-Joachim tagsüber meist selbst überlassen, unterdessen die Mutter ihrem mühseligen Broterwerb nachging.

Vor dem Hintergrund dieser schwierigen Familiensituation entwickelte sich der Knabe zu einem haltlosen, lernunwilligen und in sich gekehrten Einzelgänger. Folgerichtig blieben die schulischen Leistungen ebenso kümmerlich wie die Fähigkeit zur Pflege freundschaftlicher Kontakte.

Mit Abschluss der Pubertät wurde die sexuelle Triebbefriedigung zum bestimmenden Lebensinhalt. Der erste Geschlechtsverkehr mit 17 Jahren war aber eine große Enttäuschung: Er machte ihn sogleich zum Vater. Ernüchtert zog er sich zurück, wollte von nun an keine feste Bindung. Stattdessen reduzierte sich sein künftiges Sexualleben auf ausschweifende Masturbation und Promiskuität. Für echte, sozial und emotional untermauerte Partnerschaften blieb er untauglich. Auch später, als er Marlies heiratete.

Eine Lehre als Bauschlosser brach er vorzeitig ab. Eine Zeitlang verdingte er sich als Straßenbahnschaffner bei den Leipziger Verkehrsbetrieben. Die Unterschlagung von Fahrscheingeldern kreidete man ihm jedoch an: Er wurde gefeuert. Von nun an wechselte er laufend seine Arbeitsstellen und Tätigkeiten. So ging es, bis im April 1962 der obligatorische Dienst am sozialistischen Vaterland ihn zu sich rief. In der mausgrauen Uniform der Nationalen Volksarmee fühlte sich Hans-Joachim wohl. Der Umgang mit schwerer Militärtechnik weckte sein Interesse. Befehle auszuführen disziplinierte ihn, sie zu erteilen verschaffte ihm Wohlgefühl. In all dem sah Hans-Joachim seine künftige Lebensperspektive: Er verpflichtete sich als Berufssoldat, absolvierte militärische Lehrgänge und qualifizierte sich schließlich zum Geschützmeister.

Im Herbst 1964 heiratete er die 18-jährige Marlies, ein naives Mädchen, das sich auf diese Weise von den elterlichen Fesseln lösen wollte. Das junge Paar bezog in der Mühlstraße, einige Straßen vom mütterlichen Heim entfernt, eine geräumige Wohnung. Von Anbeginn blieb die Ehe ein fades Nebeneinander. Marlies' anfängliche Unerfahrenheit und Unselbständigkeit auf der einen, Hans-Joachims Triebhaftigkeit und Selbstsucht auf der anderen Seite begünstigten, dass sich die junge Frau allzu leicht in die Rolle sexueller Ergebenheit fügte. Später, als Marlies eingestand, seinem unbändigen Geschlechtstrieb nicht standhalten zu können, kompensierte er die Defizite an ehelichem Beischlaf durch Masturbation.

Der Tag im Sommer 1965, an dem er Martina Heuer zufällig wieder begegnet, veränderte dann sein Leben: Das einstmals kleine, blasse Mädchen aus der Nachbarwohnung hatte sich zu einem anmutigen Wesen voller Fraulichkeit entwickelt. Hans-Joachim war auf der Stelle hingerissen, sparte nicht mit Komplimenten, machte aus seinen Paarungsabsichten keinen Hehl. Doch Martina ließ ihn abblitzen. Von nun an wurde sie das willfährige Objekt seiner sexuellen Phantasien. Gleichzeitig wuchs das ungestüme Verlangen, sie zu erobern. Noch konnte er seine Fassung bewahren. Er suchte lediglich ihre Nähe, erschien unter dem Vorwand, ihren Vater sprechen zu wollen, mehrmals bei ihr zu Hause, um diese Gelegenheit zu körperlicher Annäherung zu nutzen. Vergeblich. Sie wies ihn stets zurück. Das hinderte ihn nicht an weiteren Bedrängungen. Doch Martinas Abfuhren nahmen an Schärfe zu. Schließlich musste er sich eingestehen, erfolglos zu sein. Zerknirschung über die Niederlage und nicht enden wollende sexuelle Besitzgier ließen alle bisherigen Hemmungen schwinden: Jetzt wollte er sie mit Gewalt besitzen, notfalls sogar töten.

Mit kaltherziger, innerer Anspannung bastelte Hans-Joachim an seinem perfiden Plan. Längst war er davon abgerückt, sie nur durch Drohung zu einem Beischlaf zwingen zu wollen. Die rechtlichen Folgen für ihn wären unabwendbar. Stattdessen erwog er, Martina in seine Wohnung zu locken und zu töten. Die Vorstellung, sie auf diese Weise dann ganz für sich zu haben, versetzte ihn in eine schaurig-wohlige Erregung.

Als er am späten Nachmittag des 17. November 1965 die Kaserne verließ, die Pistole und ausreichend Munition in der Aktentasche, stand für ihn fest: Heute Abend wird es geschehen! Die Gelegenheit war günstig. Marlies hatte Spätdienst und kehrte erst gegen Mitternacht heim. Kurze Zeit später klingelte er an Martinas Wohnungstür. Ihr Vater öffnete. Unter dem Vorwand, die zugesagten Renovierungsarbeiten am besten bei einem Glas Bier zu besprechen, verleitete er ihn zu einem Kneipengang. Hans-Joachim hielt sich jedoch beim Trinken zurück. Nach einer Stunde konnte er sich getrost verabschieden, weil sich seine Vermutung bestätigte: Martinas Vater kommt nicht mehr weg vom Zapfhahn. Also würde er bleiben.

Hans-Joachim eilte nach Hause. In seiner Seele kochte die Begierde. Er versteckte die Pistole in der Küche, ließ die Rollos an den Fenstern herunter, schaltete die Wohnungsbeleuchtung ein, verstaute ein Messer griffbereit in seiner Hosentasche und verließ das Haus. Mit gespielter Freundlichkeit erschien er bei Martina, die gerade über ihren Schulaufgaben brütete: »Dein Papa ist bei uns. Er will dir was zeigen. Ich soll dich holen!«

»Ist wohl wieder blau und kann kein Ende finden«, fragte Martina ärgerlich.

»Nee, so schlimm ist es nicht«, grinste er maliziös.

Das Mädchen schien über das Anliegen des Vaters verwundert zu sein. Nur zögernd folgte sie Hans-Joachim. Er bemerkte ihre Unsicherheit, hielt bewusst Abstand zu ihr, vermied jeglichen Annäherungsversuch und verwickelte sie in ein belangloses Gespräch über die geplante Renovierung. Nichts durfte ihren Argwohn wecken.

Als sie seine Wohnung erreicht hatten, war der Korridor hell erleuchtet – für Martina ein Indiz, dass alles in Ordnung ist. Sie schlüpfte aus den Winterstiefeln, legte den Mantel ab, ordnete ihr Haar und steuerte zielbewusst auf das Wohnzimmer zu, in dem sie ihren Vater und Marlies vermutete. Doch sie kam nicht dazu, die Tür zu öffnen. Hans-Joachim war dicht hinter ihr, das Messer in der rechten Hand. Blitzschnell umklammerte er mit dem linken Arm ihren Oberkörper, zog ihn heftig zu sich heran, stieß mit der anderen Hand das Messer tief in ihren Hals und zog es ruckartig zur Seite. Hellrotes Blut schoss in kräftigen, gurgelnden Schüben aus der klaffenden Wunde. Augenblicklich schwanden Martinas Sinne. Langsam ließ er sie zu Boden sinken. Ihr entrann nur noch ein leises Japsen. Wenig später wurden die Blutstöße aus der Halswunde schwächer und schwächer. Das Röcheln indes ging in ein lang gezogenes Stöhnen über. Hans-Joachim war verärgert über das viele Blut und die Geräusche, die der sterbende Körper von sich gab. Er holte ein Beil aus der Küche und spaltete mit einem gewaltigen Hieb den Schädel des Mädchens. Nun war Martina Heuer tot. Stille. Einen Augenblick lang genoss der Mörder den Anblick des Leichnams, vermied dabei, auf das Blut und die Wunden zu sehen. Dann übermannte ihn die Wollust: Eilig entkleidete er die Tote, begrapschte mit gierigen Händen den noch warmen Leib …

Danach schleifte er das tote Mädchen in die Küche, hievte es rücklings auf den Tisch. Wieder verharrte sein Blick minutenlang auf dem toten Körper und verschaffte ihm eine tiefe Befriedigung. Es war das Gefühl des Siegers, unbegrenzte Überlegenheit und Macht zu besitzen.

Mit scharfen Messern ging er an das schauerliche Werk der Zerstückelung seines Opfers. Der Geruch des geöffneten Körpers, das Ausschöpfen des warmen Blutes aus der Bauchhöhle mit den bloßen Händen, das prüfende Betrachten und Befühlen der inneren Organe erregten ihn aufs Neue. Zwei Stunden später hatte Hans-Joachim den Körper in 30 Teile zergliedert und diese in einer Plastikwanne und einen Pappeimer abgelegt. Danach reinigte er Küche und Korridor vom Blut und erwartete die Rückkehr seiner Frau, die geladene Pistole stets griffbereit. Er war ruhig, gefasst, befriedigt, angstlos. So blieb es bis kurz nach 23.00 Uhr, als Marlies ahnungslos die Wohnung betrat und er in ihr angstverzerrtes Gesicht blickte. Blitzartig durchfuhr ihn der Gedanke, Marlies könnte davonrennen und die Polizei alarmieren. Deshalb zwang er sie mit vorgehaltener Waffe zur Mithilfe bei der Beseitigung der Leichenteile. Er gewann seine Fassung erst zurück, als er aus Marlies' aktivem Verhalten schließen konnte, sie stehe ihm freiwillig bei.

Am 13. September 1966 eröffnet der 1. Strafsenat des Leipziger Militärobergerichts die Hauptverhandlung gegen den inzwischen aus der NVA ausgestoßenen, zum Soldaten degradierten Feldwebel Hans-Joachim Hinz. Nach fünftägiger Verhandlung sieht das Gericht es als erwiesen an, dass er zur Befriedigung seines Sexualtriebes heimtückisch tötete. Objektiv bewirkte die Zerstückelung der Leiche zwar einen zusätzlichen sexuellen Lustgewinn und stillte zugleich seine primitive »Neugierde an der Anatomie des weiblichen Körpers«, jedoch trat dieser Gefühlszustand unvorhergesehen erst nach der Tötung ein. Deshalb verneint das Gericht eine Tötung aus Mordlust.

Es gelangt zu dem Schluss, dass Hinz »zum Zeitpunkt der Tat mit klarem Verstand und bei vollem Bewusstsein handelte«. Seine Neigung, sadistisch, sexuell haltlos und grausam zu sein, kennzeichnet zwar das verwahrloste Trieb- und Gefühlsleben, bietet jedoch keinen Anhalt für Geistesschwäche oder Geisteskrankheit. Auch ein tatrelevanter Rauschzustand wird ausgeschlossen. Fazit: Die gesetzlich geforderten Voraussetzungen für eine Verminderung oder gar einen Ausschluss der strafrechtlichen Verantwortlichkeit liegen nicht vor. Hinz bekennt sich umfassend für schuldig.

»Der Angeklagte wird wegen Mordes (§ 211 Abs. 2 und 3 StGB) zu lebenslangem Zuchthaus verurteilt. Die bürgerlichen Ehrenrechte werden ihm auf Lebenszeit aberkannt«, heißt es im Richterspruch.

Innerlich angespannt, äußerlich ohne Regung, nimmt er das Urteil entgegen, das nicht seinen Tod fordert. Er ist zufrieden. Nun muss er sich damit abfinden, dass sich frühestens nach 25 Jahren die Gefängnistore für ihn öffnen können.

Marlies Hinz sieht ihren Ehemann letztmalig im Gerichtssaal, als sie gegen ihn aussagt. Auf ihr Betreiben ist sie einige Wochen später rechtskräftig von ihm geschieden. Staatliche Stellen verschaffen ihr anderswo eine neue Wohnung, eine neue Arbeitsstelle und eine neue Identität.

Werner Frommolt, der Mann vom Messeamt, mit dem sie eine Liaison hatte, ist ihr nie wieder begegnet.

Verdeckte Ermittlungen gehören weltweit zum allgemeinen Methodenarsenal kriminalpolizeilicher Tätigkeit. Das war auch in der DDR *so, freilich unter den Bedingungen ihres politisch-rechtlichen Selbstverständnisses sowie der komplexen, alle gesell-*

schaftlichen Bereiche durchdringenden Sicherheitsdoktrin der SED. Parlamentarische, rechtsstaatliche Kontrollmechanismen, die sich besonders den rechtlichen und ethischmoralischen Problemen des »Einsatzes spezieller Mittel und Methoden« zuwandten, existierten ebenso wenig wie eine kritische Presse.

Bereits vor der Gründung der DDR *am 1. Oktober 1949 verfügte die Polizei der sowjetischen Besatzungszone über einen von der regulären Kriminalpolizei separierten Dienstbereich mit der Bezeichnung K 5, der gemäß des SMAD-Befehls 201 vom 16. August 1947 Mittel der Konspiration und verdeckten Ermittlung anwendete. Schwerpunkte bildeten das Aufspüren untergetauchter NS-Aktivisten sowie die Aufdeckung von Staats und Wirtschaftsdelikten. Zeitgleich mit der Gründung der* DDR *wurde der Dienstbereich K 5 aus der Kriminalpolizei gänzlich herausgelöst und bildete den funktionalen Wegbereiter des am 8. Februar 1950 per Gesetz gegründeten Ministeriums für Staatssicherheit. In der Kriminalpolizei wurden partiell zwar weiterhin konspirative Methoden angewendet und verdeckte Ermittlungen geführt, doch wurden erst mit dem Befehl 49/55 des Innenministers Karl Maron vom 15. August 1955 Anwerbung und Einsatz der »geheimen Informatoren der Kriminalpolizei« förmlich geregelt.*

Vier Jahre später erließ derselbe Innenminister den Befehl zur »Bildung einer Operativ-Abteilung«, die sich in die Sachgebiete »Gruppenverbrechen, Spekulationsverbrechen, gewerbsmäßige Unzucht, Raub und Erpressung, Vorbereitung gewaltsamer Grenzdurchbrüche und illegale Gruppierungen« aufteilte. In ihrer Zuständigkeit lag die »Beobachtung und Erkundung, Spezialermittlung und Feststellung sowie Anwendung spezieller operativer Maßnahmen« – selbstverständlich in »Abstimmung« mit dem MfS, das nicht nur seine Obhutsfunktion wahrnahm, sondern letztlich auch Entscheidungsbefugnis ausübte, und das bis zum Ende der DDR. *Innenminister Friedrich Dickel erließ am 9. November 1964 den Befehl 22/64 »Über die Aufgaben und*

Arbeitsorganisation der Kriminalpolizei«, der eine Umstrukturierung der Kriminalpolizei einleitete, in deren Folge das Arbeitsgebiet 1 (in den Bezirksbehörden Dezernat 1, in den Kreisämtern Kommissariat 1) gebildet wurde. In dessen Verantwortung lag die Arbeit mit »inoffiziellen Mitarbeitern der Kriminalpolizei« und »Kriminalpolizeilichen Kontaktpersonen«. Taktik und Methodik orientierten sich dabei am MfS. Zwangsläufig führte dies zu Überschneidungen mit dessen Arbeit. Jedoch, Kontrollbefugnis, Zugangsrechte hinsichtlich kriminalpolizeilicher Akten, Beeinflussung der Personalpolitik – und seitens der Kriminalpolizei die eiserne Pflicht zur »Abstimmung« – sicherten die Interessen des Mielke-Imperiums.

Ende der 80er Jahre verfügte die Kriminalpolizei der DDR *über mehr als 21 700 inoffizielle Mitarbeiter und Kontaktpersonen. Für die Treffs standen mehr als 3000 konspirative Quartiere zur Verfügung.*

Wenngleich die innere Struktur des Arbeitsgebiets 1 später einigen Veränderungen unterlag, so blieben die Ressorts »schwere Gewaltkriminalität, schwere Eigentumskriminalität, Wirtschaftskriminalität, Grenzdelikte, Strafvollzug und Jugendwerkhöfe, Kirche, Gruppen und Vereinigungen usw.« im Wesentlichen erhalten. Im Einvernehmen mit dem »großen Bruder«, waren allerdings die meisten Bereiche dieses Arbeitsgebiets an der flächendeckenden Überwachung und Repression politisch Andersdenkender beteiligt. – Die Zahlen sprechen für sich: Kurz vor der Implosion des Sozialismus machte die verdeckte Ermittlung im Rahmen der Gewalt-, Wirtschaftsund Eigentumskriminalität lediglich 13 Prozent des gesamten Tätigkeitsvolumens des Arbeitsgebiets 1 aus.

Nachgedanke: Die auch in der Bundesrepublik übliche Praxis des Einsatzes von verdeckten Ermittlern sowie von Personen, deren Zuarbeit für die Polizei gegenüber Dritten geheim gehalten wird, ist mitunter verfassungsrechtlich bedenklich, obwohl eine rechtsstaatliche Kontrolle dieser speziellen Tätigkeit gesichert ist. Grund: Die Taktik einer sicheren Tarnung des Eingeschleusten kann tatprovozierendes Verhalten, Anstiftung, ja selbst die Begehung von Straftaten erforderlich machen. Die Verbrechensaufdeckung involviert damit zuweilen ein weiteres Verbrechen. Die damit zusammenhängenden Probleme sind bekannt. Zufriedenstellende Lösungen stehen aus, falls sie angesichts des schweren, länderübergreifenden Erscheinungsbildes der organisierten Kriminalität überhaupt möglich sind.

Einstein

(Aktenzeichen 179/70 VPKA Bad Liebenwerda)

Bad Liebenwerda ist eine kleine, verträumte Kreisstadt im Bezirk Cottbus inmitten der Lausitzer Heide, direkt am Ufer der Schwarzen Elster. Gepflegte Parkanlagen, die zu erholsamen Spaziergängen einladen, die Kureinrichtungen, deren eisenhaltige Moorbäder Frauenleiden und Rheumatismus lindern, das Messgerätewerk sowie die Getränkefabrik, die einigen hundert Einheimischen Beschäftigung verschaffen, charakterisieren das beschauliche Städtchen.

Im Herbst 1970 wird aber der kleinstädtische Frieden durch ein schreckliches Ereignis empfindlich gestört: Ein 17-jähriger Schüler hatte hinterrücks ein gleichaltriges Mädchen getötet. Für die Cottbuser Mordkommission eigentlich ein ganz gewöhnlicher Routinefall, für die Liebenwalder Bürger jedoch – so der Eindruck in diesen Tagen – eines der spektakulärsten Ereignisse in ihrer fast 600-jährigen Stadtgeschichte. Wochenlang ist der Mord in aller Munde. Die 7000 Seelen des ansonsten von Schreckensereignissen verschonten idyllischen Städtchens sind schockiert. Sie wollen zu Recht wissen, wie ein solches Verbrechen geschehen konnte. Doch die sozialistische Tagespresse hält notwendige Informationen hartnäckig zurück, tut so, als würde es den Fall gar nicht geben. Und so dauert es auch nur kurze Zeit, bis es in der öffentlichen Gerüchteküche zu brodeln beginnt. Mutmaßungen machen die Runde. Die einen glauben, der Mord sei die Tat eines geisteskranken Wüstlings, der sein Opfer grausam zugerichtet hat. Andere wollen wissen, der jugendliche Täter habe aus Liebeskummer getötet. Manche glauben sogar, aus politischen Gründen erfolge keine öffentliche Verlautbarung. Obwohl sich Unwille unter den Menschen verbreitet, schweigt die Presse beharrlich, füllt ihre Spalten statt dessen mit heroischen Reportagen über das Manöver des Warschauer Militärpakts »Waffenbrüderschaft«, dem mehrere Bezirke der DDR als fiktiver Kriegsschauplatz dienen.

Heute, im Jahr 2000, ist der Mord längst kein Thema mehr für kleinstädtische Flüsterparolen. Die meisten Liebenwerdaer haben ihn vergessen, die Jüngeren und Zugereisten kennen ihn gar nicht. Nur wenige Zeitzeugen erinnern sich dunkel, wie die Bluttat damals die Gemüter bewegte. Aber: Was tatsächlich vorgefallen war, wissen sie immer noch nicht. So haben die Mutmaßungen über diesen Fall die Jahrzehnte überdauert.

Jörg ist ein stiller, reservierter Knabe und spielt meist für sich allein. Er pflegt kaum engere Kontakte mit anderen Kindern. Sein älterer Bruder, der längst die Schulbank drückt, ist ihm ebenso gleichgültig wie die jüngere Schwester. So wächst er auf im Hause des ehrbaren Lehrerehepaars Schedlow aus Bad Liebenwerda. Bereits im zarten Alter von vier Jahren verblüfft er die Erwachsenenwelt mit einem ungewöhnlichen Interesse an mathematischen Aufgaben: Spielend erlernt er das kleine Einmaleins und beherrscht bereits das Multiplizieren zweistelliger Zahlen, als er gerade seinen Namen kritzeln kann. Wenn er die Mutter zum Einkauf begleitet, kann sie sich der Korrektheit des Handels sicher sein, weil der kleine Jörg sich die Preise merkt und das Hin und Her des Geldes über den Ladentisch aufmerksam überwacht. Die Kosten für die Waren im Einkaufskorb hat er der Mutter längst zugeflüstert, ehe die Frau an der Kasse den Bon der Maschine entnimmt. Bereits in der ersten Klasse beherrscht er mit Leichtigkeit die Multiplikation mehrstelliger Zahlen, während die anderen Kinder sich mit einfachen Additionsaufgaben abplagen. Es ist deshalb nicht verwunderlich, dass Jörg sich in der Rechenstunde langweilt und nicht ausreichend gefordert fühlt. Er macht sich durch großkotziges, eitles, störendes Benehmen nicht nur bei seinen Mitschülern unbeliebt. In den übrigen Schulfächern ist er den anderen Kindern ebenbürtig und muss sich wie sie mühen, einigermaßen gute Leistungen zu erreichen. Seine Begabung ist einseitig, beschränkt sich auf den Umgang mit Zahlen.

Der Junge wird ein Genie, prophezeien die entzückten Verwandten, die erstaunten Lehrer und die stolzen Eltern. Sie sparen nicht mit Lob und Bewunderung: Welch ein Wunderkind! Nur wenigen Auserwählten des Menschengeschlechts ist es vergönnt, in gleichem Atemzug genannt zu werden zum Beispiel mit Mozart, der bereits in zartem Kindesalter durch herausragende musikalische Fähigkeiten ebenso auffiel, wie Pascal, Leibniz und Newton mit ihrer einzigartigen mathematischen Hochbegabung. An der Seite dieser berühmten Männer wünschen sich die Eltern den kleinen Jörg. Fazit: Der Junge muss gefördert werden. Ein spezielles Programm muss her, schlagen die Lehrerkollegen den Eltern vor, deren Ehrgeiz längst erwacht ist.

Jörg, der bis zu diesem Zeitpunkt den Umgang mit Zahlen nur spontan und spielerisch betrieb, soll nun durch ausgeklügelte pädagogische Systematik und elterliches Drängen dahin gebracht werden, seine Begabung zu höchsten Leistungen zu entfalten. Fördern durch Fordern, heißt von nun an der Grundsatz der Erziehung. Und so geschieht es. Mit einem Mal darf Jörg nicht mehr sein wie andere Kinder: Wenn er sein tägliches Pensum an üblichen Schulaufgaben erledigt hat, darf er sich nicht wie sie dem unbefangenen Spiel zuwenden. Bleistift, Papier und komplizierte Rechenoperationen ersetzen nunmehr Radfahren, Fußball und Herumtollen. Von nun an bestimmt die Dressur zum Aufstieg in die Elite sein weiteres Leben. Fasziniert von seiner mathematischen Begabung, unterdrückt die soziale Umwelt alles Kindliche in ihm.

Als Jörg Schedlow die 4. Klasse besucht, sind seine mathematischen Kenntnisse bereits so einzigartig, dass die Schule ihn zu einer »Mathematik-Olympiade« aller Schulen des Bezirks delegiert. Unter der Schirmherrschaft des Ministeriums für Volksbildung finden die Ausscheidungskämpfe zwischen den Schülern mit den besten Mathematiknoten statt. Auf Anhieb belegt Jörg den 6. Platz. Er ist beglückt.

»Du musst noch besser werden«, drängen die liebenden Eltern. Immerhin wollen sie nur das Beste. Doch die Liebe zu ihrem Sohn ist distanziert, vielleicht auch ein wenig tyrannisch und egoistisch, auf jeden Fall aber erfüllt mit Stolz. Vater Schedlow genießt den Erfolg seines Sprösslings aber auch, weil er das eigene Image aufpoliert. Er ist ein bekannter, einflussreicher Mann in Bad Liebenwerda. Nicht allein, weil er Lehrer und SED-Funktionär ist und viele Kinder seinen Namen kennen, sondern vor allem durch sein Mandat in der Stadtverordnetenversammlung. Auf diese Weise ist er eine Person der Öffentlichkeit, ein politischer Repräsentant. Und nun trägt Jörg mit dazu bei, dass der Name Schedlow auch weiterhin für Qualität und Ansehen bürgt.

Manchmal scheint es, als würden die Eltern alles daransetzen, die eigenen Träume in ihrem Sohn verwirklicht zu sehen. Denn ihr Ehrgeiz, auch wenn er sich in freundlich ausgeübter Strenge zeigt, lässt dem Knaben keine Zeit, Gefühle, Moral und Sozialempfinden zu entwickeln, emotional am Leben anderer teilzunehmen.

Als Jörg Schedlow ein Jahr später auf der Mathematik-Olympiade des Bezirkes den ersten Platz belegt, ist sein Ehrgeiz, noch besser zu werden, voll entfacht. Nun können sich die Eltern zufrieden zurücklehnen. Ihr Ziel ist erreicht: Der Junge ist total beseelt von einem unwiderstehlichen Erfolgsstreben und bedarf keines elterlichen Impulses mehr. Verbissen lebt er nur noch für die Mathematik, strebt weiteren Höhen entgegen. Jetzt funktioniert er von selbst.

Vier Jahre lang verteidigt er erfolgreich den ersten Platz unter den besten Mathematikern des Bezirkes. Respektvoll nennen ihn die Mitschüler »Einstein«. Großes Schulterklopfen durch den Direktor: »Ausgezeichnet, Schedlow, weiter so!« Auch der Zentralrat der FDJ lässt sich nicht lumpen, heftet ihm die »Artur-Becker-Medaille« in Bronze und Silber an die stolze Brust, verliehen »für hervorragende Leistungen im sozialistischen Jugendverband und beim Kampf der Jugend um Frieden und Sozialismus«.

Er wird Mitglied der Nationalmannschaft der DDR für die internationale Mathematikolympiade in Bukarest, erringt dort auf Anhieb zunächst den 3., ein Jahr später den 2. Platz. Geldprämien und Privilegien folgen. Eine Universität bietet ihm einen Fördervertrag an, versorgt ihn mit mathematischen Forschungsaufgaben, denn bereits in der 8. Klasse beherrscht er auf mathematischem Gebiet mehr als das obligatorische Abiturwissen. Den anderen Schulfächern jedoch misst Jörg weniger Bedeutung bei. Er folgt diesen Unterrichtsstunden mit ziemlich mäßigem Interesse, weshalb seine Leistungen auch nur das vordere Mittelfeld erreichen. Einzig und allein der Mathematik hat er sich verschworen, und auf diesem Gebiet können ihm nicht einmal die Lehrer das Wasser reichen.

Durch die einseitige Förderung der mathematischen Begabung wird jedoch Jörgs weitere charakterliche und soziale Entwicklung grob vernachlässigt. Das führt zu einer bedenklichen Trieb- und Gefühlsunterdrückung und lässt keinen Raum für andere Bereiche menschlicher Reifung. Einerseits ist er scheu und gehemmt, andererseits entwickelt er ein ungeheures Elitebewusstsein. Maßlose Selbstüberschätzung und Unfähigkeit zur Selbstkritik sind die Folge. Mit ihnen kompensiert er erfolgreich seine verkrampfte, innere Unsicherheit.

Nach Abschluss der 8. Klasse wechselt er an die von Bad Liebenwerda 12 km entfernt liegende Oberschule in Elsterwerda, weil nur dort bis zum Abitur ausgebildet wird. Da ihm aber die dortigen Anforderungen, vor allem in der Mathematik, auch nicht genügen, gewinnt seine unerträgliche Eitelkeit bald wieder Oberhand. »Der hübsche Junge ist ohne Seele, besteht nur aus Arroganz«, urteilen die Lehrer bald. »Unser Nationalpreisträger will mit uns Unwürdigen nichts zu tun haben«, spötteln die Jugendlichen. In der Tat: Wenn Jörg eine Möglichkeit sieht, seine geistige Überlegenheit auszuspielen, kanzelt er mit zynischen Bemerkungen die Lehrer ebenso ab wie die Mitschüler. Dann wird er zum Alptraum mancher Unterrichtsstunde.

Kontakten zu Gleichaltrigen verweigert er sich, sie bringen ihm schließlich keine Vorteile. Aber auch seine Klassenkameraden wollen letztlich mit ihm nichts zu tun haben. Alles das sind Symptome der Deformation seines Charakters und Vorboten einer unheilvollen Entwicklung. Mitte Juni 1970. Die großen Ferien stehen bevor. Jörg beendet die 10. Klasse. Während für ihn die Mittlere Reife nur die Durchgangsstation zum Abitur bedeutet, beginnt für die Klassenkameraden seiner ehemaligen Schule in Bad Liebenwerda, die zeitgleich die Mittlere Reife erwerben, damit ein neuer Lebensabschnitt. Ab September werden die meisten von ihnen ein solides Handwerk erlernen.

Seit Gründung der DDR *war die Bildungspolitik vom Kindergarten bis zur Universität auf ein »sozialistisches Einheitsschulsystem« ausgerichtet. Bis 1959 erfolgte die obligatorische Schulausbildung in den Klassen 1 bis 8 an der sogenannten Grundschule. Bei entsprechender Eignung und Zulassung (etwa 80 Prozent der Schüler mussten Kinder von Arbeitern und Bauern sein) schloss sich fakultativ die vierjährige, zum Abitur führende Oberschule in den Klassen 9 bis 12 an. Kinder aus der Schicht der Intelligenz und der Selbständigen zahlten Schulgeld. Andere Wege zum Erwerb der Hochschulreife führten über die Abendkurse der Volkshochschule oder die den Universitäten und Hochschulen angegliederten »Arbeiter-und-Bauernfakultäten«. Ab 1959 wurde die Grundschule in eine zehnklassige allgemeinbildende Polytechnische Oberschule (POS) mit dem Abschluss »Mittlere Reife« umgewandelt, die Weiterführung zum Abitur vollzog sich in den Klassen 9 bis 12 der Erweiterten Oberschulen (EOS). Allerdings, die letzten einklassigen Landschulen wurden erst 1960 abgeschafft. Es folgten verschiedene Versuche der Optimierung der Einheitsschule. Mit dem »Gesetz über das einheitliche sozialistische Bildungssystem«, vom 25. Februar 1965, wurde letztlich das System der Polytechnischen und Erweiterten Oberschule festgeschrieben. Missmutig mussten die Universitäten und Hochschulen im Jahre 1982 eine weitere Veränderung zur Kenntnis nehmen: Der Zugang zur Abiturstufe er folgte von nun an erst nach Abschluss der 10. Klasse, so dass die Erweiterten Oberschulen nur in den Klassen 11 und 12 ausbildeten.*

Die durch einen politischen und sozialen Numerus clausus streng reglementierte Zulassung zur EOS (wie auch zur Universität) wurde bis zum Ende der DDR *praktiziert. Andere Formen des Erwerbs der Hochschulreife bestanden in der Berufsausbildung mit Abitur, im Abschluss einer Fachschule, Betriebsakademie oder Volkshochschule.*

Birgit Bitterling ist ein frisches, lebhaftes und wohlgestaltetes Mädchen. Sie kennt Jörg Schedlow, der auf seinen Spitznamen »Einstein« besonders stolz ist, nicht nur aus der alten Schule, in der er eine Parallelklasse besucht hatte, sondern auch, weil sie nur einen Steinwurf entfernt von ihm am Ernst-Thälmann-Platz wohnt. Der gemeinsame Schulweg und die unmittelbare Nachbarschaft hatten beide immer wieder zusammengeführt. Seitdem schwärmt Birgit mit der Hingabe eines Backfischs für das junge Mathematikgenie. Doch bei aller Verklärung: Jörgs demütigende Hochnäsigkeit und kalte Distanz zu den anderen

Jugendlichen findet sie abscheulich. Allerdings verhält er sich ihr gegenüber nicht so schroff und abweisend. Im Gegenteil: Auch jetzt, wenn sie sich zufällig begegnen, ist er immer zu einer freundlichen Plauderei bereit. Freilich, er erzählt dann meist über sich, die höhere Mathematik und die Entzückung, in die ihn die Welt der Zahlen geraten lässt. Respekt vor der jungen Autorität und Bewunderung machen Birgit zu einer willigen, duldsamen Zuhörerin, die seine eitle Selbstdarstellung toleriert. Immerhin genießt sie das Privileg seiner Gunst und Nähe.

Mit der Zeit fühlt sie sich auf unerklärliche Weise zu Jörg hingezogen, spürt das süße Gefühl, verknallt zu sein. Aber noch ist es eine unschuldige, platonische und einseitige Liebe, die sie sorgsam vor ihm verbirgt. Die anderen Jugendlichen ihres Kietzes beobachten aber die ungewöhnliche Beziehung der beiden mit Argusaugen, denn der Schülerklatsch hat längst ein Liebespaar aus ihnen gemacht.

Einige Tage nach Ferienbeginn: Jörg ist in Berlin. Die mathematische Gesellschaft der Berliner Humboldt-Universität hat ihn zu einem Seminar für begabte Schüler eingeladen. Birgit, die Mittlere Reife in der Tasche, wartet auf den Beginn ihrer Berufsausbildung im September. Jetzt aber frischt sie ihr Taschengeld durch Ferienarbeit in der Forstbaumschule auf. Sie will mit einigen Klassenkumpels zum Zelten auf die Insel Rügen fahren. Schweren Herzens stimmt Vater Bitterling, ein Kriminalist aus dem kleinen VP-Kreisamt Liebenwerda und von Berufs wegen argwöhnisch, dem aus seiner Sicht riskanten Unternehmen zu.

Die Tage auf dem Zeltplatz am Ostseestrand sind wunderschön. Es ist Birgits erste Reise ohne elterliche Bevormundung. Sie genießt die Ungezwungenheit der Campingfreaks und die Freikörperkultur. Und dazu noch dieser Bilderbuchsommer! Schade, viel zu schnell verfliegt die Zeit. Aber irgendwie freut sie sich auch auf die Rückreise. Denn in ihrem Herzen glimmt die Sehnsucht nach Jörg Schedlow. Längst spielt er nämlich die Hauptrolle in den verklärten, zärtlichen Geschichten ihrer Tagträume. Sie ist fest entschlossen, ihm bei passender Gelegenheit eine Liebeserklärung zu machen, freilich darauf hoffend, dass er ihre Gefühle erwidern wird.

Als der August zu Ende geht, heißt es Abschied nehmen vom Meer. Die Zelte werden »abgebrochen«. In einer Woche beginnt der große Schritt ins Berufsleben. Mit mulmigen Gefühlen erwartet sie die Zukunft: Praktische Ausbildung im Lohnbüro der Möbelfabrik, theoretische in Lauchhammer. Das bedeutet, mehrmals in der Woche eine Fahrt mit dem Linienbus bis zu einer Betriebsberufsschule des großen Industriegebiets. Drei lange Jahre bis zum Abschluss als Handelskaufmann liegen vor ihr. Doch Lehrjahre sind keine Herrenjahre, sagt ein altes Sprichwort. Große Ferien gibt es dann auch nicht mehr. Sie werden künftig auf spärliche 18 Tage geschrumpft sein und nur noch Erholungsurlaub heißen.

Zwei Tage später: Birgit ist wieder daheim. Jede freie Minute flaniert sie wie zufällig am Haus vorüber, in dem Jörg wohnt. Ihre stille Hoffnung, ihm auf diese Weise zu begegnen, erfüllt sich, als er, zwei prall gefüllte Beutel tragend, von einem Einkauf zurückkehrt.

»Na, warst du im Konsum«, fragt sie. Ihr verliebtes Herz klopft vor prickelnder Erwartung. Jörg Schedlow grinst sie an und bejaht die Frage mit einem Kopfnicken.

»Schön, dich zu sehen«, strahlt sie. Auch Jörg scheint über das Zusammentreffen erfreut zu sein und lächelt freundlich zurück. Er mustert sie von Kopf bis Fuß und fasst das Ergebnis seiner Beobachtung in dem kurzen Kompliment zusammen: »Bist ja mächtig braungebrannt!«

Birgit ist verlegen, sagt, als ob sie sich rechtfertigen müsse:

»Ich war zelten. An der Ostsee.« Sie wechselt schnell das Thema mit der Frage: »Und deine Ferien?«

Während sie ihn in Richtung seines Wohnhauses begleitet, berichtet er von seinem kurzen Urlaub, den er mit den Eltern bei Bekannten in Prag verbrachte. Dann schwelgt er in Erinnerungen über die Seminartage an der Berliner Uni, prahlt mit den dortigen intellektuellen Anforderungen und damit, dass er eigentlich jetzt schon in der Lage wäre, das Abitur abzulegen … Doch dann bricht er plötzlich seine Schilderung mit der hochnäsigen Bemerkung ab: »Aber das verstehst du sowieso nicht. Deine Berufsschule entspricht eben nicht meinem Niveau!« Er klingt herablassend und distanziert. Für einen Moment ist das Mädchen über seine Gefallsucht erschrocken, leitet dann aber unbeirrt eine freundliche Offensive ein: »Hab dir von der Ostsee auch was mitgebracht!« Erstaunt sieht Jörg sie an. Birgit lenkt seine Aufmerksamkeit auf einen kastaniengroßen, schwarzweißen, von den Kräften der Natur glatt geschliffenen und kreisrund durchbohrten Feuerstein, den sie die ganze Zeit schon in der Hand hält, steckt diesen in die Brusttasche seines Hemdes und sagt: »Ein Hühnergott, er soll Glück bringen.«

Jörg ist überrascht: »Wie komm ich zu der Ehre?«

Sie hebt mit vielsagender Geste die Schulter und lächelt: »Einfach so! Hab eben an dich gedacht«.

Birgit spürt, wie das Blut in ihren Kopf schießt, sie errötet und weicht seinem Blick aus. Auch ihm entgeht ihre Reaktion nicht. Er bedankt sich förmlich für das steinerne Mitbringsel. Inzwischen sind die beiden vor der Haustür angekommen. Jörg will sich verabschieden, als Birgit geradeheraus die Frage stellt: »Gehst du mit mir ins Kino, ›Balduin, der Trockenschwimmer‹ mit Louis de Funès?«

Er zögert, scheint zu überlegen. Birgit spürt, dass ihn die Frage unsicher macht. Eine Antwort scheint ihm schwer zu fallen. Skrupel befallen sie. Könnte er ihre Frage für eine Anmaßung halten? Doch sie will es wissen, und zwar jetzt. Ihr Blick haftet tief in seinen Augen. Nur nicht lockerlassen, denkt sie. Und noch ehe Jörg antworten kann, schiebt sie die nächste Frage nach: »Heute Abend im Capitol?«

Ein weiterer, langer Augenblick des Zögerns, dann seine Antwort: »Na gut, gehen wir!«

Geschafft: Birgits Eroberungsfeldzug endet mit einem ersten, kleinen Sieg.

Stunden später sitzen beide auf den aus den kinematographischen Gründerjahren stammenden Plüschsitzen im kleinen Filmtheater in der Dresdener Straße. Die französische Komikerparade flimmert über die Leinwand und provoziert befreiendes Lachen. Birgit und Jörg amüsieren sich köstlich. Auch sonst ist der Abend ein voller Erfolg, der einzig Birgits Erkundungsdrang zu verdanken ist. Instinktiv ergreift sie die Initiative. Denn sie schätzt richtig ein, dass von Jörg ein Versuch zärtlicher Annäherung nicht zu erwarten ist. Er verhält sich unbeholfen, scheu, mitunter sogar abwehrend. Doch gelingt es ihr, gegen sein anfänglich zaghaftes Sträuben, sich während des Films dicht an ihn zu schmiegen, seine Hand zu halten und ihm pausenlos Komplimente zuzuflüstern. Und weil ihre liebevollen Bemühungen eindeutig und intensiv sind, werden schließlich auch seine erotischen Impulse geweckt. Noch am gleichen Abend küssen sie sich, erst zaghaft, dann immer leidenschaftlicher. Es ist für beide der erste Austausch von sinnlichen Zärtlichkeiten und für beide ein überwältigendes Erlebnis, wenn auch, wie sich später herausstellen wird, mit sehr unterschiedlichen Resultaten.

Von nun an trifft sich Birgit mit ihrem Liebsten am Rande des Städtchens mehrmals zu ausgedehnten Abendspaziergängen, die der warme Spätsommer ermöglicht. Überdies schwächt die schnell einbrechende Dunkelheit den Blick der neugierigen Öffentlichkeit und begünstigt so die Entfaltung erotischer Leidenschaften. Während sie Arm in Arm durchs Gelände flanieren und sich ihren stürmischen Küssen hingeben, achtet Jörg sorgsam darauf, anderen Menschen nicht zu begegnen. Und wenn er glaubt, dies nicht vermeiden zu können, löst er sich abrupt aus Birgits zärtlicher Umklammerung und geht demonstrativ auf Distanz. Birgit findet dieses Gebaren absonderlich.

»Schämst Du Dich mit mir?«, fragt sie verwundert und gekränkt. Doch Jörg beschwichtigt sie mit dem dürftigen Argument: »Nein, nein! Mir ist es nur unangenehm, wenn uns andere Leute so sehen!«

Im Gegensatz zu ihrem mathematischen Unverstand fühlt sich Birgit indes in Sachen Erotik Jörg überlegen. Unter ihren Zärtlichkeiten scheint der ansonsten kühle Junge butterweich zu werden. Sie muss nur das Steuer in die Hand nehmen, dann lässt er sich auf den Wellen der Sinnlichkeit dahingleiten. Birgit ist glücklich, einen Freund zu besitzen, spürt das erste, diffuse Verlangen nach körperlicher Vereinigung, freilich nur in den Grenzen folgenloser Reizspiele. Die Möglichkeit ungewollter Mutterfreuden hält sie nämlich von regelrechtem Geschlechtsverkehr ab. Darüber gibt es mit Jörg Einigung. Auch ihrer Mutter musste sie versprechen, sich vom Frauenarzt die Verhütungspille, das untrügliche Indiz für sexuelle Betätigung, erst im nächsten Jahr, wenn sie volljährig ist, verschreiben zu lassen. Auf keinen Fall will sie ihre berufliche Entwicklung durch eine ungewollte Schwangerschaft gefährden. Die prickelnden Erlebnisse, die ihre zärtlichen Hände bei der Erkundung seines Körpers auslösen, verschaffen bereits genügend Lustgewinn. Jörgs stürmische Liebkosungen erwecken in ihr angenehme Regungen.

Am Montag, dem 12. Oktober 1970, teilt Birgit ihrer Mutter mit, sich nach dem Abendessen wiederum mit Jörg verabredet zu haben. Die besorgte Mutter gibt zu bedenken, das Stelldichein nicht zu lange auszudehnen, da am nächsten Morgen der Wecker bereits um sechs Uhr die Nacht unsanft beenden würde. Deshalb verlässt Birgit kurz vor 19.00 Uhr mit dem großen Versprechen »Spätestens um zehn bin ich zurück« das elterliche Haus. Jörg wartet bereits an der Feuerwache, in der Nähe des alten Heizhauses, dort, wo die alte Pappelallee mitten durch die Dammwiesen führt. Hand in Hand bummeln sie durch die Herbstlandschaft und geben sich hin und wieder stürmischen Liebkosungen hin …

Oberleutnant Bitterling sitzt bis 19.00 Uhr in der Parteiversammlung im VPKA. Die Genossen sind angehalten, darüber zu diskutieren, welchen Einfluss der jüngste Wahlsieg Salvador Allendes in Chile auf den Siegeszug des Kommunismus in Südamerika ausübt. Wie immer finden sich die Kriminalisten anschließend in einer Kneipe im Stadtzentrum zu einem kleinen Umtrunk zusammen. Dieses Ritual wiederholt sich jeden ersten Montag im Monat und entschädigt sie nach den trockenen Parteizusammenkünften mit bescheidener Geselligkeit. Kurz vor 23.00 Uhr kehrt er heim. Birgit ist noch nicht zurück – eine ungewöhnliche Situation, denn sie hat Verantwortungsbewusstsein, ist zuverlässig und weiß, dass sie am nächsten Morgen beizeiten aus den Federn muss.

»Das Mädel wollte mit Jörg bummeln gehen, hat aber versprochen, um zehn zu Hause zu sein«, erklärt Frau Bitterling. Verärgert macht Vater Bitterling auf dem Absatz kehrt und mosert: »In der Nacht herumtreiben, das geht mir zu weit. Ich geh mal rüber zu Schedlows!«

Drei Minuten später klingelt er Sturm an der Wohnungstür des ehrbaren Lehrerehepaars.

Trotz der vorgerückten Stunde ist die Familie noch auf den Beinen. Bitterling entschuldigt sich für die nächtliche Störung. Schedlows winken ab, verstehen die väterlichen Sorgen und erlauben ein Gespräch mit Jörg, der bereits im Bett liegt.

Schlaftrunken blickt dieser mit großen Augen Birgits Vater an und bedauert: »Wir waren bis kurz nach neun spazieren. An der Ecke Riesaer Straße/Baumschulenweg habe ich mich von Birgit verabschiedet. Ich musste noch zu meiner Oma in die Bahnhofstraße, Gardinen abhängen, für die Wäsche, verstehen Sie! Das war schon lange abgemacht. Birgit wollte das kurze Stück nach Hause allein gehen. Mehr weiß ich nicht. Jedenfalls war ich kurz nach zehn hier.« Jörgs Vater nickt zustimmend.

»Dann hätte sie spätestens 21.15 Uhr zu Hause sein müssen«, denkt Bitterling laut, und der Junge bestätigt dies mit der Bemerkung: »Eigentlich ja!«

Vater Bitterling trottet unverrichteter Dinge und mit einer Stinkwut im Bauch zurück nach Hause. Dort erwarten ihn seine Frau und ein von dumpfer Besorgnis begleiteter, unruhiger Etappenschlaf. Birgits Bett bleibt die ganze Nacht unberührt. Zudecke, Kopfkissen und Kuscheltiere liegen akkurat an dem Platz, den ihnen Frau Bitterling tagsüber zugewiesen hatte.

Am nächsten Morgen. Es ist Dienstag, der 13. Oktober 1970. Missmutig und unausgeschlafen betritt Oberleutnant Bitterling sein Büro im VPKA in der Bormannstraße. Er teilt es mit Oberleutnant Munk, einem gleichaltrigen Mitarbeiter, den er bereits seit dem gemeinsamen Besuch der Kriminalistischen Schule in Arnsdorf kennt, die schon lange nicht mehr existiert.

»Meine Jüngste ist letzte Nacht nicht nach Hause gekommen«, beklagt er sich, schimpft wie ein Rohrspatz über den Ungehorsam der heutigen Jugend und den seiner Tochter und erklärt die Gründe seines Missmuts. Doch der Kollege dämpft die Erregung, Birgit sei doch ein zuverlässiges, ordentliches Mädchen und keine Herumtreiberin. Er schlägt vor: »Ruf mal in der Berufsschule an, ob sie dort erschienen ist.«

Oberleutnant Bitterling nickt zustimmend, greift zum Telefon und wählt. Aber: Was er am anderen Ende der Leitung hören muss, stimmt ihn nachdenklich und zerschlägt alle bisherige Hoffnung. Birgit ist nicht zum Unterricht angetreten.

Jetzt erwacht sein schlechtes Gewissen. Schon bereut er, seiner Tochter ein leichtfertiges Fernbleiben unterstellt zu haben. Ihm schwant, nicht Ungehorsam, sondern ein unbekanntes schwerwiegendes Ereignis verhinderte ihre Heimkehr. Sicherheitshalber ruft er seine Frau an. Vielleicht hat sie eine beruhigende Nachricht für ihn. Doch die Hoffnung zerplatzt wie eine Seifenblase. Frau Bitterling ist außer sich, wird bereits von unheilvollen Vorahnungen gequält: Kein Signal, keine Nachricht, keine Spur von Birgit. Nun erfasst auch den Vater eine ernste Besorgnis. Er verspricht: »Ich schreibe sofort eine Vermisstenanzeige!«

Munk, sein Schreibtischgegenüber, versteht den Kummer des Kollegen. Zwar stapeln sich vor ihm die Akten, doch er unterbricht seine Arbeit auf der Stelle und schlägt vor: »Du leitest die Sofortmaßnahmen ein. Ich befrage inzwischen Jörg Schedlow, der war als letzter mit Birgit zusammen!« Während Oberleutnant Bitterling den erforderlichen Papierkram für die Einleitung von Suchmaßnahmen in Vermisstenfällen erledigt, knattert Munks Trabi in Richtung Elsterwerda. Sein Ziel ist die Erweiterte Oberschule. Er vermutet richtig, dass Birgits Freund dort seit 8.00 Uhr die Schulbank drückt.

Nach einer guten Stunde erscheint er wieder im Büro. Was er zu berichten hat, ist für Bitterling keine Neuigkeit: »Schedlow behauptet, sich fünf nach neun von Birgit getrennt zu haben, musste noch zu seiner Oma. Ich bin hin zu der alten Dame. Es stimmt. Er war gestern Abend bei ihr, Gardinen abnehmen und Taschengeld einheimsen. Gegen zehn hat er sie verlassen.«

»Ich weiß, und kurz nach zehn war er zu Hause, sein Vater hat's bestätigt«, ergänzt Oberleutnant Bitterling resignierend. Weitere Überlegungen werden unterbrochen, denn das Telefon läutet: Einsatz in Langenrieth – eine Ortschaft südöstlich von

Bad Liebenwerda. Einbruch im Dorfkrug. Unbekannte Bösewichte haben den Schankraum geplündert. Ihm ist klar, in den nächsten Stunden jedes Nachdenken an Birgit unterdrücken zu müssen. Denn die Sorge um sie darf die übrige Ermittlungsarbeit nicht beeinträchtigen. Als er das Büro verlässt, begegnet er seinem Chef. Der kennt inzwischen den privaten Kummer seines Mitarbeiters.

»Du wirst sehen, deine Tochter wird im Laufe des Tages noch auftauchen. Warten wir erst mal bis morgen. Schließlich ist sie kein Kind mehr«, tröstet er ihn.

Oberleutnant Bitterling ist sich nun sicher: Eine ernsthafte Polizeiaktion wird es heute nicht mehr geben.

Schlimme Befürchtungen im Wechsel mit vagen Hoffnungen zwingen Familie Bitterling zu einer weiteren unruhigen Nacht. Auch am nächsten Morgen gibt es noch keine Spur von Birgit. Ungeduldig erwartet der Vater einen massiven Polizeieinsatz. Die Zeit drängt. Endlich: Am Vormittag ist man im VPKA emsig dabei, eine groß angelegte Suche in der Stadt und ihrer Umgebung zu organisieren. Weitere Kräfte aus den benachbarten Polizeidienststellen werden angefordert. 14.00 Uhr soll die Aktion starten.

Doch es kommt anders. Gegen 13.00 Uhr geht beim Kriminaldienst des VPKA ein wichtiger Anruf der Feuerwache ein: Leichenfund am Pappelweg hinter dem Heizwerk! Der 16-jährige Schüler Gerhard Ahorn aus der Riesaer Straße hatte den elterlichen Auftrag, nach der Schule von den Wiesen hinter dem Pappelweg Futter für die Kaninchen zu holen. Dabei entdeckte er den in einem Graben liegenden, entsetzlich zugerichteten, toten Körper eines Mädchens. In panischer Angst eilte er daraufhin zu dem in der Nähe befindlichen Gebäude der Feuerwehr und meldete den schauderhaften Fund. Zwei Feuerwehrmänner überzeugten sich von der Richtigkeit der Meldung. Sie sichern bis zum Eintreffen der Kriminalpolizei den Fundort. Den Umständen nach liegt ein Kapitalverbrechen vor.

Solcherart Kriminalität ist in Bad Liebenwerda bislang unbekannt. Deshalb schlägt die Nachricht im VPKA wie eine Bombe ein. Hektik verbreitet sich. Denn: Die Vorbereitungen für die geplanten Suchmaßnahmen müssen sofort gestoppt werden. Jetzt gilt es, den Fundort in Augenschein zu nehmen, die Entscheidung zu treffen, ob die Cottbuser Mordkommission alarmiert werden muss, und den polizeilichen Sicherungseinsatz zu organisieren.

Wenige Minuten später machen sich der Amtsleiter, der Leiter der Kriminalpolizei und Oberleutnant Munk auf den Weg. Oberleutnant Bitterling ist sichtlich verzweifelt, hätte sich augenblicklich dem Trio angeschlossen. Doch mit Rücksicht auf seinen angegriffenen Seelenzustand wird ihm empfohlen, sich vorerst aus der Angelegenheit herauszuhalten.

Den Weg zwischen Heizwerk und den dahinter befindlichen landwirtschaftlichen Gebäuden versperren bereits einige quergestellte Polizeifahrzeuge. Uniformierte Schutzmänner bewachen das Gelände weiträumig. Die Kriminalisten müssen bis zu einer Biegung weitergehen. Dann erreichen sie den einmündenden, geradeaus führenden Weg, den beiderseits stattliche Pappeln säumen. Hinter ihnen verläuft auf der linken Seite des Weges ein etwa metertiefer, breiter Graben mit ziemlich flacher Böschung, kniehoch angefüllt mit schwarzem, fauligen Morast, von herabgefallenem ersten, trockenen Herbstlaub bedeckt. Es riecht nach Moder. Noch wenige vorsichtige Schritte, dann ein Blick in die Erdvertiefung, und den Männern stockt der Atem: Beinahe quer zum Verlauf der Grabensohle, teilweise im Morast versunken, liegt der leblose Körper eines braunhaarigen Mädchens. Blutverschmierte Haare, Stichwunden im Gesicht, am Hals und mit Blut durchtränkte Bekleidung – makabre Zeugen abscheulicher Vorgänge. Offensichtlich ist das Mädchen mit unzähligen Messerstichen niedergestreckt und in den Graben gestoßen worden. Außerhalb des Grabens, direkt am Rande des Weges eine weitere Entdeckung: Im niedergetretenen, kniehohen Gras jede Menge Blutspritzer und Schuheindrücke, teilweise mit Laub bedeckt. Könnte der Fundort des toten Mädchens gleichzeitig Tatort des Verbrechens sein? Hat hier ein Kampf stattgefunden? Respektvoll halten die Männer Distanz, sie wollen schließlich keine Spuren vernichten. Was sie sehen, führt zu zwei wichtigen Resultaten. Zum einen: Da Frisur, Haare, Pullover, Rock und Schuhe der Personenbeschreibung entsprechen, die Oberleutnant Bitterling von seiner verschwundenen Tochter abgab, schlussfolgert Munk richtig, dass es sich bei der Toten um Birgit handelt. Zum anderen: Die Sachlage überschreitet die Kompetenz des VP-Kreisamtes, deshalb wird die Mordkommission verständigt.

18.00 Uhr. Der Himmel ist mit gleichmäßigem Grau überzogen. Es nieselt. Langsam breitet sich die Dämmerung über dem Weg mit den alten Pappeln aus. Seit Stunden herrscht am Fundort des toten Mädchens die Unruhe eines polizeilichen Großeinsatzes. Ein Stromaggregat tuckert, Scheinwerfer sorgen für ausreichendes Licht. Dort, wo die Polizeifahrzeuge stehen, hat auch der Hundeführer seinen Trabant-Kombi geparkt. Darin ein schwarzer Schäferhund, gewöhnlich der erste, der auf Spurensuche geht. Doch er hat Pause. Ebenso sein Herr. Grund: Sein Einsatz musste erfolglos abgebrochen werden. Und dabei begann der vierbeinige Polizeihelfer am niedergetretenen, blutverschmierten Gras neben der Leiche sein Schnüffelwerk mit großem Eifer. Immerhin bestand die Möglichkeit, ein in der Umgebung weggeworfenes Tatwerkzeug aufzuspüren. Doch schon nach wenigen Minuten verlor er die Fährte, trabte nur noch irritiert im Kreis herum.

Der Einsatzleiter der Cottbuser Mordkommission Hauptmann Unger, seine Mitstreiter und zwei Gerichtsärzte widmen sich immer noch hingebungsvoll der Untersuchung der Leiche und ihres Fundorts. Unentwegt klickt der Fotoapparat eines Kriminaltechnikers. Einige Schuheindrücke im weichen Erdreich eignen sich für die Bestimmung der Schuhgröße und des Sohlenprofils. Beweiskräftige Gipsformen entstehen aus ihnen. Gras und Blätter, an denen Blutspuren zu vermuten sind, verschwinden in sterilen Plastiktüten, Bodenproben werden in Reagenzgläser gefüllt. Selbst die abgebrochenen Ästchen der jungen Sträucher am Rande des Grabens sind Objekte spurenkundlicher Sammelleidenschaft.

Die Spurenlage erhärtet die Vermutung einer Identität zwischen Fund- und Tatort. Hier muss ein heftiger Kampf stattgefunden haben. Folglich ist mit wichtigen Kontaktspuren zu rechnen. Der Täter kann bei seiner Attacke unbemerkt Blut, Textilfasern oder Haare des Opfers aufgenommen haben.

Während Ungers Männer in der Umgebung des Tatorts gewissenhaft nach Spuren suchen, führen die beiden aus dem Dresdener Institut für gerichtliche Medizin und Kriminalistik entsandten Doktoren Köhler und Frisch erste Untersuchungen an der Leiche durch. Sie liegt, durch Blut, Erdreich und Morast stark verschmutzt, inzwischen außerhalb des Grabens auf einer Transportplane. Die Forensiker fördern zunächst aus der Rocktasche des toten Mädchens ein Schlüsselbund und einen FDJ-Ausweis auf den Namen »Birgit Bitterling« zutage. Dadurch kann die bisherige Version zur Identität des Mädchens verifiziert werden. Sie grenzen die Todeszeit auf einen Zeitraum von zwei bis drei Tagen ein, begründen an Hand des äußeren Verletzungsmusters, aber auch der grauweißen Totenblässe und der nur spärlichen Ausbildung von Leichenflecken die Todesursache »Verbluten nach massiven Stichverletzungen«. Die bisherigen Befunde begründen ein Sexualverbrechen ebenso wie eine Tötung aus Hass, Rache oder sonstigen niedrigen Beweggründen. Abschließend stellen die Doktoren konkretere Aussagen in Aussicht, wenn die Autopsie erfolgt.

Wie dem auch sei, der Mörder muss mit den Örtlichkeiten am Tatort vertraut sein. Jörg Schedlow ist die letzte Person, die das Opfer lebend gesehen hat – Grund genug, dass Unger ihm intuitiv eine Schlüsselrolle in diesem tödlichen Spiel unterstellt. Seine Vernehmung ist deshalb vordringlich. Inzwischen ist es schon spät und ein konkreter Tatverdacht, der die Zuführung des Schülers rechtfertigen würde, liegt zum gegenwärtigen Zeitpunkt nicht vor. Der Hauptmann entschließt sich deshalb, dieses peinliche Gespräch am nächsten Tag zu führen, wenn die ersten Ergebnisse der Spurenauswertung vorliegen.

Als der schwarze Wagen des volkseigenen Bestattungswesens das tote Mädchen abholt, um es zur Gerichtsmedizin zu bringen, ist die Spurensicherung am Tatort abgeschlossen. Unger und ein Kriminaltechniker folgen mit ihrer Limousine den beiden Doktoren nach Dresden, die trotz der vorgerückten Stunde eine unverzügliche Leichenöffnung zugesagt haben. Und nach und nach verlassen auch die übrigen Einsatzfahrzeuge der Polizei den schaurigen Ort.

Das emsige Treiben im Sektionssaal des gerichtsmedizinischen Instituts Dresden dauert bis kurz vor Mitternacht an. Doch die Mühe der späten Stunde wird belohnt. Nun steht es fest: Der Körper des Mädchens ist mit 41 Messerstichen übersät. Tödliche und nichttödliche. Lokalisation, Verlauf der Stichkanäle und Tiefe der Wunden lassen den Schluss zu, dass dem Verblutungstod ein minutenlanger Kampf mit dem Täter vorausging. Das Tatwerkzeug kann näher bestimmt werden – eine 19 cm lange und 15 mm breite, einschneidige Klinge, wie etwa von einem Fahrten- oder größeren Küchenmesser. Fehlende Spermaspuren und das intakte Jungfernhäutchen belegen, dass kein typischer Sexualakt stattgefunden hat. Gleichwohl könnte die Tötung sexuell motiviert gewesen sein. Fremdfasern am Rock der Toten lassen den Schluss zu, von der Bekleidung des Täters übertragen worden zu sein. Auch der aus Baumwoll- und Polyacrylnitrilfasern bestehende Pullover des Mädchens kann seine Bekleidung kontaminiert haben.

Unbestritten sind das wichtige Ermittlungsansätze. Aber sie führen nur auf indirektem Wege zum Täter, bilden bei derartigen Sachverhalten lediglich typische Ausgangspunkte für kriminalistische Routineermittlungen. Hauptmann Unger ist dennoch keineswegs unzufrieden.

Dann gibt es ein großes Erstaunen: Völlig unvermutet stoßen die Spurensucher auf eine weitere Spur. Als sie nämlich die Mundhöhle des toten Mädchens inspizieren, entdecken sie zwischen den oberen Schneidezähnen einen unscheinbaren, etwa 1,5 cm langen, unregelmäßig geformten, weichen Fremdkörper. Spezielle Untersuchungen folgen. Das Ergebnis ist frappierend: Der kleine Fetzen ist organischen Ursprungs, ein Stück Gewebe, keineswegs Wurstpelle oder ein Fleischrest, sondern menschliche Haut. Aber keine von Birgit Bitterling. Er wird weiter analysiert. Die verhältnismäßig dicke Epidermis spricht für die Herkunft aus einer Handinnenfläche. Er stammt vermutlich vom Täter, verursacht durch die Gegenwehr des Opfers. Topographie und Art der Verletzungen weisen auf einen rechtshändigen Verursacher hin. Die Männer versuchen, die vermutete Stichreihenfolge, die Blutablaufspuren und anderen Befunde in einen Zusammenhang zum möglichen Tatablauf zu bringen. Sie spielen dabei verschiedene Varianten durch und einigen sich dann auf eine schlüssige Version: Zu Beginn der mörderischen Attacke hielt der Täter mit der linken Hand den geöffneten Mund des Mädchens zu, das in seiner Todesangst kräftig und tief zubiss. So kam es zum kompletten Abbiss eines Hautstücks aus der Handinnenseite. Für die weiteren Recherchen ergibt sich daraus ein einfacher Schluss:

Den Mörder verrät eine etwa 1,5 cm lange Bissverletzung an der linken Handinnenfläche. Das gesicherte Hautstück müsste haargenau in diese Wunde passen.

Hauptmann Unger und sein Mitstreiter frohlocken. Jetzt interessiert sie nur die eine Frage: Ist die linke Hand des Schülers Jörg Schedlow verletzt? Aber selbst, wenn er als Verdächtiger ausscheiden sollte, wäre das kein Grund, zu verzagen, denn bei Abwägung aller Tatumstände dürfte feststehen: Birgit Bitterlings Mörder stammt aus Bad Liebenwerda, er kennt den Weg mit den alten Pappeln, und ihm fehlt seit dem Abend des 12. Oktober ein kleines Stückchen Haut aus der linken Hand.

Damit steht das Arbeitspensum der Ermittler für den nächsten Tag fest. Wie weggeblasen sind die Spuren der Strapazen des Tages, als sie kurz nach Mitternacht die einstündige Autofahrt nach Cottbus antreten.

Die Bissspur spielt in der Kriminalistik eine größere Rolle, als man gemeinhin annehmen könnte. Sie tritt nicht nur in typischer Weise bei Kindesmisshandlungen, Körperverletzungen, Vergewaltigungen, Mord, Totschlag und anderen Gewalt- oder Sexualdelikten auf. Auch bei der Untersuchung anderer Straftaten, zum Beispiel, wenn der Täter beim Einbruchsdiebstahl angebissene Nahrungsmittel zurücklässt, kann sie von spurenkundlichem Interesse sein. Ihre Begutachtung ermöglicht Rückschlüsse auf Form und Stellung der Zähne, mitunter sogar auf die Individualität des Verursachers und wird unterteilt in Einbiss, Durchbiss, Raffbiss, Zerrungsbiss und Saugbiss. Ihre Untersuchung zielt darauf ab, menschliche, tierische, zu Lebzeiten oder nach dem Tode entstandene Bissspuren voneinander zu unterscheiden sowie Angriffs oder Abwehrspuren festzustellen. Aus ihrer Intensität, Lokalisation und Häufigkeit können tatbezogene Aussagen über mögliche sexuelle oder psychopathologische Vorgänge (z. B. bei sadistischen Handlungen) getroffen werden. Die für die Un-

tersuchung von Bissspuren üblichen wissenschaftlichen Verfahren bilden ein breites Spektrum. Sie reichen u. a. vom einfachen Spurenvergleich, über optische, videotechnische und histologische bzw. mikrobiologische Analysen sowie spezielle Methoden der Ultraviolett-Fotografie bis hin zur Rasterelektronenmikroskopie und computergestützen Bildanalyse. Je nach Sachlage können sie auch mit einer Speicheluntersuchung einhergehen, an Hand derer Geschlecht und Blutgruppe des Verursachers bestimmt wird.

Die Untersuchung von Bissspuren zählt neben der Lösung von Identifizierungsaufgaben bei unbekannten Toten zum Standardrepertoire der sogenannten forensischen Odontologie. Ihre Ergebnisse besitzen allerdings einen mehr oder weniger hohen Wahrscheinlichkeitsgrad, weil sie nicht immer natur wissenschaftlichen Gesetzmäßigkeiten folgen. Das Risiko fehlerhafter Spureninterpretation und leichtfertiger Zuordnung wird allerdings durch ein interdisziplinäres Zusammenwirken von erfahrenen Rechtsmedizinern, Kriminalisten und forensisch spezialisierten Zahnärzten gering gehalten.

Donnerstag, der 15. Oktober 1970, 11.30 Uhr. Die Biologiestunde in der 11b der Erweiterten Oberschule Elsterwerda geht zu Ende. Draußen auf dem Gang schrillt die Schulklingel und kündigt die willkommene Unterbrechung an. Zwanzig Minuten Hofpause, Zeit zum Luft holen und Beine vertreten, dann noch zwei Stunden Russisch und der Tag ist gelaufen. Unruhe in der Klasse. Die mahnende Stimme der Lehrerin übertönt den entstehenden Trubel: »Herrschaften, Ruhe bitte, den Unterricht beende ich!« In diesem Moment wird die Tür geöffnet. Frau Windig, die nicht mehr ganz junge und schlanke Sekretärin des Direktors erscheint, deutet mit einer Geste an, eine Mitteilung machen zu müssen. Augenblicklich herrscht erwartungsvolle Stille im Raum. »Jörg Schedlow zum Direktor!« Enttäuschung bei den Schülern: Ach so, nur das. Dann die übliche Unruhe, wenn Jugendliche eine Klasse verlassen. Spöttelnd gehen sie am Angesprochenen vorbei. Einer sagt: »Musste dem Direx Mathe beibringen?« Doch Jörg Schedlow, der blasse, glatt gescheitelte Junge, kümmert sich nicht um die spitzen Bemerkungen seiner Klassenkameraden, packt seelenruhig seine Schultasche, stellt sie akkurat neben den Stuhl, kämmt die Haare und folgt der Dame aus dem Vorzimmer des Schulleiters.

Unger wartet bereits einige Zeit im Zimmer des Direktors. Er ist überrascht, als der Jugendliche den Raum betritt. Denn sein erster Gedanke ist: Dieses schmächtige, schmalbrüstige Mathematikgenie mit den scheuen Augen sieht keineswegs aus wie ein künftiger Nationalpreisträger – aber auch nicht wie ein Mörder.

»Hauptmann Unger, Kriminalpolizei Cottbus,« stellt er sich vor und reicht ihm freundlich die Hand. Jörg Schedlow grinst selbstgefällig. Doch sein Blick verrät Unsicherheit. Mit leiser Stimme, aber äußerlich gleichgültig und ohne sichtbare Regung fragt er: »Sie kommen wegen Birgit?«

»So ist es«, antwortet Unger überrascht.

Er tritt einen Schritt näher an den Jugendlichen heran, packt dessen linkes Handgelenk, dreht es herum, um besser in die Handinnenfläche sehen zu können. Er stutzt. Was ist das? Am Ende des linken Mittelfingers eine ca. 1,5 cm lange, schmale und offene Wunde. Sie hat sich leicht entzündet, an ihren Rändern glitzert Gewebsflüssigkeit, die Haut in der Umgebung ist gerötet. Ich hab ihn, denkt der Hauptmann, seinen Triumph unterdrückend. Er fragt hinterlistig: »Wohl beim Sport verletzt?« Doch zu seiner großen Verwunderung windet sich Schedlow nicht mit irgendeiner fadenscheinigen Erklärung aus der Bedrängnis, sondern antwortet ehrlich und ungerührt, beinahe empört: »Sie war's, sie hat mich gebissen!«

»Hast du sie getötet?«, fragt der Hauptmann direkt, ruhig und freundlich.

Der blasse Junge nickt mit dem Kopf und flüstert wie im Selbstgespräch: »Ich sah keinen anderen Ausweg mehr!« Auf der Stelle wird er festgenommen.

Stunden später in der VP-Bezirksbehörde Cottbus. Während die Kriminalpolizei mit großem Aufgebot die Wohnung der Familie Schedlow in Bad Liebenwerda durchsucht, sitzt Jörg im Vernehmungsraum der Mordkommission Hauptmann Unger gegenüber. Auf erschreckende Weise gelassen, legt er kurz entschlossen ein umfassendes Geständnis ab. Und am Ende des langen, reuelosen Monologs entsteht ein viele Seiten umfassendes Protokoll über einen hinterlistigen Mord und ein absonderliches Tatmotiv. Der Oberschüler Jörg Schedlow erinnert sich noch sehr genau an den Tag kurz vor Ferienende, als Birgit Bitterling ihm begegnete. Er war gerade aus der Stadt zurückgekehrt, hatte Lebensmittel eingekauft und im »Café Beeg« am Roßmarkt Obstsaft geholt – ein süßer Abfall bei der Konservenverarbeitung für Obsttorten, den der Konditormeister großzügig an die Schüler verschenkt. Birgit kannte er schon lange. Als er noch in die Liebenwerdaer Karl-Marx-Schule ging, besuchte sie eine Parallelklasse, außerdem wohnte sie in seiner Nachbarschaft. Zugegeben, Birgit war ein hübsches Mädchen, aber für ihn ohne jeglichen Reiz. Denn er konnte sich nicht »niveauvoll« mit ihr unterhalten. Eigentlich war sie »dumm wie Bohnenstroh«, und sie entsprach in keiner Weise seiner geistigen Größe. Erst viel zu spät glaubte er zu erkennen, dass er sich deshalb nicht mit ihr hätte einlassen dürfen. Unerträglich war ihm die Vorstellung, die Leute könnten schlecht über ihn reden, wenn er sich als Schüler einer Erweiterten Oberschule mit einem Mädchen abgibt, das »ganz und gar nicht seinen geistigen Voraussetzungen gerecht« wird. Jetzt ärgere er sich über sich selbst, an diesem Abend mit ihr ins Kino gegangen zu sein. Dann wäre es nicht zu einem solchen Ende gekommen. Birgit bezirzte ihn ständig, machte ihm pausenlos Liebeserklärungen und klebte wie eine lästige Klette an ihm. Aber nicht nur um Ruhe zu geben, duldete er ihre Liebkosungen. Er erwiderte sie sogar, denn auch bei ihm regte sich ein angenehmes Sexualempfinden. Darüber war er jedoch maßlos verärgert. Er verkraftete nicht, dass Birgit ihn auf diese Weise zu beherrschen versuchte. Bereits im Kino stellte er erste Überlegungen an, sich ihrer dauerhaft zu entledigen. Sie mit seinem Fahrtenmesser zu töten, erschien ihm am leichtesten machbar.

Und die abendlichen Spaziergänge in der Folgezeit? Einerseits hatte ihn Birgits starke erotische Aktivität angestachelt. Sie auszukosten, wollte er sich nicht entgehen lassen. Deshalb war er zu den späten Spaziergängen bereit und machte die »Knutscherei mit«. Mehr nicht. Keineswegs wollte er richtigen Geschlechtsverkehr mit ihr. Andererseits verband er diese Zusammenkünfte immer mit der Suche nach einer günstigen Gelegenheit, sein Vorhaben zu realisieren. Das Messer führte er nun ständig bei sich.

Am Montagabend, dem 12. Oktober, wollte er verabredungsgemäß seine Oma besuchen, vorher aber zu einem kurzen Stelldichein mit Birgit erscheinen. Der knapp einstündige Spaziergang durch die Dammwiesen führte am alten Pappelweg vorüber. Und da es dunkel und keine Menschenseele in der Nähe war, schien ihm dieser Ort für die Hinrichtung am besten geeignet. Um Birgit in Arglosigkeit zu halten, küsste er sie immer wieder. Doch in Wirklichkeit hasste er sie unendlich. Dann stach er blitzschnell von hinten mit dem Messer zu, direkt in Birgits Rücken. Auf der Stelle fiel sie nach vorn ins Laub, drehte sich zu ihm um und winselte: »Nein! Jörg, tu es nicht!« Wieder stach er zu. Jetzt bäumte sich Birgit auf, schlug wild um sich und schrie aus Leibeskräften. Schreckliche Angst erfasste ihn, entdeckt zu werden. Er verschloss mit der linken Hand Birgits Mund. In ihrer Todesangst bis sie kräftig zu. Den Schmerz spürte er vor Erregung nicht, aber die Tatsache des Bisses steigerte seinen rasenden Zorn. Blindwütig, wie automatisch gingen noch viele Messerstiche auf Birgit nieder, bis sie kein Lebenszeichen mehr von sich gab.

»Ich hätte niemals gedacht, wie schwierig es ist, einen Menschen zu töten. Deshalb musste ich so viele Male zustechen«, entschuldigt er sich.

Danach stieß er Birgits Leichnam in den Graben, begab sich nach Hause, um das Fahrtenmesser vom Blut zu reinigen und seine Bekleidung zu überprüfen. Dann besuchte er seelenruhig seine Oma, um die Gardinen abzuhängen. Nach der Tat fühlte er sich innerlich ausgeglichen und aufgeräumt, ohne die geringste Spur eines Gewissensdrucks. Und das, obwohl ihm klar war, dass die Polizei ihn finden würde.

»Birgit passte nicht zu meiner Intelligenz. Deshalb habe ich ihre Tötung als einzigen Weg angesehen, mich von ihr zu befreien«, rechtfertigt der Mörder seine Tat immer wieder …

Das ehrbare Lehrerehepaar Schedlow übersiedelt nach der Verhaftung des Sohnes in den Norden der DDR und übernimmt ein neues Lehramt. Der Mord hat den elterlichen Leumund so beschädigt, dass seine weitere Tätigkeit an der Polytechnischen Oberschule in Bad Liebenwerda unzumutbar erscheint.

Das Mordopfer Birgit Bitterling wird in aller Stille auf dem Städtischen Friedhof beigesetzt. Jedoch: Niemals wird das Grab einen Stein erhalten. Niemand wird es pflegen oder eine Blume des Gedenkens drauflegen. Verdrängung heißt das Mittel, mit dem die leidgeprüften Eltern sich zwingen, das schreckliche Ereignis zu vergessen.

Nach Monaten des hartnäckigen Schweigens entschließt sich die SED-Führung zu einer Pressenotiz im Bezirksorgan »Lausitzer Rundschau«, freilich nur auf der Kreisseite für Bad Liebenwerda. So erscheint am 12. Februar 1971 die kurze Mitteilung, dass ein 17-jähriger Schüler aus der Kreisstadt eine gleichaltrige Schülerin getötet habe.

Unter Ausschluss der Öffentlichkeit findet am 9. und 10. März 1971 vor der 2. Strafkammer des Bezirksgerichts Cottbus die Hauptverhandlung gegen Jörg Schedlow statt. Mord heißt der schwere Vorwurf des Staatsanwalts. Die Kriminalpolizei hat erdrückende Sachbeweise zusammengetragen: Das aus Jörg Schedlows Zimmer sichergestellte Tatmesser, Blut- und Faserspuren des Opfers von seiner Bekleidung, der Nachweis einer Übereinstimmung des Profilsohlenmusters seiner Schuhe mit den Eindruckspuren am Tatort, vor allem aber der von seiner linken Hand abgebissene Hautfetzen, der sich zwischen den Zähnen des getöteten Mädchens fand.

Mit unvorstellbarer Kaltschnäuzigkeit gesteht der Mörder seine Untat. Reue und Mitgefühl sind ihm fremd. Der jugendpsychologische Sachverständige Dr. Walter, Direktor des Kombinats der Sonderheime in Berlin, in dem überwiegend verhaltensgestörte Kinder und Jugendliche betreut werden, bescheinigt ihm hohe Intelligenz, aber auch extremen Egoismus, Rücksichtslosigkeit, Gefühlskälte, maßloses Elitebewusstsein in Kombination mit völlig überzüchtetem Ehrgeiz. Er lässt keinen Zweifel an der strafrechtlichen Verantwortlichkeit des Angeklagten. »Aufgrund des Entwicklungsstandes seiner Persönlichkeit war er fähig, sich bei der Entscheidung zur Tat von den hierfür geltenden Regeln des gesellschaftlichen Zusammenlebens leiten zu lassen«, ist die Begründung für die Schuldfähigkeit. Trotz der Jugendlichkeit des Angeklagten heißt der Richterspruch: »Lebenslänglicher Freiheitsentzug«, den der Delinquent ohne Rührung zur Kenntnis nimmt.

In der Haft qualifiziert sich Jörg Schedlow auf dem Gebiet der höheren Mathematik. Von seiner Zelle aus fördert er die Entwicklung der elektronischen Datenverarbeitung in der DDR auf nicht unbeträchtliche Weise. Im Jahre 1981 öffnen sich für ihn die Gefängnistore. Ein neuer Lebensabschnitt in freilich kontrollierter Freiheit beginnt. Bei strengen Auflagen darf er, weitab von seiner Heimatstadt Bad Liebenwerda, seinem Broterwerb nachgehen. Er führt fortan ein unauffälliges Leben als EDV-Spezialist. Im Jahre 1991 ereilt den inzwischen 38-jährigen das Schicksal, als er unweit von Bautzen bei einem Sportflugzeugunfall zu Tode kommt.

Für Täter ab vollendetem 14. bis zum 18. Lebensjahr galten in der DDR *die besonderen Bestimmungen des Jugendstrafrechts. Ihre psychologische Begutachtung zur Feststellung der Schuldfähigkeit war obligatorisch. Kinder unter 14 Jahren waren strafunmündig und daher strafrechtlich nicht verantwortlich. Das Jugendstrafrecht sah bei Strafen mit Freiheitsentzug neben Bewährungsstrafen sowohl Jugendhaft (Dauer eine Woche bis zu drei Monaten), Einweisung in ein Jugendhaus (mit Berufsausbildung) oder Freiheitsstrafe nach den geltenden Bestimmungen des Erwachsenenstrafrechts vor. Lediglich die Todesstrafe durfte gegen Jugendliche nicht ausgesprochen werden.*

Erst später, mit dem 2. Strafrechtsänderungsgesetz vom 7. April 1977, wurde für Jugendliche neben der Todesstrafe auch die lebenslängliche Freiheitsstrafe ausgeschlossen. Gleichzeitig wurde geregelt, dass eine bereits vor Inkrafttreten dieses Gesetzes verhängte Freiheitsstrafe in der Regel nach zehn Jahren, spätestens jedoch 15 Jahre nach Beginn des Vollzuges endete. Dieser Umstand erklärt Schedlows Haftentlassung im Jahre 1981.

Der Kannibale

(Fall 1: Aktenzeichen 373/71 VPKA Glauchau)

Es ist das Jahr 1969, und es ist Herbst. Ein höchst offizielles Jubiläum kündigt sich an: Zwanzig Jahre schon hat die Arbeiter- und Bauernmacht die gesellschaftlichen Geschicke in festem Griff. Die mit dem sogenannten Neuen Ökonomischen System verbundenen Wirtschaftsreformen führten in den Jahren nach dem Mauerbau zu einem spürbaren Wachstumsschub. Die DDR hat sich zur zweitgrößten Industriemacht innerhalb des Ostblocks gemausert. Auch ihre internationale diplomatische Anerkennung boomt. Das Land rückt aus seinem internationalen Schattendasein heraus. Selbstbewusst will es sich präsentieren. Die sozialistische Obrigkeit ordnet an, den Jahrestag würdig zu feiern. Auch in der sächsischen Kreisstadt Glauchau, dem traditionsreichen Industrieort der Tuchmacher und Leinenweber laufen die Vorbereitungen. Der Kultur- und Sozialfonds in den volkseigenen Betrieben darf mit vollen Händen ausgeschöpft werden. So auch im VEB Spinnstoffwerk »Otto Buchwitz«. Eine bombastische Kulturveranstaltung mit anschließendem Tanz bis zum Morgengrauen wird angekündigt. Die fleißigsten Werktätigen des Betriebes dürfen teilhaben an dem festlichen Ereignis.

Für die meisten Gäste ist der Abend auch ein nachhaltig schönes Erlebnis, für zwei jedoch das unscheinbare, heimtückische Vorspiel einer Tragödie, die zwei Jahre später ein großes Entsetzen in der kleinen Stadt auslöst. Denn in dieser Nacht führt der Zufall die Akteure dieses Dramas zusammen: Ihn, Michael, 32, ein ruhiger, gutmütiger Typ mit leicht gewelltem braunen Haar, der als Betriebsschlosser eine zuverlässige Arbeit verrichtet, und sie, die 29-jährige Maschinenarbeiterin Hannelore, mollig, resolut, blond, mit üppigem Busen und drallem Po. Viel Tanz und viel Wein führen die Beiden schnell zusammen, lassen die Gefühle erotischer Anziehung regelrecht explodieren. Eigentlich sollten ihre Erfahrungen sie zu kritischer Vorsicht mahnen, leichtfertig keine neuerliche Bindung einzugehen. Hinter ihnen liegen schließlich etliche gescheiterte Partnerschaften. Doch Alkohol verklärt. Und bereits an diesem Abend wird ihre gemeinsame Zukunft zum Gegenstand eines intimen Gesprächs auf dem Barhocker. Die vergangenen Enttäuschungen wollen sie so endgültig aus ihren Seelen bannen, empfinden dies als eine Herausforderung, die in der gleichen Nacht noch auf einer gemeinsamen Matratze zu einem Eheversprechen führt und ihren ersten, lustvollen Höhepunkt erreicht.

Bereits wenige Wochen später geben sie sich auf dem Standesamt das Jawort, einigen sich auf den gemeinsamen Namen Ewald und geloben Treue, bis der Tod sie dereinst scheiden wird. Anfangs scheint den frischgebackenen Eheleuten Hannelore und Michael Ewald das Glück hold. Ganz in der Nähe der Stadtkirche St. Georg beziehen sie eine heruntergekommene Zweizimmerwohnung, guten Willens, ein Leben in ehelicher Harmonie zu führen. Der Honigmond ist ausgefüllt mit der Wohnungsrenovierung, dem Herbeischaffen notwendigen Inventars aus dem Fundus der Gebrauchtmöbelläden, vor allem aber mit stürmischen Kopulationen, denen ausgedehnte Kneipengänge vorausgehen. Jedoch ziehen bereits nach wenigen Wochen die ersten dunklen Wolken über den Ehehimmel. Schon banalste Meinungsverschiedenheiten werden alsbald mit unverhältnismäßig großer Heftigkeit ausgetragen. Selbst körperliche Attacken bleiben nicht aus. Derweil Michael sich während der ehelichen Gefechte meist defensiv verhält, zeigt sich Hannelore keineswegs zimperlich. Sie lässt den Angetrauten nicht nur die Kräfte ihres fülligen Körpers, sondern auch handliche Haushaltsgegenstände spüren. In den konfliktfreien Phasen übernimmt der Teufel Alkohol die Geschicke der jungen Eheleute und sorgt für einen zeitweiligen Waffenstillstand.

Mit der Zeit verflacht das eheliche Intimleben. Der Alltag besteht letztlich nur aus Schichtarbeit im Spinnstoffwerk, abendlichen Nörgeleien und Stammtischgesprächen.

Überhaupt, Hannelores sexuelles Bedürfnis wird immer mehr durch das nach Bier und Schnaps verdrängt. Michael bleibt deshalb mit seinen Wünschen immer häufiger allein. Weil die Angebetete in nüchternem Zustand aber kaum mehr zu einer sexuellen Annäherung bereit ist, erhält der Alkohol mit der Zeit eine wichtige kuppelnde Funktion. Michael erkennt das und bereitet den ehelichen Beischlaf damit vor, dass er für einen optimalen Alkoholpegel seiner Gattin sorgt. Dann darf er sich an ihr bedienen. Hannelore dosiert ihr Entgegenkommen mit kühler Überlegung, in dem sie ihm zunächst eine Annäherung erlaubt, um ihn sogleich wieder auf Distanz zu bringen. Das stachelt ihn an und fördert seine Spendierfreude. Michael ist emotional so eingeengt, dass er nicht spürt, wie sie ihn auf diese Weise manipuliert. Liebesverlust quält, neurotisiert, steigert aber auch die Lust auf das so schwer Erreichbare und zwingt zu demütigenden Zugeständnissen. Geld oder Schnaps für Sex. Zwischen diesen Alternativen findet das Sexualleben der Ewalds nun statt. Eine sonderbare käufliche Liebe und der Alkoholgenuss sind in dieser Ehe bald zu einem bestimmenden Element geworden. Im Gegensatz zu Hannelore hält sich sein Quantum an geistigen Getränken in erträglichen Grenzen. Sie hingegen verfügt über eine erstaunliche Kondition, die es ihr trotz chronischer Alkoholexzesse ermöglicht, am nächsten Tag im Betrieb unauffällig zu erscheinen. In Wirklichkeit aber befindet sie sich schon längst auf dem schnurgeraden Weg in die Alkoholabhängigkeit.

Die Kneipengänge zehren am gemeinsamen Geldbeutel. So dauert es auch nicht lange und wirtschaftliche Nöte belasten das Ehepaar zusätzlich – ein weiterer Grund für eheliche Auseinandersetzungen. Mangel an Geld bedeutet Mangel an Alkohol. Das macht Hannelore noch aggressiver, unberechenbarer und unleidlicher. Der Gatte ist unfähig, eine geeignete Strategie zu finden, dem Trinkgebaren seiner Frau Einhalt zu gebieten und sich ihrer Stimmungsausbrüche zu erwehren. Er bemerkt nicht die Schwäche seiner sexuellen Abhängigkeit von Hannelore, fühlt sich hilflos ihren Launen ausgesetzt.

Wochen vergehen. In sklavischer Unterwerfung muss Michael ansehen, wie Hannelore ohne ihn die Kneipenbesuche fortsetzt, dabei fragwürdige Männerbekanntschaften schließt, sich aushalten lässt und nächtelang dem ehelichen Schlafgemach fernbleibt. Kraftlos setzt er sich den Schmähungen aus, kuscht vor seiner resoluten Frau, weil Unterwürfigkeit ein Charakterzug ist, den ihm seine autokratische Mutter dereinst einprügelte. Jetzt ist er gefangen im Teufelskreis von Sklavenmoral und sexueller Begierde. Längst hat er begriffen, dass Hannelore ihn nur kalt erduldet und er sie nie ganz für sich besitzen kann. Trotzdem buhlt er leidenschaftlich um ihre Gunst. Doch schroff weist sie ihn ab, macht aus ihren Seitensprüngen keinen Hehl. Folgerichtig verstärken sich die Zerwürfnisse zwischen den Eheleuten, bis Hannelore ihre endgültige Trennung ankündigt. Michael bittet sie inständig, ihr Vorhaben aufzugeben, droht mit Selbstvernichtung.

Vergeblich: Ende des Jahres 1970 packt sie auf Betreiben ihres aktuellen Liebhabers ihre sieben Sachen und bezieht einige Straßen weiter bei Frau Thieme, einer betagten Dame, die alle Jahre ihre Verwandtschaft in Westdeutschland besuchen darf, ein billiges Untermieterzimmer. Von nun an sehen sich die Eheleute nur im Spinnstoffwerk, wenn sie die gleiche Schicht haben. Dann gehen sie höflich miteinander um, rücksichtsvoll und ohne Nörgelei. Michael frisst die Eifersucht in sich hinein und macht Hannelore unverdrossen weiterhin den Hof. Doch sie reicht einige Zeit später auf dem Kreisgericht Glauchau die Scheidung ein. Michael ist außer sich. Verzweiflung und Schwermut befallen seine Seele. Er befürchtet mit Recht, sie nun endgültig zu verlieren, fügt sich aber demütig in sein Schicksal. Sein erbärmlicher Zustand muss das Herz des Richters erweicht haben, denn dieser setzt das Scheidungsverfahren aus, verordnet den Eheleuten eine weitere Bewährungszeit. Halbherzig willigt Hannelore ein, teilt nun das Ehebett wieder mit Michael.

Doch die Harmonie ist nur von kurzer Dauer. Nach wie vor frönt die Gattin dem Alkohol und dem Ehebruch. Manchmal fasst sich Michael ein Herz und moniert ihre Seitensprünge. »Ich lasse mich sowieso von dir scheiden. Was ich mache, geht dich nichts an«, wehrt sie sich, ergreift die Flucht nach vorn und ergeht sich in üblen Beschimpfungen, die wie Hagelstürme auf ihn niederprasseln.

Das kleine Zimmer bei der alten Frau Thieme hat Hannelore natürlich nicht aufgegeben. Es ist ihr Hort des stillen Genusses und der Ausnüchterung. Ihr ebenfalls trinkfester Galan – ein asozialer Bursche, der wesentlich jünger als sie ist und seine Finanzen aus undurchsichtigen Quellen bezieht – hatte ihr dazu geraten. Michael bleibt folglich wieder häufiger allein, beschränkt sein surrogates Intimleben auf die Erlebnisse in seinen Vorstellungen, in denen Hannelores aufreizender Hintern einen wichtigen Part übernimmt. Die aufgezwungene Triebunterdrückung führt zu einer nahezu krankhaften Verbissenheit, mit der er auch in der Folgezeit seine lüsternen Gedanken auslebt, ohne die Hoffnung aufzugeben, dass sich das Objekt seiner Begierde eines Tages real wieder mit ihm vereint. Die sexuellen Entbehrungen, aber auch die Eifersucht, wühlen Michaels Seele auf. Entartete Phantasien entstehen, Hannelores

Körper bald zu besitzen, koste es, was es wolle. So entsteht ein gefährlicher Zündstoff, den ein kleiner Funke bereits zu einer gewaltigen Entladung führen könnte.

Fast ein halbes Jahr dauert dieser Zustand an. Mitte Juli nimmt Michael Ewald seinen Jahresurlaub. Es ist eine triste, langweilige Zeit des Ausschlafens und des Müßiggangs. Anfangs verschafft er sich durch Tapezierarbeiten bei Nachbarn einen kleinen Nebenverdienst, dann verbringt er viele Sonnenstunden im Freibad und die Abende in einer Kneipe seines Kiezes. Hannelore hat er schon tagelang nicht gesehen. Doch dauernd muss er an sie denken.

Am Nachmittag des 29. Juli 1971 kündigt die Schwüle ein nahendes Gewitter an. Michael will auf andere Gedanken kommen. Deshalb beabsichtigt er, seine Mutter in Meerane mit einem Besuch zu überraschen. Auf dem Wege zum Bahnhof erblickt er zufällig auf der anderen Straßenseite Hannelore. Ihr Anblick weckt augenblicklich seine Fleischeslust. Doch er wagt es zunächst nicht, sie anzusprechen. Als sie ihn bemerkt, steuert sie jedoch unverdrossen auf ihn zu. Schon an ihrer Art zu gehen bemerkt er, dass sie nicht mehr ganz nüchtern ist. Der Alkohol lässt ihre Augen matt glänzen. Sie lächelt den Gatten, den sie so lange schon nicht gesehen hat, freundlich an: »Gehst du mit mir einen trinken?«

Sofort schlägt Michael sein Vorhaben, nach Meerane zu fahren, in den Wind, beginnt ein belangloses Gespräch über die Widrigkeiten seines Leben in Trennung, fragt, welches Verhalten er zeigen müsste, um sie wieder für sich zu gewinnen und gibt unmissverständlich zu erkennen, dass sein Verlangen nach ihr übermächtig sei.

»Leih mir zwanzig Mark«, fordert sie, ohne auf seine seelische Befindlichkeit einzugehen. »Montag gibt's erst wieder Lohn, dann kriegst du sie zurück!«

Michaels Gesicht zeigt herbe Enttäuschung. Ihr scheint dies

nicht zu entgehen, denn sie korrigiert ihre Forderung mit einer Offenheit, die ihn verblüfft: »Die alte Thieme ist bis nächsten Monat in Bremen, besucht ihre Kinder. Kauf 'ne Pulle Klaren und wir gehen zu mir. Dann kannst du mich ficken.«

Dieses verlockende Angebot will er sich keinesfalls entgehen lassen. Doch Hannelores Untermieterbude ist ihm verhasst. Dieser Ort, an dem sie sich mit ihrem Liebhaber verlustiert, könnte seine Stimmung vergiften. Er will ins vertraute, eheliche Schlafgemach, in dem er so viele Wochen auf die Angebetete verzichten musste. Deshalb schwindelt er: »Ich hab 'nicht so viel bei mir. Komm mit nach Hause, du kriegst das Geld.«

Die Erwartung eines materiellen Vorteils ist so übermächtig, dass Hannelore dem Vorschlag zustimmt. Augenblicke später trottet das Paar in scheinbarer Eintracht in Richtung der ehelichen Wohnung. Dort angekommen, sind sich die Eheleute über den absonderlichen Deal schnell einig: Eine kleine Flasche Apfel-Korn und fünf Mark gegen einen Geschlechtsverkehr. Michael wird derart vom Sinnesrausch beherrscht, dass er Hannelore schnell zur Sache drängt. Als er die Flasche aus dem Schrank hervorholt und das Geld überreicht, stellt sie leidenschaftslos ihren Körper zur Verfügung. Michael macht sich gierig über sie her. Ein explosionsartiger, geiler Kitzel und die sexuelle Kurzstrecke ist nach wenigen Sekunden absolviert. Hannelore bringt den Gatten sofort wieder auf Distanz, scheint zu erkennen, dass der potente Mann durchaus zu einem wollüstigen Marathon fähig wäre. Doch während sie ihr Haar ordnet und das Kleid richtet, stellt sie zu seiner großen Freude in Aussicht, am Abend wiederzukommen, freilich nicht, ohne dies mit der Frage zu verbinden: »Was lässt du dafür springen?« Michael muss nicht lange überlegen. »Zehn Mark und 'ne Pulle«, ist seine spontane Antwort.

Gegen 19.30 Uhr ist sie wieder zur Stelle. Sie trägt ein knallrotes Minikleid, das die Konturen ihres molligen Körpers unterstreicht. Der aufreizend herbe Duft ihres Parfüms kaschiert die Alkoholfahne. Michael Ewalds Blut gerät in Wallung. Er hegt nicht nur die Hoffnung auf ein leidenschaftliches Liebeserlebnis, sondern sieht in dem Stelldichein die Chance für einen ehelichen Neubeginn. Er präsentiert seiner Frau zwei Flaschen »Nordhäuser Doppelkorn«, von denen eine flugs in ihrem Kunstlederbeutel verschwindet. Die andere öffnet er, gießt zwei Gläser randvoll, bietet ihr eines an und prostet ihr auffordernd zu. Er will sich Zeit nehmen, braucht ein erotisches Vorspiel, glaubt insgeheim, auf diese Weise auch Hannelore in Leidenschaft zu versetzen.

Und während beide auf dem Sofa sitzend die Flasche leeren, lenkt Michael das Gesprächsthema immer wieder auf eine Versöhnung. Doch die Gattin zeigt kein Interesse an einer Reanimation der Ehe. Trotzdem redet Michael unentwegt auf sie ein, appelliert an ihr Gewissen, will die genauen Gründe wissen, warum sie ihn ablehnt und das Scheidungsbegehren nicht aufgibt. Sein larmoyantes Gebaren macht Hannelore schließlich nur noch abweisender und kälter. Ihr wiederholtes, schroffes »Nein« versetzt ihn schließlich in Zorn. Seine Stimme wird laut. Mit einem Mal ist ihm nämlich die Aussichtslosigkeit seiner Bemühungen bewusst geworden: Er hat sie verloren. Die Enttäuschung versetzt ihn in Rage. Deshalb brüllt er seine ganze Wut über die verkorkste Ehe, den Liebesverlust und ihre Trinksucht heraus, macht aus seiner grenzenlosen Eifersucht auf den unbekannten Geliebten keinen Hehl und überschüttet Hannelore mit Vorwürfen. Sein Gebrüll reizt jedoch auch sie. Unmissverständlich donnert sie ihm entgegen: »Lass den Scheiß! Ich bereue jede Minute mit dir, und du willst einfach nicht wahrhaben, dass es aus ist. Begreife endlich, ich liebe einen anderen!«

Sie erhebt sich grollend und will die Wohnung verlassen. Michael ist außer sich. Er hat sich längst ausgerechnet, welche

Folgen eine endgültige Trennung für ihn haben würde: Wenn Hannelore jetzt geht, ist er wieder allein in seinem kalten, leeren Heim. Sie hingegen vergnügt sich bald wieder in den Armen eines anderen. Dazu noch das Scheidungstheater vor Gericht, unnötige Kosten, Hausrat teilen, raus aus der Wohnung. Nein, das verkraftet er nicht. In seinem Gehirn toben wirre Überlegungen, bis er einen Entschluss fasst, furchtbar und mit normalem Menschenverstand nicht nachvollziehbar: »Wenn ich sie schon nicht kriege, soll sie der andere auch nicht haben!« Später vor Gericht wird er diesen Satz, der wie eine schwache Rechtfertigung anmutet, mehrmals wiederholen. Wie ferngesteuert ergreift er die leere Schnapsflasche und erhebt sie wutschäumend gegen Hannelore. Noch ehe sie die Gefahr erkennt, trifft ein wuchtiger Hieb ihren Schädel. Ohne einen Laut von sich zu geben stürzt sie zu Boden. Augenblicklich schwinden ihre Sinne. Michael beugt sich über sie, die Flasche, die den Schlag unversehrt überstanden hat, in der Hand. Aus einer Platzwunde am Schädel Hannelores sieht er etwas Blut herausquellen, das in ihrem blonden Haar versickert. Reglos liegt sie zu seinen Füßen. Nur ein kaum wahrnehmbares Röcheln verrät, dass sie nicht tot ist. Sonst ist Stille. Seine Wut verfliegt im Nu. Neue, absonderliche Gedanken schwirren durch sein Hirn: Jetzt ist sie mein! Jetzt kann ich sie haben!

Michael Ewald eilt in die Küche, ergreift ein Messer und ist auf der Stelle wieder bei ihr, um ihr den Hals aufzuschlitzen. Jetzt ist er ganz dicht bei ihr, Körper an Körper, so wie er es sich immer gewünscht hat. Ihr Leben ist in seinen Händen. Dann sticht er zu. Zu seiner Verwunderung tritt verhältnismäßig wenig Blut aus der klaffenden Wunde. Dafür vernimmt er ein stoßweise keuchendes Gurgeln, das bei jeder Atembewegung der Bewusstlosen die in die Wunde eintretende Luft verursacht. Unter laufender Pulskontrolle beobachtet er, wie Hannelore ihr Leben aushaucht. Nach einigen Minuten ist es vorbei.

Er kann nicht wissen, dass Luft in Hannelores Blutgefäße drang und das Herz schnell zum Erlahmen brachte. Michael erhebt sich. Die bisher auf seinen Genitalapparat gerichtete Erregung ist plötzlich abgeklungen und wird durch ein umfassendes Wohlbehagen ersetzt, ausgelöst durch das Gefühl des Siegers. Das Gefühl ist so überwältigend, dass es die Angst vor Entdeckung der Untat sehr klein erscheinen und Gewissensskrupel und Schuldgefühle gar nicht aufkommen lässt. Michael Ewald will es genießen, in dieser Nacht die uneingeschränkte Macht über die Frau ausüben können, auf die er so lange verzichten musste. Dass sie tot ist, erscheint ihm dabei nebensächlich. Erfolgreich unterdrückt er deshalb alle Überlegungen zur Beseitigung ihres Leichnams und aller Spuren, verschiebt sie auf einen späteren Zeitpunkt. Sie sollen seinen Siegesrausch nicht stören.

Bei leiser, anheimelnder Radiomusik entkleidet er die tote Frau. Der Anblick ihrer Pobacken mobilisiert erneut das Gefühl der Macht. Die Erregung ist übermächtig. Doch wie soll es weitergehen, wie kann er seine Lust befriedigen? Er überlegt: Nein! Vor einem regelrechten Geschlechtsverkehr mit der Toten schreckt er zurück. So liegt er länger als eine Stunde dicht bei der Toten, liebkost den noch warmen Körper, insbesondere die Gesäßpartie. Es ist ein makabrer Vorgang, absurd und zugleich zärtlich. Der Mörder sucht die absolute Nähe zu seinem Opfer.

So verrinnt die Zeit und mit ihr das bisherige Wohlbefinden. Schließlich packt Michael Ewald doch die Angst vor Entdeckung seiner Schandtat. Eines ist gewiss, er muss sein Verbrechen vertuschen, sonst hat ihn die VP schnell am Schlafittchen. Noch ist er zuversichtlich, ungeschoren davonzukommen, wenn er es richtig anstellt. Er will die Tote zerstückeln und die Teile im Glauchauer Stausee versenken. Dazu verschafft er sich aus dem Arsenal seiner Werkzeuge eine Tischlersäge. Bevor er sein schauerliches Werk beginnt, wendet Michael die rücklings auf dem Wohnzimmerfußboden liegende Tote auf den Bauch, um die Säge in der Mitte der Wirbelsäule ansetzen zu können. Doch dann hält er inne: Erneut versetzt ihn der Anblick des üppigen Pos in lüsterne Erregung. Mit teuflischer Lust schneidet er mit dem Küchenmesser zwei große Stücke aus dem Gesäß, tranchiert sie säuberlich, legt das Fleisch in einen großen Tiegel, den er sorgfältig abdeckt, um ihn gegen lästige Fliegen zu schützen, und deponiert das Gefäß in der kühlen Speisekammer. »Ich wollte mich später wieder daran erregen«, gibt er in der späteren polizeilichen Vernehmung dazu an.

Ins Wohnzimmer zurückgekehrt zersägt Michael Ewald die Leiche seiner Frau in zwei Teile, umwickelt diese mit Plastikfolie und verpackt sie in alte Kohlensäcke. Den Sack mit dem Torso des Oberkörpers zwängt er in einen alten Koffer und stellt diesen im Schlafzimmer ab, um ihn bei nächster Gelegenheit im Keller zu vergraben. Den anderen Sack, der sich mühelos auf der Lenkstange seines Fahrrads transportieren lässt, bringt er noch vor Mitternacht zum Stausee und versenkt ihn im flachen Uferwasser.

Müde und abgespannt kehrt Michael nach Hause zurück, gönnt sich aber nur eine Verschnaufpause. Dann reinigt er den Fußboden des Wohnzimmers und sein blutbeflecktes Hemd und verbrennt Hannelores Sachen. Vorsorglich hat er ihre Hausschlüssel an sich genommen. Gegen 3.00 Uhr sinkt er ermattet in die Kissen, um einige Stunden tief zu schlafen.

Freitag, der 30. Juli 1970. Gegen 7.00 Uhr ist Michael Ewald wieder auf den Beinen. Er muss das schauerliche Werk der Beseitigung seines Opfers fortführen. Doch seine Bemühungen, im Keller eine passende Grube auszuheben, scheitern, denn der harte Kellerboden widersteht den Attacken der Kohlenschaufel. Deshalb bringt Michael den Koffer mit dem grausigen Inhalt wieder ins Schlafzimmer seiner Wohnung zurück, setzt stattdessen die Reinigungsprozedur fort. Kurz vor Mittag beendet er die Spurenbeseitigung. Nun ist er zufrieden.

Wollüstige Gedanken stellen sich wieder ein, als er sich plötzlich an den in der Speisekammer abgestellten Fleischtiegel erinnert. Er weckt einen unbegreiflichen Appetit auf dieses Fleisch. Die Idee, ein Stück von Hannelores Körper zu verzehren, lässt ihn nicht mehr los und erweckt Schauder und Lust zugleich. Phantasien kennen eben keine Moral.

Wie ein heiliges Ritual zelebriert Michael die Vorgänge der nächsten anderthalb Stunden: Er schneidet eine große Portion aus einem der Fleischstücke, gibt sie in einen Topf, füllt Wasser auf, fügt Gewürze hinzu als würde er eine schmackhafte Kraftbouillon zubereiten wollen und kocht das ungewöhnliche Mahl, bis das Fleisch gar ist. Dann isst er ein Stück davon und trinkt von der Brühe.

Später, als er von der Kriminalpolizei aufgefordert wird zu beschreiben, was er dabei empfand, das Fleisch seiner Ehefrau zubereitet und gegessen zu haben, gibt er an, derart aufgeregt gewesen zu sein, dass er sich nicht mehr an alle Einzelheiten erinnern könne. »Darüber zu sprechen ist mir sehr peinlich«, gesteht er schließlich. Doch es ist von ihm zu erfahren, einmal probiert haben zu wollen, wie Menschenfleisch sei, und in der Tat: Es habe ihm geschmeckt. Eine weitere »Verkostung« nimmt er nicht vor. Skrupel hindern ihn, aber auch die Befürchtung, die Tat nur unvollständig zu verschleiern, wenn er das restliche Fleisch nicht auch beseitigt. Rationale Überlegungen steuern jetzt sein weiteres Handeln: Am Abend nimmt er den Sack mit dem Oberkörper seiner toten Frau aus dem Koffer und versenkt ihn in der Abortgrube des Wohnhauses. Dann reinigt er gewissenhaft Tiegel und Kochtopf und verbrennt den Koffer. Auch die restlichen Blutspuren werden sorgfältig beseitigt. Vom blutigen Wischwasser behält er allerdings etwas zurück. Dieses und den benutzten Scheuerlappen stellt er beiseite, um damit die perfekte Verschleierung des Verbrechens zu inszenieren. Denn: Sein Plan sieht vor, einen anderen Tatort vorzutäuschen und die Tat damit dem unbekannten Liebhaber seiner Frau anzulasten.

Im Schutze der Nacht schleicht Michael zum Unterschlupf seiner Gattin bei der alten Frau Thieme, deren Wohnung nur einige Straßen entfernt liegt. Die vorsorgliche Zurückbehaltung von Hannelores Wohnungsschlüssel erweist sich jetzt ebenso als günstiger Umstand wie die reisebedingte Abwesenheit der Vermieterin. Unbemerkt dringt Michael in die fremde Wohnung ein und bedient sich der mitgebrachten Requisiten: Er taucht den Scheuerlappen in das Blutwasser und verspritzt es in der Küche, auf dem Korridor und in Hannelores Stube, wo er den Lappen auch zurücklässt. Leise und unbemerkt verlässt er nach getanem Werk die Wohnung. Erst jetzt ist er zufrieden.

Allerdings hat Michael Ewald keine Ahnung davon, dass viele Stunden vorher ein Jünger Petris statt eines wohlgenährten Karpfens einen Sack aus dem Glauchauer Stausee fischt, in dem sich die untere Hälfte eines weiblichen Körpers befindet und zum Zwecke der Identifizierung die Maschinerie der VP bereits auf Hochtouren läuft. Am nächsten Tag schon wird die Glauchauer Bevölkerung aufgerufen, der Polizei zu melden, wo eine weibliche Person vermisst wird. Da Hannelore Ewald am 30. Juli nicht zur Arbeit erschienen war, erwarten die befreundeten Kollegen von Michael, er möge vorsorglich eine Vermisstenanzeige erstatten. Widerwillig gibt er dem Drängen nach und meldet offiziell seine Frau als vermisst. Den bienenfleißigen Gesetzeshütern gelingt innerhalb zweier Tage, die Tote zu identifizieren. Beeindruckt von den vermeintlichen Tatspuren in der Wohnung der immer noch verreisten Frau Thieme nehmen sie folgerichtig Hannelores verdutzten Geliebten fest. Michael Ewald ist beruhigt. Sein Plan scheint aufzugehen. Doch die Zufriedenheit ist nur von kurzer Dauer.

Die Angaben in der Vermisstenanzeige sind nämlich unvollständig und widersprüchlich. Michaels erneute Vernehmung ist erforderlich. Aber er kann die offenen Fragen nicht klären. Im Gegenteil: Immer mehr verfängt er sich in weiteren Widersprüchen. Schnell hegt die Polizei Argwohn und verleiht diesem durch einen hochoffiziellen Besuch in seiner Wohnung Nachdruck. Das spurenkundliche Ergebnis bestätigt schließlich den Verdacht seiner Täterschaft. Michael Ewald wird verhaftet. Kraftlos lässt er das Klicken der Handschellen über sich ergehen. Die Ereignisse der letzten Tage haben ihn nämlich ziemlich zermürbt. Sich der Ausweglosigkeit seiner Lage und des Scheiterns des vermeintlich perfekten Vertuschungsplans bewusst, hält er es für besser, ein umfassendes Geständnis abzulegen.

Hannelores Liebhaber kommt mit dem Schrecken davon: Er darf nach wenigen Stunden Aufenthalt die ungastliche Zelle des Polizeigewahrsams verlassen.

Das Ermittlungsverfahren gegen Michael Ewald verläuft zügig, bereitet der Kriminalpolizei keine größeren Schwierigkeiten: Die Beweislage ist schnell klar und der Beschuldigte bleibt konsequent bei seinen wahrheitsgemäßen Aussagen. Vor Prozeßbeginn erfolgt seine obligatorische Begutachtung im Psychiatrischen Haftkrankenhaus Waldheim. Der Sachverständige hält Michael Ewald für durchschnittlich intelligent, arbeitsam, bescheiden. Er sei eine schwache, selbstunsichere, konfliktscheue Persönlichkeit mit enormer sexueller Triebhaftigkeit. Die unbestrittene Gefühlsaufwallung während des Streits mit seiner Frau habe insgesamt jedoch nicht die qualitativen Anforderungen erreicht, die an einen Affekt im Sinne des Totschlags gestellt werden müssen. Diese werden allenfalls in der ersten Tatphase, nämlich der Körperverletzung erfüllt, als der Täter in der Rage seiner Frau die Schnapsflasche auf den Kopf schlug und dadurch deren Bewusstlosigkeit verursachte. Alle nachfolgenden Handlungen liegen außerhalb des strafrechtlich relevanten Affekts.

Ende des Jahres findet vor dem Bezirksgericht Karl-Marx-Stadt die Hauptverhandlung statt. Freundlich, ein wenig scheu gibt Michael Ewald bereitwillig Auskunft über die Einzelheiten seines Verbrechens, fügt sich in sein Schicksal. Glücklicherweise spielen die kulinarischen Details am Rande des Tötungsverbrechens vor Gericht kaum eine Rolle. Sie sind für die strafrechtliche Beurteilung des objektiven und subjektiven Tatbestands von untergeordneter Bedeutung.

Michael Ewald wird gemäß § 112 StGB wegen Mordes an seiner Ehefrau zu lebenslänglicher Freiheitsstrafe verurteilt und in die berüchtigte Strafvollzugseinrichtung Brandenburg-Görden überführt.

Unter Kannibalismus (Anthropophagie) versteht man in dem hier gemeinten Zusammenhang den Verzehr menschlichen Fleisches durch Menschen. Archaische Formen, die sich auf die Ernährung durch menschliches Fleisch beziehen und vorsätzliches Töten voraussetzen, sind in frühen Reise- und Forschungsberichten hinlänglich beschrieben, aber nie bewiesen worden. Glaubhaft hingegen sind Mitteilungen über lebensbedrohliche Ausnahmezustände, die Menschen zum Verzehr des Fleisches Verstorbener gezwungen haben sollen (Überlebenskannibalismus), z. B. die Vorfälle in den Gulags stalinscher Prägung oder die dramatischen Vorgänge während der Südpolarexpedition des Briten Robert F. Scott. Ob es dabei jemals zu vorsätzlicher Tötung gekommen ist, lässt sich ebenfalls nicht belegen. Anderslautende Berichte sind rein spekulativ. Dem auch in der Gegenwart anzutreffenden Kannibalismus bei einigen Naturvölkern (z. B. in Neuguinea) liegen religiöse Motive zugrunde. Er ist Bestandteil spezieller Bestattungsbräuche (z.B. zeremonielles Essen von Leichenteilen, um die Eigenschaften des Toten zu übernehmen). Auch diese Form bezieht sich ausschließlich auf den rituellen Verzehr von Fleisch Verstorbener.

Manche Literaten vergangener Jahrhunderte nutzten die Faszination des Schauders, die der Kannibalismus auslöst, und verstiegen sich in phantastischen, stigmatisierenden Übertreibungen. In der herrschenden Kirche fanden sie dabei ebenso Zustimmung wie beim abergläubischen Volk. Mythen von Hexen, Zauberern, Werwölfen, Vampiren und anderen Menschenfressern entstanden. Im durchweg blutrünstigen deutschen Märchengut sind sie für alle Zeit konserviert. Die mörderische Hexe in »Hänsel und Gretel«, die das zarte Fleisch von Kindern bevorzugt oder der Fall der schönen, bösen Königin, die erst zufrieden ist, wenn sie Schneewittchens innere Organe verzehrt hat, belegen das. Auch der moderne Zeitgeist braucht seine Mythen, will den Nervenkitzel. Folgerichtig lassen die emsigen Unterhaltungsmedien die verschiedensten Arten von anthropophagen Ungeheuern aufmarschieren.

Aber: Immer wieder werden auch reale Fälle von Kannibalismus bekannt. Sie sind durchweg spektakulär, bieten einen willkommenen journalistischen Stoff und bleiben lange im öffentlichen Gedächtnis. Jedoch beziehen sie sich ausnahmslos auf Täter, die vorsätzliche Tötungsdelikte begangen haben und im Zuge offensiver oder defensiver Opferzerstückelung menschliches Fleisch verzehren.

Jedem zehnten Tötungsverbrechen folgt eine Leichenzerstückelung. Doch der Anteil kannibalistischer Praktiken ist verschwindend gering, liegt allenfalls im Promillebereich statistischer Angaben über die Tötungsdelikte mit Opferzerstückelung.

In der 40-jährigen Existenz der DDR registrierte die Kriminalstatistik insgesamt etwa 6100 Tötungsverbrechen, und nur alle acht bis zehn Jahre wurde ein Mord oder Totschlag mit Kannibalismus nachgewiesen. Ähnliche statistische Verhältnisse kann man auch in anderen europäischen Ländern annehmen. Kriminalpsychologisch gesehen, dürfte sich im Kannibalismus das absurde Verlangen nach vollkommener Nähe offenbaren. Der Täter unterliegt primitiven, archaischen Triebkräften und symbolisiert durch den Verzehr menschlichen Fleisches die absolute »Verschmelzung« mit seinem Opfer. Sadistische, masochistische und fetischistische Komponenten begleiten den Vorgang. Das geflügelte Wort »jemand zum Fressen gern haben« bringt diese Problematik auf den Punkt, wie der geschilderte Fall des Schlossers Michael Ewald deutlich macht.

(Fall 2: Aktenzeichen 4/48 Kriminalamt Chemnitz)

Chemnitz, Januar 1948. Bisher fiel noch kein Schnee. Die Temperaturen sind mild, liegen knapp über dem Gefrierpunkt. An das große Frieren und Hungern im letzten Winter denken die Menschen immer noch angstvoll zurück. Das Wetter ist erträglich und der Hunger nicht mehr so quälend wie im vergangenen Jahr. Wenn auch die streng zugeteilten Lebensmittelrationen längst nicht sättigen, langsam geht es aufwärts. Die Zuversicht des Neubeginns mobilisiert bürgerlichen Lebenswillen, auch unter dem Diktat der sowjetischen Militäradministration. Trotz aller Entbehrungen beginnen die Menschen wieder zu lachen, zu tanzen und zu genießen. Sie verdrängen das ideologische, materielle und ökonomische Chaos. Viele unredliche Mitbürger aber nutzen es für Diebstahl, Raub und Mord. So erreicht die Kriminalität eine nie dagewesene Größe. Etwa 2200 Tötungsdelikte pro Jahr werden zwischen 1945 und 1948 in der sowjetischen Besatzungszone verübt. Mehr als 30

Morde pro Jahr registriert allein das Kriminalamt Chemnitz in dieser Zeit für seinen Verantwortungsbereich. Der Anteil der Tötungsverbrechen ist 14mal größer als in den letzten 25 DDR-Jahren – eine gewaltige Herausforderung für die Mordaufklärer.

Es ist Samstag, der 18. Januar 1948, vormittags. Im Kommissariat K1 des Chemnitzer Kriminalamts, das für die Delikte gegen Leib und Leben zuständig ist, herrscht Anspannung. Aber nicht nur deshalb, weil die beiden Mordkommissionen, personell unterbesetzt, technisch nur notdürftig ausgestattet sind und von den Aktenbergen schier erdrückt werden, sondern weil folgenreiche interne Veränderungen angelaufen sind. Sie hängen damit zusammen, dass das bisherige, aus der Weimarer Republik überlieferte, rechtsstaatliche Polizeiverständnis im Interesse des Machtanspruchs der SED-Führung in Frage gestellt wird.

Hinter den Bürotüren finden deshalb eifrige Diskussionen statt. Auch in der 2. Mordkommission. Allen voran diskutiert Kriminalinspektor Wegener, Mitte 30, seit Sommer 1945 bei der Polizei und Leiter der Kommission. Seine Mitstreiter, Kriminalobersekretär Biermann, 40 Jahre alt, Sozialdemokrat, schon während der Nazizeit Polizist, und Kriminalsekretär Jeske, Anfang 20, vor einem Jahr aus englischer Kriegsgefangenschaft entlassen und in den Polizeidienst getreten, mischen kräftig mit. Nur Fräulein Lühmann, eine 25-jährige, stille Blondine, Kriminalanwärterin und Sekretärin, enthält sich ihrer Meinung.

Lebhaft wird erörtert, welche Auswirkungen der sich in der Polizei energisch durchsetzende stalinistische Zentralismus haben wird. Vor einigen Monaten schon wurde die bewährte Polizeihoheit der Länder aufgehoben. Stattdessen sichert eine für die gesamte Polizei in der Ostzone zuständige »Deutsche

Verwaltung des Innern« – ein Vorläufer des Ministeriums des Innern – als zentrales, diktatorisches Leitungsinstrument die Durchsetzung der führenden Rolle der SED und der sicherheitspolitischen Interessen der Besatzungsmacht.

Diese Veränderungen bedrücken die Polizistenherzen. Inhaltliche Fragen werden aufgeworfen, existentielle Ängste werden laut. Und viele der Vorahnungen werden sich bestätigen. Wenige Monate später wird nämlich mit dem berüchtigten »Befehl Nr. 2 des Präsidenten der Deutschen Verwaltung des Innern in der sowjetischen Besatzungszone« eine gewaltige personelle Säuberungsaktion eingeleitet, die bis zum Oktober 1949 andauert und für 13300 vermeintlich politisch unzuverlässige Polizisten das Ende ihrer Laufbahn bedeutet.

Das Schrillen des Telefons holt Kriminalinspektor Wegener und sein Team schlagartig in die Realität des Berufsalltags zurück. Grund: Das Polizeirevier Süd ist im Rahmen der Überprüfung der Anzeige zweier Mieter des Hauses Uhlandstraße 25 auf Umstände gestoßen, die eine weitere Untersuchung durch die Mordkommission erforderlich machen. Der Anzeige nach wird seit dem 8. Januar die 65-jährige Hausbewohnerin Marie Oehme, die im gleichen Grundstück ein kleines Kurzwarengeschäft betreibt, vermisst. An den heruntergelassenen Jalousien ihres Ladens prangt ein Zettel mit dem Text »Wegen Krankheit geschlossen«. Um sich nach dem Wohl der alten Dame zu erkundigen, läuteten die besorgten Mieter an deren Wohnung, die sie seit einiger Zeit mit ihrem 67-jährigen Bruder Bernhard Oehme teilt. Er öffnete die Tür. Auf die Frage nach dem Befinden der Kranken, antwortete er gleichgültig und sorglos, seine Schwester sei überhaupt nicht krank, sondern nur verreist. Als die Nachbarn wissen wollten, warum dann der Laden wegen Krankheit geschlossen sei, stellte er sich auf merkwürdige Weise ahnungslos. Die Mieter finden Oehmes Interesselosigkeit am Schicksal seiner Schwester und die

Umstände ihrer angeblichen Reise ziemlich suspekt. Sie wissen überdies, dass er vor einigen Wochen in einem aufsehenerregenden Schwurgerichtsprozess wegen des Versuchs, seine Frau und die Tochter durch Gift zu töten, mangels Beweises freigesprochen werden musste. Und da sie keineswegs an seiner Schuld zweifeln, Oehme also für einen Kriminellen halten, machen sie der Polizei Mitteilung.

Revierpolizisten werden in Marsch gesetzt. Doch Oehme verwehrt ihnen den Zutritt zur Wohnung und beteuert, das Reiseziel seiner Schwester nicht zu kennen. Als er ihre Bekleidung beschreiben und Auskunft geben soll, welche Ausweispapiere, Koffer oder Taschen sie bei sich führt, macht er vieldeutige, wirre Angaben, zeigt keine Kooperationsbereitschaft. Vielmehr macht er aus seinem Desinteresse am Schicksal seiner Schwester keinen Hehl. Unverrichteter Dinge ziehen die Uniformierten wieder davon. Nun geht man auf dem Revier davon aus, dass sich das Kommissariat K1 der Sache annimmt.

Inspektor Wegener zögert keinen Moment, Marie Oehmes Wohnung zu inspizieren und ihren Bruder peinlich genau zu befragen. Er und Kriminalsekretär Jeske machen sich sofort auf den Weg zur Uhlandstraße 25.

Sie klingeln an der Wohnungstür, hören Hundegebell und bald darauf ein schwerfälliges Schlurfen. Die Tür wird geöffnet. Vor ihnen steht Bernhard Oehme, mittelgroß, schlank, fast glatzköpfig. Ein rüstig wirkender Mittsechziger mit lebhaften Augen, bekleidet mit dickem Pullover, einer viel zu weiten Hose und Filzpantoffeln an den Füßen. Auf den ersten Blick ein biederer Typ. In seiner Begleitung ein mittelgroßer, friedlicher Mischlingshund. Oehme sperrt ihn in die Küche, lässt widerwillig die Vertreter des Gesetzes herein, die sofort ihrer kriminalistischen Neugierde freien Lauf lassen. Oehme fühlt sich überrumpelt. Wortlos verfolgt er den polizeilichen Schnüffelvorgang mit seinen Blicken. Die Männer packt eine

Vorahnung und das Entsetzen, denn im Schlafzimmer entdecken sie eine Anzahl Töpfe, Schüsseln und Eimer, vollgefüllt mit Fleisch, portioniert und eingepökelt nach Metzgerart. Ohne Umschweife und ohne Regung gesteht Bernhard Oehme, er habe seine Schwester nach einem vermutlichen Herzschlag tot aufgefunden. Ihm sei dann der Gedanke gekommen, ihren Leichnam auf die vorgefundene Weise zu zerlegen. Seine Absicht sei es gewesen, das Fleisch zu verschieben.

Wegener und Jeske gehen weiter. Nur mit Mühe können sie ihren Ekel zurückhalten: In der Küche befinden sich mehrere große Töpfe, in ihnen Brühe, Gewürze, Suppengrün und komplett zubereitetes Fleisch. Tagelang habe er sich davon ernährt, auch Haferflocken in der Bouillon zubereitet, gesteht Oehme. Er fände im Geschmack des Menschenfleisches zu anderem Fleisch keinen Unterschied, gibt er in einer späteren Vernehmung zu Protokoll. Dann im Keller: Der Kopf der Toten und Teile ihrer Gliedmaßen, bereitgelegt, um aus ihnen mittels Natronlauge und Kochsalz Kernseife für den Weiterverkauf herzustellen.

Leipziger Gerichtsmediziner ordnen sämtliche Fleischteile zweifelsfrei Marie Oehme zu. Darüber hinaus können sie beweisen, dass die Frau keineswegs an einem Herzversagen gestorben ist. Die Untersuchung ihres Schädels fördert schwere, zu Lebzeiten entstandene Kopfverletzungen zutage. Bernhard Oehme wird mit diesem Befund konfrontiert. Erst jetzt räumt er ein, sich am 7. Januar mit seiner Schwester gestritten zu haben. Weil sie ihm mit seiner Tabakspfeife auf den Mund schlug, sei er in Wut geraten. Er habe einen Hammer geholt und sie erschlagen. Als der Hund von dem verspritzen Blut leckte, sei ihm der Gedanke gekommen, den Leichnam seiner Schwester zu »verwerten«.

In vielen, langen Verhören schildert Oehme die grässlichen

Details seines Vorgehens. Kriminalinspektor Wegener, der die Vernehmung führt, und Kriminalanwärterin Fräulein Lühmann, die das Protokoll aufnimmt, müssen so viele abstoßende Dinge anhören, dass sie die Übelkeit nur durch immer wieder eingelegte Pausen mindern.

Oehme ist im Verhör so gesprächig, als ginge es um die normalsten Dinge der Welt. Mitunter erweckt er den Eindruck, als erfasse er den Ernst der Situation nicht. Sachlich, gefühllos, hemmungslos und zynisch macht er seine Aussagen.

Wortreich beschreibt er die Zubereitung von Herz, Leber, Nieren und Rippenfleisch. Nahezu stolz berichtet er über seine Kenntnisse, Seife herzustellen. Er räumt sogar ein, einige Fleischportionen an andere Personen verkauft zu haben, freilich wisse er deren Namen nicht. Ungeniert bittet er Wegener, zur nächsten Vernehmung noch ein Stück Fleisch in die Zelle zu bringen, es brauche nicht warm gemacht zu werden, er esse es gleich so …

Als der Inspektor ihm im Verlaufe weiterer Vernehmungen vorhält, einmal eine Geldbörse entwendet zu haben, ruft er voller Entrüstung: »Nein, ich bin doch kein Lump und kein Dieb!« Mit dieser Reaktion zeigt sich die absurde Moral des Verbrechers.

Wie ein Lauffeuer verbreitet sich in Chemnitz die Nachricht über die schrecklichen Vorgänge im Haus Uhlandstraße 25. Der Ruf nach der Todesstrafe wird laut. Die öffentliche Anteilnahme an dem bizarren Fall nimmt Riesenausmaße an.

Inzwischen wird das Verfahren gegen Bernhard Oehme zügig vorangetrieben. Doch die endgültige Klärung der Frage, wie er seine Schwester erschlagen hat, soll durch eine Tatrekonstruktion untermauert werden. Ein Lokaltermin wird angesetzt. Inspektor Wegener, Kriminalsekretär Jeske und der Staatsanwalt führen die Aktion durch. Kriminalobersekretär Biermann ist dafür verantwortlich, die einzelnen Handlungsphasen fotografisch festzuhalten.

Als die Polizeifahrzeuge vor dem Wohnhaus in der Uhlandstraße 25 vorfahren, sind im Nu Hunderte von Neugierigen versammelt, um sich den Blick auf das Ungeheuer Bernhard Oehme nicht entgehen zu lassen. Die zunächst volksfestartige Stimmung der Schaulustigen schlägt aber schnell in eine allgemeine Wut um. »Gebt ihn uns«, fordert die aufgebrachte Menge. Und nur der starken Polizeipräsenz ist es zu verdanken, dass Oehme nicht gelyncht wird. Die »Chemnitzer Volksstimme« verbreitet am 24. Januar auf der Lokalseite unter der Überschrift »Grauenhafter Mord in Chemnitz« einen relativ ausführlichen Bericht über den Fall Oehme. Doch der Schwurgerichtsprozess findet unter Ausschluss der Öffentlichkeit statt. Bernhard Oehme muss für zehn Jahre hinter Gitter. So lautet zumindest das Urteil. In Wirklichkeit aber wird er der sowjetischen Militäradministration überstellt. Nur Insider wissen, dass er in einem Gulag weit hinterm Ural wenige Wochen später liquidiert wird.

Die Persönlichkeit Bernhard Oehmes sicher einzuschätzen fällt schwer, weil über sie nur bruchstückartige Angaben bekannt sind.

Zweifellos ist er eine rohe, kalte Natur mit der Symptomatik eines schwer gemütsarmen Psychopathen. Er erlernt den Beruf eines Galvaniseurs, ist als Verchromer tätig, gilt als tierlieb. Er heiratet während des Ersten Weltkriegs, wird Vater einer Tochter. Doch die Ehe steht von Anfang an unter einem schlechten Stern. Seine Kenntnisse als Galvaniseur nutzt er zur Herstellung falschen Geldes. Folgerichtig wird er wegen Verbrechens gem. § 146 Reichsstrafgesetzbuch mit acht Jahren Zuchthaus bestraft.

Im Jahre 1947 gerät er wieder in Untersuchungshaft, weil wegen dringenden Tatverdachts des Mordversuches an seiner Frau und seiner Tochter Ermittlungen gegen ihn geführt werden. Ihm wird dabei zur Last gelegt, zur Tatausführung die als Galvaniseur erlangten beruflichen Kenntnisse über Metallgifte genutzt zu haben. In einem Indizienprozess verhandelt das Chemnitzer Schwurgericht am 11. Dezember 1947 gegen Bernhard Oehme, muss ihn aber mangels Beweises freisprechen. Folgerichtig trennen sich Frau und Tochter endgültig von ihm, werfen ihn aus der Wohnung. Seine Schwester Marie hat Erbarmen und nimmt ihn bei sich auf. Sie glaubt, dass er sich in ihrem kleinen Laden beim Verkauf von Knöpfen, Garn, Nadeln und Schnallen nützlich machen wird. Ein verhängnisvoller Irrtum: Drei Wochen später stirbt sie durch seine Hand.

Da die heute übliche psychiatrische Begutachtung zur Feststellung der Schuldfähigkeit seinerzeit unterblieb, kann nicht ausgeschlossen werden, dass bei Bernhard Oehme eine symptomarme Schizophrenie vorgelegen haben kann. Die verhältnismäßig milde Strafhöhe von zehn Jahren Zuchthaus könnte als Indiz gelten, dass bei der Strafzumessung seine gestörte Persönlichkeit berücksichtigt worden ist. Wie dem auch sei: Offiziell kam er in sowjetische Haft, in der er angeblich an einem altersbedingten Leiden verstarb.

Man kann aber auch eine andere Möglichkeit in Betracht ziehen: Die sowjetische Militäradministration hatte leitenden Funktionären des SED-Machtapparats längst Ukas erteilt, den Verurteilten ihrem Strafvollzug zu überantworten, um ihn alsbald der deutschen Rechtshoheit zu entziehen. Sie haben damit Oehmes schnellen Tod billigend in Kauf genommen. Denn es war allgemein bekannt, dass die sowjetischen Vollzugsbehörden mit Tätern vom Schlage eines Bernhard Oehme nicht viel Federlesens machen. Der Strafausspruch von zehn Jahren Zuchthaus sollte das inoffiziell längst beschlossene Todesurteil nur kaschieren.

Am Rande dieses spektakulären Verfahrens spielt sich ein Vorgang ab, über den hinter vorgehaltener Hand besonders im

Kommissariat K1 des Chemnitzer Kriminalamts noch lange debattiert wird.

Kurz vor Beginn der nicht öffentlichen Hauptverhandlung gegen Bernhard Oehme wird Wegener unerwartet zum Chef des Kriminalamts beordert. Der empfängt ihn mit bitterböser Miene und präsentiert ihm den von einem holländischen Reporter verfassten Artikel aus einer westdeutschen Wochenzeitschrift, in dem über den Mord in Chemnitz ausführlich berichtet wird: »Können Sie mir das erklären?«

Wegener überfliegt das Journalistenprodukt. In der Tat, dort ist ausführlich über Oehmes Untaten zu lesen. Nun wäre das allein nicht arg, wenn der Inhalt des Beitrags der Veröffentlichung in der »Sächsischen Volkszeitung« lediglich sinngemäß entnommen worden wäre. Aber er geht über die dort gegebenen Informationen hinaus. Es werden nämlich einige Details des Falls geschildert, die offensichtlich aus einer internen Quelle des Kriminalamts kommen. Auf der Stelle sieht sich Wegener mit dem Verdacht konfrontiert, im Kommissariat K1 bestünde eine undichte Stelle, aus der die Informationen gen Westen abgeflossen sind, anderenfalls wäre er nicht vor seinen Dienstherrn zitiert worden. Nicht auszudenken, ein imperialistischer Spion in den eignen Reihen! Der Amtsleiter ist entrüstet. Doch nicht genug. In dem Beitrag ist auch zu lesen, dass sich die Menschen in der Ostzone schon gegenseitig auffressen. Wegeners oberster Chef tobt: So etwas zu schreiben ist üble Hetze gegen die sowjetische Besatzungsmacht, die sich als Repräsentant der sozialistischen Sowjetmacht der Arbeiter und Bauern stets um eine ausreichende Lebensmittelversorgung der ostdeutschen Bevölkerung bemüht. Dann schließt er die Standpauke, die Wegener schuldlos trifft, mit der Drohung ab: »Die sowjetischen Genossen wollen hart durchgreifen. Köpfe werden rollen!«

Wegener ist fassungslos, kann dazu nichts sagen. Er hat keine blasse Ahnung, wie der holländische Reporter an derartige Informationen gelangen konnte. Für seine Mitarbeiter legt er jedenfalls die Hand ins Feuer. Doch im Kommissariat K1 führt das unverzeihliche Vorkommnis zu einer allgemeinen Betroffenheit.

Als der Kriminalinspektor am nächsten Morgen sein Büro betritt, weisen seine Mitarbeiter Biermann und Jeske ohne etwas zu sagen, nur mit einer Kopfbewegung, auf den unbesetzten Schreibtischstuhl der Sekretärin Fräulein Lühmann hin. Ist sie womöglich krank? Wegener will es wissen. Sofort eilt er zum Geschäftszimmer, um sich bei der Tippse des Kommissariatsleiters, die gewöhnlicherweise derlei Meldungen registriert, zu erkundigen, ob die Kriminalanwärterin krank sei. Doch sie verhält sich ziemlich unterkühlt, beantwortet die Frage nicht, sondern fordert ihn auf: »Gehen Sie rein zum Chef!«

Wegener tut es. Der Kommissariatsleiter erwartet ihn offenbar schon und poltert gleich los: »Die Lühmann kommt nicht mehr!«

»Wieso das?«, fragt Wegener erstaunt.

Doch sein Chef reagiert unwirsch auf diese offenbar lästige Frage: »Ich sagte doch, sie kommt nicht wieder! Warum, ist belanglos!«

Sprachlos, mit offenem Mund starrt Wegener seinen Vorgesetzten an. Der wiederholt sich: »Wie ich sagte, die können wir vergessen!«

Tatsächlich. Tage vergehen, und Fräulein Lühmann erscheint nicht mehr. Dass die Möglichkeit eines Zusammenhangs zwischen der westlichen Veröffentlichung und ihrem Fernbleiben besteht, bezweifelt niemand. Doch die Leitung des Kriminalamtes gibt dazu keine Erklärung, hüllt sich in Schweigen. Und das soll, so die Absicht der Obrigkeit, auch so bleiben. Totschweigen heißt deshalb die Parole.

Niemand im Kommissariat wagt, die Angelegenheit öffentlich anzusprechen. Neugierde könnte Ärger nach sich ziehen. Und der Verdrängungsmechanismus funktioniert. So geht man bald zur Tagesordnung über. Doch hinter den Bürotüren wird getuschelt, dass Fräulein Lühmann schon lange in einer intimen Beziehung zu einem holländischen Journalisten gestanden habe. Dieser Umstand erklärt die Preisgabe polizeiinterner Informationen. Jedoch bleibt ihr plötzliches Verschwinden für immer unklar.

Natürlich zerbrechen sich die Mitarbeiter des Kommissariats K1 ihre Köpfe über die Gründe. Zwei Lager bilden sich: Auf der einen Seite die auf die SED-Machthaber eingeschworenen Patrioten. Sie verurteilen die »Verbindungsaufnahme zu einem Helfershelfer imperialistischer Spionagezentralen und die üble Hetze gegen die sowjetischen Befreier« und halten es für angemessen, dass sich der sowjetische Sicherheitsdienst in seiner wenig zaghaften Art ihrer angenommen hat. Auf der anderen Seite die Gemäßigten. Sie glauben und hoffen, Fräulein Lühmann habe wegen ihrer Auskunftsbereitschaft gegenüber dem holländischen Journalisten zu Recht freiheitsentziehende Konsequenzen befürchtet und deshalb in letzter Minute der Ostzone den Rücken gekehrt.

Egal, welche der beiden Möglichkeiten der Wahrheit entspricht, niemals wird man je wieder etwas von ihr hören.

Etwa ein halbes Jahr nach der Verurteilung Bernhard Oehmes, im Januar 1949 beginnt mit der Durchsetzung des berüchtigten Befehls Nr. 2 die politische Überprüfung aller Polizeiangehörigen, verbunden mit einer Entlassungswelle, die gleichzeitig von einer gewaltigen personellen Aufstockung durch Berufsneulinge begleitet wird. Auf diese Weise wird schließlich eine politisch zuverlässige Polizeiexekutive mit der Bezeichnung »Deutsche Volkspolizei« formiert. So gerät der Fall Oehme bald in Vergessenheit, der nur dem kriminologisch Interessierten in Erinnerung bleibt. Denn: In der deutschen

Kriminalgeschichte gibt es kein zweites Beispiel eines so absurden, von Eigennutz geprägten »Überlebenskannibalismus« – gerichtet gegen Blutsverwandte und völlig frei von hintergründigen Sexualmotiven.

Nachtrag: Kriminalinspektor Wegener zeigt Loyalität gegenüber der neuen Ordnung. Sein Eintritt in die SED sichert ihm ein Verbleiben als Kriminalist. Er steht bis zu seiner Berentung im Dienst der späteren Deutschen Volkspolizei.

Für Kriminalobersekretär Biermann endet die Kriminalistenkarriere. Die politische Obrigkeit findet es unverzeihlich, dass er bereits in der faschistischen Polizei diente, wenn auch an unbedeutender Stelle und ohne nominelles Mitglied der NSDAP zu sein. Seine sozialdemokratische Vergangenheit kann daran nichts ändern.

Kriminalsekretär Jeske muss ebenfalls seinen Hut nehmen. Immerhin war er in westalliierter Kriegsgefangenschaft. Und das allein ist ein ausreichender Grund für die Entfernung aus dem Polizeidienst.

Autostopp

(Aktenzeichen 2 Bs 4/77 Bezirksgericht Dresden)

Eine einsame Landstraße. Es ist dunkel und kalt. Nebelfetzen hängen wie riesige Spinnweben zwischen dem Gesträuch. In der Ferne schimmern Lichter einer Ortschaft. Eine junge Frau mit zerzaustem, kurzem Haar, spärlich bekleidet und barfüßig, hetzt über den nasskalten Asphalt. Todesangst liegt in ihrem Gesicht. Immer wieder schaut sie sich ängstlich nach einem Verfolger um. Außer Atem erreicht sie schließlich das erste Haus am Rande des Dorfes. Verzweifelt klopft sie an ein erleuchtetes Fenster im Erdgeschoß. Dann bricht sie zusammen. Ein älterer Mann öffnet die Haustür, erkennt auf Anhieb den erbärmlichen Zustand der jungen Frau. Als er sich über sie beugt fleht sie kraftlos: »Helfen Sie mir, er wollte mich umbringen ...!«

Mit dieser Introduktion könnte ein Krimiautor seinen ausgedachten Thriller beginnen. Doch diese Szene entspringt keineswegs dem schöpferischen Hirn eines Autors, sondern ereignete sich tatsächlich, nämlich in den späten Abendstunden des 5. März 1976 ganz in der Nähe von Nickritz, der kleinen Ortschaft nahe der Kreisstadt Riesa – eine halbe Autostunde nordwestlich von Dresden. Sie war der Ausgangspunkt für die Beendigung der blutigen Karriere eines Mannes, der alle Voraussetzungen besaß, einer der gefährlichsten Serienmörder in der Geschichte der DDR zu werden, dessen schier unglaubliche Verbrechen selbst erfahrene Morduntersucher schockierten.

Der Mann, an dessen Fenster die junge, barfüßige Frau verzweifelt klopfte, um seine Hilfe zu erbitten, ist bestürzt über ihren bedauernswerten Zustand. Er hüllt sie in eine wärmende Decke, stülpt über ihre Füße ein Paar alte, wenn auch viel zu große Schuhe und stellt nur eine Frage: »Brauchen Sie einen Arzt?«

»Polizei!«, wimmert sie gequält. Der Alte reagiert sofort, startet sein Auto.

Wenige Minuten danach sitzt sie, mit zittrigen Händen eine Tasse mit warmem Kaffee haltend, in den von kaltem Zigarettenrauch vermieften Räumen eines Riesaer VP-Reviers. Vor den Polizisten sitzt eine angsterfüllte junge Frau: Wirres Haar, Pullover und Rock ebenso verschmutzt und zerrissen wie die Strumpfhose, Schürfwunden an Händen und Knien, die zierlichen Füße in übergroßen Männerschuhen. Alles in allem: Ein jammervolles Bild. Doch sie fasst sich schnell und beginnt zu reden. Ihre Mitteilung aber hört sich so grotesk und unrealistisch an, dass die Gesetzeshüter zunächst annehmen, die junge Frau könne eigentlich nur aus einer psychiatrischen Einrichtung entwichen sein.

»Ich heiße Ilona Krebs, bin 21 Jahre alt, studiere an der Technischen Hochschule in Dresden und wollte zu meinen Eltern nach Strehla …«, beginnt sie. Was dann folgt, könnte eine Episode aus einem frühen Edgar-Wallace-Krimi sein. Sie wollte, wie jeden Freitag nach Vorlesungsende per Anhalter von Dresden nach Strehla zu ihren Eltern. Aus diesem Grund war sie gegen 18.00 Uhr mit der Straßenbahn nach Dresden-Altstadt gefahren. Dort, wo die Fernverkehrsstraße F 6 in Richtung Leipzig beginnt, sei nämlich ihr gewöhnlicher Warteplatz. Ein freundlicher Lkw-Fahrer nahm sie schließlich mit. Wenigstens bis Meißen. Seine Fahrt endete dort. Um ihr eine baldige Weiterfahrt zu erleichtern, setzte er sie an einer von Autofahrern stark frequentierten Tankstelle ab. Dort wartete sie. Vom Straßenrand aus gab sie den vorbeifahrenden Fahrzeugen Zeichen, bis endlich ein grauer Trabant-Kombi stoppte. Der Fahrer, ein vornehm wirkender, freundlicher Mann von kräftiger Statur, fragte mit sonorer Stimme, wohin sie denn wolle.

»Könnten Sie mich nach Riesa mitnehmen?«, war ihre Bitte.

»Natürlich«, antwortete der freundliche Hüne und öffnete die Beifahrertür.

Arglos nahm sie neben ihm Platz, stellte ihre Reisetasche hinter sich auf die leere Sitzbank im Fond. Dabei fiel ihr eine große Kiste auf, die fast die ganze Ladefläche ausfüllte. Sie bemerkte aber auch, dass der freundliche Hüne wie gehetzt atmete, sie aus den Augenwinkeln ungeniert musterte und unentwegt seine Schweißperlen von der Stirn wischte. Unterwegs fragte er, was sie studiere, ob sie Geschwister habe, welchen Beruf ihr Vater ausübe. In diesem Zusammenhang gab sie zu verstehen, eigentlich nach Strehla zu wollen. Die Ortschaft läge aber fünf Kilometer hinter Riesa.

»Ich fahre Sie dorthin«, bekundete er freundlich seine Bereitwilligkeit.

Ihr war etwas mulmig zumute, doch konnte sie sich nicht vorstellen, dass der gutsituierte, gepflegte Mann Unlauteres im Schilde führen könnte. Doch nach einigen Kilometern Fahrt veränderte sich sein Verhalten abrupt. Er hielt plötzlich an, löste blitzschnell seinen Sicherheitsgurt, fummelte aus der Tasche an der Fahrertür irgend etwas heraus, presste seinen massigen Körper an den ihren, packte sie mit groben Händen und drückte ihr einen mit Äther getränkten Lappen auf Mund und Nase. Sie versuchte sich zu wehren, konnte aber gegen seine Riesenkräfte nichts ausrichten. Schon nach wenigen Atemzügen verlor sie das Bewusstsein. Als sie irgendwann wieder zu sich kam, lag sie zusammengekrümmt in einem engen, dunklen Behältnis, hörte aber die knatternden Geräusche eines fahrenden »Trabant«. Sofort war ihr bewusst, dass sie sich in der eigentümlichen Kiste befand, die sich auf der Ladefläche im Auto des vermeintlich freundlichen Hünen befand. Straffe

Fesseln an ihren Handgelenken fügten ihr Schmerzen zu. Auch die Beine waren in Knöchelhöhe fest zusammengebunden. Doch die Füße steckten immer noch in den wadenlangen Stiefeln. Ihr Mund war mit einem Pflaster verklebt. Sich der akuten Lebensgefahr bewusst, entwickelte sie Bärenkräfte, die es ihr ermöglichten, die Fesseln an den Händen zu zerreißen und die Füße aus den Stiefeln zu ziehen. Es gelang ihr auch, den Deckel der Kiste zu öffnen. Der Mann am Steuer bemerkte ihre Befreiungsversuche. Mit einer Hand versuchte er den Deckel herunterzudrücken, mit der anderen jedoch musste er das Lenkrad führen, denn das Fahrzeug befand sich noch in voller Fahrt. Er schnauzte sie mit erregter Stimme an: »Du Biest, wenn du nicht ruhig bist, ersteche oder erwürge ich dich, und das ist kein schöner Tod!« Es gelang ihr aber, den Kistendeckel so weit zu öffnen, dass sie das Licht der Straßenbeleuchtung und das Geräusch anderer Fahrzeuge wahrnehmen konnte. »Eine belebte Ortschaft, hier kann er nicht so ohne weiteres anhalten«, dachte sie, kletterte aus der Kiste und presste sich gegen die Heckklappe des »Trabant-Kombi«. Dann ein Wunder: Sie war nicht eingeklinkt, ließ sich öffnen. Plötzlich verlangsamte das Auto seine Geschwindigkeit. Den Geräuschen nach vermutete sie, dass ein vorfahrtsberechtigter Lastkraftwagen vorbeifuhr. Diesen Moment nutzte sie, um die Heckklappe zu öffnen und sich aus dem Fahrzeug fallen zu lassen. Als der Mann am Steuer ihre Flucht bemerkte, gab er Gas und fuhr mit quietschenden Reifen davon. In panischer Angst lief sie die Landstraße entlang zur nächsten Ortschaft. Am ersten Haus klopfte sie an das Fenster im Parterre.

»Die Tasche mit meinen Ausweisen und Vorlesungsunterlagen, mein Mantel und die Stiefel liegen im Auto des Wahnsinnigen.« Mit diesen Worten schließt die Studentin ihren Bericht ab.

Was das sympathische Mädchen von sich gegeben hat, klingt absurd: Äthernarkose im Trabi, in einer Kiste wieder erwachen, von Fesseln befreien, Heckklappe von innen öffnen, aus dem fahrenden Auto fallen lassen? Nein, unvorstellbar! Das widerspricht jeder polizeilichen Erfahrung, kann folglich nur Produkt eines verwirrten Geistes sein.

»Wir stellen Sie einem Arzt vor, vielleicht sind Sie schwerer verletzt als Sie glauben«, meinen die Uniformierten zweideutig. Ilona Krebs scheint zu ahnen, dass die Staatsmacht ihre Geschichte nicht abnimmt.

»Genauso war es! Denken Sie, ich spinne?«, erbost sie sich.

Sie streift die Ärmel ihres Pullovers zurück, streckt ihre Arme vor und gibt den Blick auf tiefe, blutunterlaufene Schürfwunden an ihren Handgelenken frei: »Und das hier?« Die Polizisten betrachten sie genau. Es stimmt, die Wunden überzeugen. Sie erspähen an Ilona Krebs' Wangen auch die Reste der Klebemasse eines Pflasters. Jetzt sind sie überzeugt: Das Mädchen sagt die Wahrheit. Beschämt bekennen sie ihren Irrtum und zeigen, vielleicht um die junge Frau versöhnlich zu stimmen, einen ungewöhnlichen Diensteifer. Sie fertigen Protokolle, setzen eine für besondere Vorkommnisse vorgeschriebene Sofortmeldung ab, telefonieren mit der Bezirksbehörde in Dresden, mit dem Bereitschaftsarzt des nächsten Krankenhauses. Mit einem Mal halten die Gesetzeshüter die Angelegenheit für höchst dringlich.

Bevor Ilona Krebs eine notwendige allgemeinärztliche, aber auch gynäkologische Untersuchung erdulden muss, soll sie von Oberleutnant Beller, einem erfahrenen Ermittler der Dresdener Mordkommission, befragt werden. Da er keine Minute am Wahrheitsgehalt ihrer Aussage zweifelt, hatte er sich flugs auf den Weg nach Riesa begeben, um mit ihr zu sprechen. Für die Einleitung einer Großfahndung benötigt er nämlich eine möglichst detaillierte Personen- und Fahrzeugbeschreibung. Ilona Krebs beantwortet alle Fragen nach bestem Wissen und Gewissen und kann eine gute Beschreibung des Mannes abgeben.

Nur zu dem grauen Allerwelts-Trabi sind ihre Angaben dürftig und bruchstückhaft. Und das polizeiliche Kennzeichen? Nein, das konnte sie nicht erkennen.

»Halten Sie sich zu unserer Verfügung, fahren Sie jetzt nicht zu Ihren Eltern, bleiben Sie übers Wochenende im Studentenheim«, bittet Beller sie am Ende des Gesprächs.

Der Oberleutnant ist davon überzeugt: Ein skrupelloser Sexualtäter, der vermutlich vor einem Mord nicht zurückschreckt, ihn vielleicht sogar geplant hatte, treibt da sein Unwesen. Danach hat sich die junge Frau in höchster Lebensgefahr befunden, und nur eng beieinander liegende, glückliche Umstände retteten ihr das Leben.

Eine Stunde später läuft die Großfahndung nach dem unbekannten Mann mit dem grauen »Trabant-Kombi« bereits auf Hochtouren. Überall im Bezirk Dresden werden Verkehrskontrollen durchgeführt. Mitarbeiter der Kfz-Zulassungsstelle werden aus den Betten getrommelt, um alle Fahrzeughalter, die einen grauen »Trabant-Kombi« besitzen, zu erfassen. Hunderte von Namen und Anschriften werden registriert. Die Riesenliste kündigt kriminalistische Sisyphusarbeit an.

Am nächsten Morgen muss Oberleutnant Beller enttäuscht zur Kenntnis nehmen, dass die nächtlichen Polizeiaktionen keinen Fahndungserfolg brachten. Nun muss er sich auf langwierige Ermittlungen einstellen und bastelt in den nächsten Stunden vorsorglich an einem breit angelegten Maßnahmeplan.

Dann die Wende: Es ist Tischzeit. Gerade will er sein Büro erlassen, um in die Kantine zu gehen. Da läutet das Telefon. Der Diensthabende des VP-Reviers Nord hat eine wichtige Meldung zu machen: Der 39-jährige Horst-Jochen Schenke, Hochschullehrer an der Technischen Universität, sei erschienen, um Strafanzeige zu erstatten. Er sei am gestrigen Nachmittag mit seinem »Trabant-Kombi« auf dem Weg nach Torgau gewesen. Zwischen Coswig und Meißen wurde er von einer jungen Frau, offensichtlich eine Studentin, angehalten, die bis Riesa mitfahren wollte. Aus reiner Gefälligkeit sei er damit einverstanden gewesen. Unterwegs jedoch habe sich die Frau angeboten, für eine Gegenleistung von 50 Mark mit ihm Geschlechtsverkehr durchzuführen. Das habe ihn sehr empört. Er könne sich als Dozent derlei moralische Entgleisung nicht leisten. Deshalb hätte er sein Fahrzeug sofort angehalten und die junge Frau energisch zum Aussteigen aufgefordert. Sie sei dann auch schnell verschwunden. Zu Hause habe er dann feststellen müssen, dass sie ihm aus seinem auf der Beifahrerseite hängenden Jackett die Geldbörse gestohlen haben muss.

Oberleutnant Beller wittert eine wichtige Spur. Und als der Diensthabende ihm mitteilt, der Anzeigeerstatter besäße eine frappierende Ähnlichkeit mit der zur Großfahndung ausgeschriebenen Person, kennt sein Triumph keine Grenze.

»Festhalten, ich komme!«, brüllt Beller vor Erregung in die Sprechmuschel, schlüpft in seinen Lammfellmantel und verlässt eilig das Büro. Der Appetit auf das Kantinenessen ist plötzlich vergangen. Kriminalistisches Jagdfieber hat ihn erfasst.

Es stimmt. Als er den Mann auf dem VP-Revier Nord zu Gesicht bekommt, ist er überzeugt: Das kann nur der sein, den die malträtierte Studentin gestern Nacht beschrieb. Als Beller ihm schließlich gegenübersitzt, ist er überrascht. Denn dieser große, stämmige Mann in seinem Anzug aus gutem Tuch, mit Krawatte und passendem Kavalierstüchlein, macht einen überaus honorigen Eindruck. Ruhig und gelassen, mit beneidenswerter Selbstsicherheit wiederholt er die Erlebnisse des gestrigen Abends, die ihn so empört haben. Seine Sprachgewandtheit ist beeindruckend, und die Sätze sind wohlgeformt wie bei einer akademischen Vorlesung. Oberleutnant Beller ist verunsichert: Das ist keinesfalls der kriminologisch übliche Tätertyp, weder ein Trunkenbold, Asozialer, Vorbestrafter, noch eine affektlabile, einfach strukturierte Persönlichkeit. Vor ihm sitzt die Verkörperung der Klugheit. Und wenn es feststehen sollte, dass dieser gebildete, feine Herr mit dem Unhold der letzten Nacht identisch ist, muss er mit einem kaltschnäuzigen, raffinierten und hochintelligenten Gegner rechnen, dessen Widerstand nur sehr schwer zu brechen sein wird.

Doch zunächst verfolgt der Oberleutnant die Strategie, den potentiellen Gegner in Sicherheit zu wiegen. Deshalb lässt er Horst-Jochen Schenke wie es ihm beliebt dozieren, moralisieren und philosophieren. Das bietet Beller die Gelegenheit, Körperhaltung, Gesten, Gesichtsausdruck und das Timbre der Stimme seines Gegenübers zu studieren. Zwanglos sprechen die Männer über Recht, Unrecht, die Verderbtheit der heutigen Jugend, hin und wieder auch über den Gegenstand der Strafanzeige. Plötzlich unterbricht der Oberleutnant das Gespräch mit dem ehrenwerten Gast.

»Einen Moment bitte«, entschuldigt er sich, »ich lass uns einen Kaffe machen.«

Er verlässt den Raum, kommt einige Minuten später mit zwei dampfenden Tassen Kaffee zurück, um den Dialog fortzusetzen. In Wirklichkeit verfolgte die Unterbrechung einen taktischen Zweck. Denn kaum hatte Beller den Vernehmungsraum verlassen, entsandte er einen Streifenwagen zum Studentenheim, um die Studentin Ilona Krebs zu einer Gegenüberstellung auf das VP-Revier zu holen.

Die Zeit bis dahin überbrückt Beller mit immer neuen Fragen, die der Dozent Horst-Jochen Schenke bereitwillig beantwortet.

Das Gespräch wird unterbrochen, als ein Wachtmeister den Kopf zur Tür hereinsteckt und sich an Beller wendet:

»Genosse Oberleutnant, es ist so weit!« Der Kriminalist bittet Schenke für einen Augenblick in einen anderen Raum. Gefasst, aber innerlich angespannt folgt der wortlos der Aufforderung. Mit dem Rücken zur Wand haben sich in einem Nebenraum einige Männer zu einer Reihe aufgestellt. Mit ernster Miene blicken sie auf die gegenüberliegende Wand, an der ein großer Spiegel hängt. Beller macht eine Kopfbewegung in Richtung der Männer, sieht dabei Schenke an und verlangt freundlich:

»Seien Sie so nett und reihen Sie sich dort ein. Eine reine Routinemaßnahme!« Schenke presst die Lippen aufeinander, ein leichtes Schulterzucken zeigt seinen Protest an, doch er stellt sich artig zu den anderen Männern. Oberleutnant Beller verlässt den Raum. Bereits eine Minute später ist er wieder zur Stelle und erlöst Schenke aus der unangenehmen Situation:

»Sehen Sie, schon erledigt!«

»Heißt das, ich kann jetzt gehen«, fragt dieser zurück. Doch Beller muss ihn enttäuschen: »Nein, einige Fragen müssen wir noch klären.«

Wieder wird Horst-Jochen Schenke in das vorige Büro geführt. Sein Gesicht drückt Verärgerung aus. Er blickt demonstrativ auf seine Armbanduhr und schimpft: »Die Anzeige habe ich längst unterschrieben, was wollen Sie denn noch von mir?«

»Setzen Sie sich!«, herrscht Beller ihn an, »wir sind noch lange nicht fertig. Denn die Dame von gestern sagt etwas ganz anderes, als Sie mir weismachen wollen!«

Der feine Herr Schenke ist für einen Moment sprachlos. Schweißperlen stehen ihm auf der Stirn. Nervös nestelt er an seinem Taschentuch. Doch sein Gesicht zeigt keine Regung. Ruhig und gefasst wehrt er den versteckten Vorwurf ab: »Natürlich. Sie hat mich hinter dem Spiegel erkannt. Und sie lügt, die Kokotte! Wem wird man mehr glauben, ihr oder mir?«

Beller reicht es jetzt, seine Geduld ist zu Ende. Er erhebt sich und donnert los, dass der vornehme Hüne überrascht zusammenzuckt: »Stehen Sie auf! Legen Sie alles, was Sie in den Taschen haben, auf den Schreibtisch. Sie sind vorläufig festgenommen. Ich fresse einen Besen, wenn ich heute Abend keinen Haftbefehl habe!«

Horst-Jochen Schenke folgt der strengen Aufforderung, legt Notizbuch, Kugelschreiber, Führerschein, Auto- und Wohnungsschlüssel auf den Tisch. Das Taschentuch darf er behalten. Gereizt zischt er: »Das wird ein Nachspiel für Sie haben!«

Unbeirrt lässt der Oberleutnant die Asservate in einer Tüte verschwinden. Dann beordert er einen weiteren Mitarbeiter der Mordkommission zu sich, übergibt sie ihm mit der Bemerkung: »Fahrzeug- und Wohnungsschlüssel sind drin. Ihr macht die Durchsuchung, ich fahre mit Herrn Schenke zur BdVP!« Mit einem Kopfnicken, das ausdrücken soll, alles verstanden zu haben, verlässt der Mann den Raum.

Schenke ist still und nachdenklich geworden, rutscht nervös auf seinem Stuhl umher, wischt sich unentwegt den Schweiß von der Stirn und bekennt schließlich: »Herr Oberleutnant, ich habe mich zu einer Notlüge hinreißen lassen. Nehmen Sie bitte meine aufrichtige Entschuldigung an. Die Sache hat sich doch anders zugetragen …«

Aber Beller will das Gespräch jetzt nicht fortsetzen. Er reicht Schenke den Mantel und meint nur: »Kommen Sie, das können Sie mir alles in meinem Büro erzählen!«

Und das geschieht auch von dem Augenblick an, als Beller das Tonbandgerät im Vernehmungszimmer der MUK eingeschaltet hat. Zwei Stunden lang gibt der feine Herr Schenke die herzzerreißende Geschichte seiner missratenen Ehe zum Besten, die vor Monaten geschieden wurde. Bitterböse Worte fallen über die Verflossene, die untauglich für ihn und die Kindererziehung gewesen sei, weshalb ihm das Erziehungsrecht zugesprochen wurde. Die vielen Monate nach der Trennung habe er in sexueller Enthaltsamkeit leben müssen. Eigentlich wollte er gestern zu seiner alten Tante nach Torgau, um ihr frischgewaschene Wäsche zurückzubringen. Deshalb habe er den Schrankkoffer auf die Ladefläche seines »Trabant-Kombi« gestellt. Kurz vor Meißen sei die Anhalterin zugestiegen. Reine Gefälligkeit, sie mitzunehmen. Der Anblick der jungen Frau habe ihn sehr erregt. Unterwegs sei ihm daher die Idee gekommen, mit ihr geschlechtlich zu verkehren. Aber, Gott bewahre, vergewaltigt werden sollte sie nicht! Erst betäuben und fesseln, dann irgendwo in den Wald fahren, um sich dort an ihr zu befriedigen. Keinesfalls sollte sie das bewusst miterleben ... Beller unterbricht seine Schilderung, bemerkt spitz: »Verstehe, Äther, Pflaster und Fesselschnüre hatten Sie so ganz zufällig bei sich!«

Der feine Herr Schenke ist um eine Antwort nicht verlegen: »Sie werden's nicht glauben. Den Äther benutze ich als Scheibenreiniger und Stricke habe ich immer im Auto!«

»Und ich ziehe mir die Hose mit der Kombizange an«, zischt Beller sarkastisch. Dann wird er lauter: »Ich lass mich von Ihnen nicht länger verarschen. Wir reden hier nicht über einen Eierdiebstahl, sondern über einen Mordversuch!«

Schenke ist entrüstet. Dass er eines solchen Verbrechens bezichtigt werde, träfe ihn sehr. Ein solcher Vorwurf sei in höchstem Maße ungerecht. Außerdem fehle jeglicher Beweis dafür. Er räume nur ein, mit dem Mädchen geschlechtlich verkehrt haben zu wollen, und dazu sei es durch ihre Flucht schließlich nicht gekommen. Ihre im Auto zurückgelassenen Sachen habe er auf seiner Datsche in Lindenau verbrannt. Alles andere seien bloße Unterstellungen. Schlimmstenfalls sei sein Verhalten, strafrechtlich betrachtet, nur der Versuch eines Sexualdelikts. Er sei doch schließlich kein Untier!

Oberleutnant Beller zieht die Augenbrauen zusammen. Er ist zornig. Wieder unterbricht er sein Gegenüber: »Herr Schenke, Sie binden mir einen Bären nach dem anderen auf. Wäsche zur Tante bringen, dass ich nicht lache. Der Schrankkoffer war doch leer, als Sie von zu Hause wegfuhren. Mir reicht es. Schluss für heute, das Gespräch ist beendet!«

Während Horst-Jochen Schenke die erste Nacht seines Lebens im Verwahrraum einer Untersuchungshaftanstalt verbringt, macht Oberleutnant Beller Feierabend. Er braucht jetzt Ruhe. Auch der morgige Tag wird ihn wieder ganz fordern. Aber die Gedanken kreisen um den ehrenwerten Dozenten Horst-Jochen Schenke, der sein Opfer nicht als Mensch, sondern als Objekt grausamer Lustbefriedigung angesehen hat. Beller denkt an die glücklichen Umstände, die Ilona Krebs vor Schlimmeren bewahrt haben, aber auch daran, dass ein solch gefährlicher Mensch wie Schenke noch weitere Verbrechen auf dem Gewissen haben kann. Und plötzlich fällt ihm ein: Im November 1973 verschwand eine Studentin der Technischen Hochschule Dresden spurlos. Sie wollte per Autostopp nach Potsdam und wurde letztmalig am Autobahnzubringer Hansastraße gesehen. Monatelang dauerten die Ermittlungen in der Vermisstensache. Vergeblich. Der Fall konnte nie geklärt werden. Könnte Schenke damit zu tun haben? Beller kann keinen ruhigen Schlaf finden.

Die anderen Kriminalisten der Mordkommission indes beenden erst spät in der Nacht ihre Spurensuche in Schenkes Einfamilienhaus, in seinem Auto und auf dem Wochenendgrundstück in Lindenau. Ihre Akribie wird belohnt. Morgen werden sie Oberleutnant Beller wichtige Beweise liefern können: Verkohlte Reste einer Reisetasche, ausgeglühte Schnallen und Knöpfe aus Metall, gesichert in der Mülltonne auf Schenkes Datsche.

Die nächsten Tage in der Mordkommission vergehen mit der Bewältigung von Papierkram. Schenke wurde inzwischen dem Haftrichter vorgeführt. Versuchter Mord, heißt die Beschuldigung. Die Studentin erkennt in den auf Schenkes Wochenendgrundstück gefundenen Relikten Teile ihrer Reisetasche, ihres Kosmetiktäschchens und ihrer Winterstiefel wieder. Damit ist Schenkes Aussage, er habe die im Auto zurückgelassenen Sachen der Studentin verbrannt, bestätigt. Doch noch immer ist unbekannt, was mit der jungen Frau in dem Zeitraum geschah, als der Äther ihr die Sinne genommen hatte. Diese Vorgänge kennt nur der Täter. Fest steht: Die Ärzte im Krankenhaus Riesa haben bei Ilona Krebs »eine blutende Verletzung im Genitalbereich, Hautunterblutungen an den Innenflächen beider Unterschenkel, striemenartige Hautrötungen mit Kratzspuren, Unterblutungen im Genick sowie an ihrem Mund Spuren von Heftpflaster und Äthergeruch in der Atemluft« festgestellt.

Beller zwingt sich zur Geduld, lässt sich vorerst bei Schenke nicht blicken. Er will ihn noch etwas schmoren lassen, rechnet damit, dass der Beschuldigte in seiner Zelle ungeduldig auf die nächste Vernehmung wartet, um endlich zu erfahren, was man gegen ihn in der Hand hat. Außerdem müssen die Ermittlungen zur Person erst abgeschlossen sein. Denn die Frage, welche Persönlichkeit sich hinter der Maske des Biedermanns verbirgt, hat nicht nur vernehmungspsychologische Bedeutung, sondern erleichtert auch das Aufspüren weiterer möglicher Untaten. Schenkes Exgattin, Arbeitskollegen, Nachbarn werden deshalb als Zeugen vernommen und geben bereitwillig Auskunft. Jeder erreichbare Winkel seiner Biographie kann ausgeleuchtet werden.

Horst-Jochen Schenke, der als Kind Mädchenkleider tragen musste, wuchs überwiegend bei seiner Tante auf, weil die querschnittsgelähmte Mutter frühzeitig verstarb und der Vater, Besitzer eines kleinen Uhrmacherladens, sich nur wenig um die Erziehung seines Sohnes kümmern konnte. Auf der Oberschule lernte er seine spätere Frau, eine attraktive Blondine, kennen. Schon während ihres gemeinsamen Studiums heiratete er sie. Aus der Ehe gingen zwei wohlgeratene Kinder hervor. Die Eheleute entschieden sich für eine wissenschaftliche Karriere, mieteten ein Haus in Radebeul. Die emsige Gattin meisterte ihre Aspirantur an der Technischen Hochschule Dresden mit

Bravour und erhielt dafür den Doktorhut. Ihm hingegen gelang dies mangels Fleißes nicht.

Neid und Eifersucht zogen von nun an in die Ehe ein. Immer häufiger wurde gestritten. Getrennte Schlafzimmer waren die Folge. Auch das eheliche Geschlechtsleben erlosch. Die Befriedigung seiner Sexualbedürfnisse reduzierte sich auf Masturbation, bei der er – wie er in einer späteren Vernehmung zugeben wird – sich vorstellte, seine gefesselte Frau zu vergewaltigen. Als er zufällig dahinter kam, dass die Angetraute ein außereheliches Verhältnis unterhielt, fraß sich in ihm der Hass gegen sie so fest, dass er ihn niemals mehr verlor und später sogar auf alle Frauen ausweitete. Von nun an wurde die Ehe auch durch seine Gewaltattacken belastet. Den Kindern jedoch war er ein liebevoller Vater.

Im Frühjahr 1972 reichte die Gattin schließlich die Scheidung ein. Das brachte ihn so gegen sie auf, dass er sich entschloss, sie »zu bestrafen«. Am Morgen des 7. Mai 1972 fiel er plötzlich über sie her, fesselte, knebelte, würgte sie bis an die Grenze zur Bewusstlosigkeit und genoss die lebensbedrohliche Situation der völlig Wehrlosen. Triumphierend meinte er: »Jetzt zeige ich dir, was Todesangst ist!« Mehrmals befriedigte er sich an ihr und genoss die Vorstellung, Herr über Leben und Tod sein zu können. Fast vier Stunden dauerte die Tortur. Noch am gleichen Tage verließ die verängstigte, gedemütigte Frau das Haus. Aus Scham wagte sie es nicht, eine Anzeige zu erstatten. Selbst vor dem Scheidungsrichter schwieg sie und zeigte keinen Widerstand, als ihrem Exgatten das Sorgerecht über die beiden Kinder übertragen wurde.

Oberleutnant Beller vertieft sich aber auch in die vielen Aktenbände der eingestellten Vermisstensache Ramona Stolze, die ihm keine Ruhe lässt. Die 22-jährige Studentin wollte am Freitag, dem 9. November 1973, per Autostopp nach Potsdam und wurde letztmalig am Autobahnzubringer Hansastraße gesehen. Seitdem verliert sich ihre Spur. Jetzt gilt es zu prüfen, ob Schenke mit dem Verschwinden dieser Studentin etwas zu tun hat. Die Hoffnung auf Erfolg ist zwar gering, denn inzwischen sind fast zweieinhalb Jahre erfolgloser Recherchen vergangen. Dennoch schlägt Beller in einer Dienstberatung der Mordkommission seinem Chef vor, Schenkes Haus und Wochenendgrundstück nochmals zu durchsuchen. Vielleicht sind Spuren, Indizien oder Hinweise zu finden, die im Zusammenhang mit der ungeklärten Vermisstensache stehen. Schließlich hatte dieser Aspekt bei der ersten Durchsuchung keine Rolle gespielt. »Einverstanden«, sagt der Chef nach Absprache mit dem Staatsanwalt.

Die Mühe wird belohnt: Zwischen Schenkes Schreibtischunterlagen befinden sich Notizen über seinen Scheckverkehr, mit Akribie geordnet, über Jahre hinweg aufbewahrt. Jede einzelne Scheckbewegung, wann, wo und in welcher Höhe eingelöst wurde, wird offenbart. Unter den vielen Eintragungen der entscheidende Hinweis: Horst-Jochen Schenke hat am Freitag, dem 9. November 1973, an der Autobahntankstelle Freienhufen 20 Liter Benzin gezapft. Und diese liegt auf der Strecke nach Berlin. Er muss folgerichtig am Tage des Verschwindens der Studentin Ramona Stolze die Autobahn benutzt haben. Der 9. November 1973 hat damit auch für Schenke irgendeine Bedeutung. Oberleutnant Beller frohlockt über diesen vagen, aber verheißungsvollen Ermittlungsansatz.

Den Beschuldigten erwartet nun ein zweiwöchiger Vernehmungsmarathon, zuweilen den ganzen Tag dauernd. Immer wieder stellt Beller die gleichen Fragen zur Biographie, zu den Geschehnissen am 5. März, interessiert sich für jede Kleinigkeit, dringt in die Details der zeitlichen Bedingungen, Absichten, Empfindungen vor. Es ist für beide Seiten ein zermürbender Vorgang. Schenkes Stimmung schwankt von Stunde zu Stunde. Mal zeigt er ein stabiles Sicherungsverhalten, gibt sich selbstgefällig und verstockt. Ein anderes Mal resigniert er, ist weinerlich und zerknirscht. Aber immer glitzern auf seiner Stirn unzählige Schweißperlen, und das Taschentuch in seinen Händen wird unaufhörlich geknetet, geformt und gerollt.

Am zweiten Vernehmungstag rückt er von der bisherigen Behauptung ab, die Studentin Ilona Krebs lediglich betäubt und gefesselt zu haben. Er will nun darüber reden, was tatsächlich in der Zeit geschah, als die Studentin bewusstlos war. Beller lässt ihn gewähren.

Bereits am 4. März hatte der vornehme Herr Schenke wollüstige Tagträume, ein Mädchen zu fesseln und zu vergewaltigen. Am nächsten Tag wollte er seine Phantasien Realität werden lassen. Er wusste, dass freitags am Nachmittag viele Studenten in der Hansastraße warten, um per Autostopp mitfahren zu können. Dort wollte er sich ein Mädchen suchen. Er verstaute den großen Schrankkoffer auf der Ladefläche seines Kombi, Lederriemen, Heftpflaster und drei Ätherflaschen in der Tasche der linken Fahrzeugtür. Er fuhr dann verschiedene Strecken ab, konnte aber keine, seinen ästhetischen Ansprüchen entsprechende Frau entdecken. In Meißen jedoch winkte ihm Ilona Krebs zu. Sie gefiel ihm. Deshalb ließ er sie zu sich ins Fahrzeug steigen und fuhr los. An einer einsamen Landstraße hielt er plötzlich an, packte sie gewaltsam, drückte ihr einen mit Äther getränkten Lappen aufs Gesicht, goss immer wieder nach und wartete, bis das Mädchen das Bewusstsein verloren hatte. Wieder fuhr er weiter. Auf der wenig befahrenen Straße nach Unterreußen stoppte er sein Fahrzeug, hob das bewusstlose Mädchen aus dem Auto, legte es auf den Straßenrand, zog ihm den Mantel aus, fesselte es an Händen und Füßen, stopfte einen weiteren Lappen in dessen Mund, den er mit mehren Lagen Heftpflaster verklebte. Schenke war sexuell stark erregt, begrapschte sie, aber er wollte einen richtigen Geschlechtsverkehr mit dem Mädchen. Dafür erwog er eine Stelle im Wald. Er legte die Bewusstlose in den Schrankkoffer, klappte dessen Deckel zu und fuhr los. Unterwegs erwachte das Mädchen aus der Narkose und begann, sich zu befreien. Da er sich in Fahrt befand, war er auf sein Fahrzeug konzentriert, konnte deshalb die Befreiungsversuche der jungen Frau nicht verhindern. Schließlich gelang ihr die Flucht. Als er dies bemerkte, fuhr er schnell davon, hielt dann aber an, um zurückzulaufen. Er nahm an, sie noch zu erwischen. Vergeblich. Sie war verschwunden …

Oberleutnant Beller fragt, was er mit der jungen Frau gemacht hätte, wenn sein Vorhaben gelungen wäre, dann hätte sie ihn doch auf der Stelle angezeigt. Doch der kluge Herr Schenke hat nur eine schwache Antwort parat: Laufen lassen wollte er sie, er glaubte, die Narkose hätte ihre Erinnerung ausgelöscht. Gott bewahre, niemals hätte er sie töten können. Beller lässt es dabei bewenden.

Als der Tag sich neigt, ist der Kriminalist zufrieden. Schenkes Aussagen decken sich mit dem medizinischen Befund, der bei der Untersuchung der Studentin Ilona Krebs erhoben wurde. Doch die Frage einer möglichen Mordabsicht Schenkes kann er jetzt noch nicht beantworten. Er lässt den Beschuldigten aber nicht in seine Zelle zurückbringen, ohne ihm noch einen psychischen Schlag zu verpassen, als er nämlich scheinbar nebensächlich wissen will: »Was haben Sie denn am Freitag, dem 9. November 1973, auf der Autobahn nach Berlin gemacht?« Der große Mann zuckt zusammen. Beller registriert es, grinst nur vielsagend, sagt aber nichts. Erst als der Gefangene abgeführt wird, ruft er ihm nach: »Herr Schenke, da kommt noch ein Riesenproblem auf Sie zu!«

Auch an den nächsten Tagen die gleiche Szene. Oberleutnant Beller kommt in der Vernehmung immer wieder auf den 5. März zurück, glaubt Schenke nicht, dass er das Mädchen freilassen wollte, falls sein Vorhaben geglückt wäre. Ein solch altruistisches Verhalten passt ganz und gar nicht in das psychologische Bild des Perfektionisten Schenke, widerspricht dem natürlichen Selbstschutz. Und noch dazu die naive Begründung, der Ätherrausch würde das Erinnerungsvermögen des Mädchens unbrauchbar machen. Aber der Beschuldigte bleibt hartnäckig bei seinen alten Argumenten. Wiederholt schießt Beller Pfeile der Verunsicherung auf ihn ab, indem er voraussagt, dass der 9. November 1973 wie ein riesiger Klotz an Schenkes Bein hinge. Und mit der Zeit zeigt diese Taktik Wirkung. Denn plötzlich bringt ein banaler Anlass den Stein ins Rollen. Beller will sich nach stundenlanger Vernehmung Luft machen, schimpft wie ein Rohrspatz über die vertane Zeit. Er fordert Schenke auf, sich einmal darüber Gedanken zu machen, warum eine ganze Mordkommission sich seit Wochen nur mit seiner Angelegenheit befasst. Er habe keine Lust mehr, die Vernehmung fortzuführen. Und zu seinem großen Erstaunen ist der stattliche Herr Schenke kläglich in sich zusammengesunken, rutscht unruhig auf seinem Stuhl umher, beginnt zu weinen und fleht: »Helfen Sie mir doch, ich kann mich nicht erinnern!«

Punktsieg, denkt Beller, jetzt nur dran bleiben. Im Nu hat er sich gefasst und seine alte Freundlichkeit zurückgewonnen. Er verspricht Schenke, zu helfen, sich wieder zu erinnern. Dann fragt er: »Also, was haben Sie am 9. November 1973 an der Autobahn in Richtung Berlin gemacht?« Schenke wischt sich den Schweiß von der Stirn, fühlt sich in der Zange. Woher weiß Beller, welche Bedeutung dieser Tag für ihn hat? Doch sein Gehirn kann nicht mehr präzise arbeiten, findet keine logische Erklärung. Nicht das Gewissen plagt ihn jetzt, es ist die Angst vor dem, was Beller noch wissen könnte. Seine Widerstandskräfte sind erlahmt. Erschöpft murmelt er vor sich hin: »Ich wollte perfekt sein!«

»Das wollen sie alle«, erwidert Beller gelassen, »doch danach? Keiner kann vorhersagen, wie er seine Tat verkraftet.«

Schenke ist völlig am Boden, schluchzt wie ein kleines Kind und resümiert in völliger Verzweiflung: »Sie haben gesiegt, ich bin der Verlierer!«

Dann bricht er sein Schweigen. Beller stellt eine Frage nach der anderen, sich behutsam an die heiklen Themen vorarbeitend. Schenke antwortet. So vergeht ein Vernehmungstag nach dem anderen. Unterdessen sind die anderen Mitarbeiter der Mordkommission mit der Überprüfung seiner Aussagen beschäftigt, befragen Zeugen, holen Gutachten ein, sichern Beweise. Wenn Beller bei der Exploration Peinlichkeiten berührt, weicht Schenke zunächst aus, indem er seine vermeintliche Erinnerungsunfähigkeit vorschiebt. So regen sich noch einige Male seine Widerstandsenergien. Doch diese Regungen sind schwach und nur von kurzer Dauer. Schritt für Schritt gesteht er schließlich, was sich am Freitag, dem 9. November, zugetragen hat.

Nach dem Auszug seiner Frau kam sich Horst-Jochen Schenke in seinem großen Haus keineswegs verlassen vor. Da seine Kinder sich an den Wochenenden oft bei ihren Großeltern in Radeberg aufhielten, genoss er das Alleinsein auf seine Weise. Er las dann viel, besonders philosophische Werke, nutzte die Zeit aber kaum für seine Arbeiten an der Dissertation. Sein unruhiger Geist konzentrierte sich nämlich zunehmend auf die lustvollen Vorstellungen, Frauen zu fesseln, sich an ihrer Wehrlosigkeit zu ergötzen, sie zu vergewaltigen und anschließend zu töten. Derartige Phantasien bestimmten auch seine exzessiven Masturbationen. In ihnen verquickten sich Gewalt und sexuelles Erleben zu einem gefährlichen Explosivstoff. Es dauerte auch gar nicht lange und seine obsessive Gedankenwelt füllte sein Innenleben in einem solchen Maße aus, dass er in die Isolation abrutschte. Doch sein Einzelgängertum verstärkte die entarteten Wünsche. Sie führten ihn zu Überlegungen, wie er seine sexuellen Vorstellungen in die Tat umsetzen könnte.

Im Herbst 1973 begann er mit der Realisierung des mörderischen Plans: Er verschaffte sich ausreichend Lederriemen und verbarg sie in seinem Auto. Dann fuhr er ruhelos etliche Male in die Nähe der Dresdener Autobahnauffahrten, hoffte, eine sympathisch aussehende Frau würde ihm Zeichen geben, um mitgenommen zu werden. Mehrmals hatte er auch Glück. Als die Frauen in seinem Auto saßen, war zwar die Erregung übermächtig, doch die letzten Skrupel hielten ihn von der Vollendung seines Vorhabens zurück. So brachte er die arglosen Frauen an ihr gewünschtes Ziel, die niemals erfuhren, dass sie mit dem Tod bereits enge Berührung hatten.

Freitag, den 9. November 1973, am späten Nachmittag. Es dämmerte bereits. Wieder war er unterwegs, diesmal fest entschlossen und ohne Gewissensbisse. Sicherheitshalber hatte er zusätzlich eine Flasche Äther mitgenommen. Am Autobahnzubringer Hansastraße stand ein hübsches Mädchen und gab Zeichen. Schenke hielt sein Fahrzeug an.

»Können Sie mich nach Berlin mitnehmen?«

»Aber ja«, ist seine Antwort. Sekunden später saß es in der tödlichen Falle. Er genoss die Arglosigkeit seines Opfers, denn nur er allein wusste, welches Schicksal es erwartet. Das Mädchen in Sicherheit zu wiegen, war für ihn ein reizvolles Vorspiel. Mit geheuchelter Liebenswürdigkeit begann er ein Gespräch, erfuhr dabei, dass seine Mitfahrerin Physikstudentin an der Technischen Hochschule Dresden war. Sein vorgetäuschtes Interesse an ihrem Studium und ihrer Hochschule, an der er ja selbst unterrichtete, bot ausreichenden Gesprächsstoff.

Unschuldig und redselig plauderte sie drauflos, und er wiederum weidete sich daran, wie sie sich langsam im Netz seiner Täuschungen verfing. An der Tankstelle Freienhufen füllte er Benzin nach, während sie im Auto verblieb. Dann ging es weiter. Unter dem Vorwand, austreten zu müssen, verließ er an der Abfahrt Freiwalde die Autobahn in Richtung Golzen. Am

Rande eines Waldes hielt er an und verschwand für eine Minute hinter den Bäumen. Als er zurückkam, war seine Erregung grenzenlos. Jetzt muss es passieren, schoss es ihm durch den Kopf. Mit roher Gewalt fiel er über sein Opfer her, überwand mit der Masse seines Körpers die heftige Gegenwehr, presste einen mit Äther getränkten Lappen auf das Gesicht des Mädchens und wartete, bis es das Bewusstsein verlor. Nun hatte er Zeit, die Fesseln anzulegen. Plötzlich sah er die Scheinwerfer eines sich nahenden Autos. Eilig setzte er die Bewusstlose aufrecht auf den Beifahrersitz und fuhr weiter. Während der Fahrt kam sie wieder zu sich und konnte die Fesseln lösen. Schenke bemerkte das und hielt abermals an. In diesem Moment gelang es dem Mädchen, aus dem Fahrzeug zu entkommen und laut um Hilfe zu schreien. Doch es war benommen, taumelte hin und her. Schon nach wenigen Metern hatte Schenke sein Opfer eingeholt, brachte es zu Fall, umschloss mit beiden Händen dessen Hals und drückte kräftig zu. Noch konnte es sich heftig wehren. Doch der Unhold packte das Mädchen an den Haaren und schlug den Kopf so lange auf das Straßenpflaster, bis es keinen Laut mehr von sich gab.

Nach kurzer Atempause überzeugte er sich, dass das Mädchen tot war.

Der unvorhergesehene Ablauf des Ereignisses enttäuschte den Mörder. Jetzt galt es plötzlich, sich selbst zu schützen. Deshalb trug er die Tote zum Auto, umwickelte ihren blutenden Kopf mit einem Lappen und hüllte sie in Decken. Das unauffällige, große Paket legte er auf die hintere Sitzbank, wendete sein Fahrzeug und fuhr in Richtung Dresden zurück. Unterwegs erwog er verschiedene Methoden, die Tote verschwinden zu lassen. Doch sie schienen ihm zu unsicher. So entschloss er sich, den Leichnam zu Hause zu verbrennen. Kurz vor Mitternacht war er zu Hause. Seine Kinder schliefen. Um sicherzugehen, von ihnen nicht gestört zu werden, verschloss er deren Zimmer.

Unbemerkt trug er die in die Decken gehüllte Leiche ins Haus und legte sie auf den Korridorfußboden. Der Mörder entfachte Feuer im Küchenherd und in den Kachelöfen des Wohn- und Schlafzimmers. Dann holte er die Reisetasche des Mädchens aus dem Auto, durchsuchte sie, entnahm zwei Handtücher, die er zur späteren Weiterverwendung beiseite legte. Mit Interesse blätterte er im Personalausweis des Mädchens und erfuhr, dass es Ramona Stolze hieß und 22 Jahre alt war.

Nach dem Entkleiden der Leiche trennte Schenke mit einem Hirschfänger Kopf, Arme und Beine ab, zerkleinerte sie und verbrannte die Teile zusammen mit der Bekleidung, der Tasche und deren Inhalt in den drei Öfen. Den Rumpf verpackte er in einem Koffer, versteckte ihn im Schlafzimmer, um ihn später zu vernichten. Die Blutspuren auf dem Korridor wischte er sorgfältig auf. Gegen 6.00 Uhr beendete er den Verbrennungsvorgang, löschte die Glut in den Öfen, reinigte die Feuerräume und beseitigte die Asche in der Hausmülltonne. Dann weckte er die Kinder, bereitete deren Frühstück, schmierte die Schulbrote und unterhielt sich mit ihnen über deren Wochenendpläne. Als die Kinder gegen 7.30 Uhr das Haus verlassen hatten, machte er wieder Feuer in den Öfen, zerteilte mittels Beil und Hirschfänger den Rumpf und setzte bis zur Rückkehr der Kinder aus der Schule die Verbrennung fort. Bis zum Abend legte er dann eine Pause ein. In der folgenden Nacht verbrannte er die restlichen Leichenteile und den Koffer.

Am Montag, dem 12. November 1973, verschaffte er sich neue Schonbezüge und Fußmatten für sein Auto. Die alten entsorgte er unauffällig.

Die polizeilichen Fahndungsmaßnahmen nach der vermissten Studentin Ramona Stolze blieben der Öffentlichkeit nicht verborgen. Infolge der ungewöhnlichen Polizeipräsenz im Dresdener Stadtgebiet vermied Schenke zunächst weitere Versuche einer Opfersuche. Keinesfalls wollte er durch unbedachtes Verhalten den Verdacht auf sich lenken. Die beiden Handtücher seines Mordopfers, die er am Tatabend beiseite legte, fügte er später zu den anderen Wäschestücken seines Haushalts und vergaß die Angelegenheit bald. Andere Dinge beschäftigten ihn mehr: Monatelang zwang er sich, in Lauerstellung zu bleiben, malte sich aus, Frauen in seinem Auto mitzunehmen, zu betäuben, zu fesseln, zu vergewaltigen und anschließend zu töten. Doch beschränkte er die sexuellen Erlebnisse vorerst auf die gedanklichen Gewaltakte.

Erst im Herbst 1975 hatte er die Angst vor der Polizei überwunden. Über die verschwundene Studentin redete schon lange niemand mehr. Nun gewannen seine obsessiven Gedanken wieder Oberhand und drängten nach Realisation. Schrankkoffer, Lederriemen und mehrere Flaschen Äther gehörten bald zum Inventar seines Autos. Etliche Male fuhr er in der Gegend umher, nahm immer wieder auch Frauen mit. Doch geringste Störungen hielten ihn von der Durchführung seines Planes ab. Um Haaresbreite entgingen die Frauen so ihrem elenden Schicksal. Erst am 5. März 1976, als Schenke die Studentin Ilona Krebs in seinem Trabant mitnahm, waren die Bedingungen zunächst günstig. Jedoch sie konnte entkommen. »Ich gebe zu, dass ich sie eigentlich töten wollte …«, sagte er zum Abschluss seines Geständnisses.

Als Horst-Jochen Schenke die Vernehmungsprotokolle, denen auch mehrere Seiten seines handschriftlichen Geständnisses beigefügt sind, unterzeichnet, fragt Oberleutnant Bauer skeptisch: »Und Sie bleiben dabei, dass Sie die Leiche im Küchenherd und in den Kachelöfen des Wohn- und Schlafzimmers verbrannt haben?«

»Ja«, antwortet er.

Es dauert nur zwei Tage, bis Horst-Jochen Schenke seine alte Stabilität wiedererlangt hat. In der Abgeschiedenheit der Haftzelle entwickelt er neue Verteidigungsstrategien. Längst hat er das Geständnis bereut. Er bittet einen Wachtmeister um Papier und Bleistift, schreibt an den Staatsanwalt und widerruft die bisherigen Aussagen, behauptet, durch die langen Vernehmungen psychisch so entkräftet worden zu sein, dass er sich selbst belastet hätte. Doch es ist ein in der Morduntersuchung immer wiederkehrender Vorgang, dass Mörder ihr vorher abgelegtes Geständnis widerrufen. So auch Schenke. Oberleutnant Beller zeigt sich ebenso unbeeindruckt wie der Staatsanwalt. Deren Interesse gilt nämlich der neuerlichen Durchsuchung von Schenkes Haus. Inzwischen liegen zwar mehr als zweieinhalb Jahre hinter dem Mord an der Studentin Ramona Stolze, und die Hoffnung, nach dieser Zeit überhaupt noch Spuren zu finden, ist gering. Aber die rührigen Spurensucher der Mordkommission sehen darin keinen Grund zur Resignation. Ihr Eifer wird auch prompt belohnt: Sie entdecken an der Korridortapete einige winzige Knochensplitter, am Fuß einer antiken Kommode und im Innenraum des »Trabant-Kombi« eingetrocknete Blutstropfen, die mit der Blutgruppe der Getöteten übereinstimmen, und im Feuerrost des Schlafzimmerofens hängen gebliebene ausgeglühte Metallteile: zwei Schuhösen und ein Metallabsatz. Diese Spuren untermauern die Aussagen Schenkes über den Ablauf der Leichenbeseitigung.

Experten des Gebietes der Metallographie und Werkstoffprüfung untersuchen den Küchenherd und die Öfen im Wohn- und Schlafzimmer. Unterstützt durch verschiedene Experimente können sie an Hand der mikroskopisch sichtbaren Strukturveränderungen an den auffällig verformten Ofentüren feststellen: In den Öfen müssen ungewöhnlich hohe Temperaturen geherrscht haben, die eine vollständige Verbrennung der Leichenteile möglich machten.

Der Mutter der ermordeten Studentin Ramona Stolze werden sämtliche Handtücher aus Schenkes Haushalt vorgelegt.

Ohne jeden Zweifel erkennt sie darunter ein Handtuch aus dem Besitz ihrer Tochter.

Das Ermittlungsverfahren gegen Horst-Jochen Schenke soll nun schnell zum Abschluss gebracht werden, obwohl er immer neue Beweisanträge stellt und vehement beteuert, keinen Mord begangen zu haben. Jeder weitere Versuch, ihn zu einer Rücknahme des Geständniswiderrufs zu bewegen, scheitert. Oberleutnant Beller gelingt es nicht einmal mehr, verschiedene merkwürdige Umstände zu klären, von denen er annimmt, dass sie möglicherweise mit weiteren Straftaten Schenkes zusammenhängen könnten. So wurden zum Beispiel bei der Hausdurchsuchung Kleider gefunden, die nicht seiner geschiedenen Frau gehörten, über deren Herkunft er nichts wissen will. Auch der Fund unzähliger Taschenschirme, die er in einem Karton zu Hause aufbewahrte, veranlasst ihn lediglich zu der Erklärung, sie irgendwann einmal auf einer Auktion ersteigert zu haben. Am liebsten würde Beller gegen Schenke weiter ermitteln. Immerhin besteht bei einigen ungeklärten Mordfällen in der DDR der Verdacht, dass die Opfer, junge Frauen wie Ilona Krebs und Ramona Stolze, beim Autostopp ihrem Mörder in die Hände fielen. Könnte Schenke nicht der Täter sein? Doch Beller muss die Akte schließen. Derlei Überprüfungen können auch später erfolgen. Jetzt geht es um die Anklageerhebung wegen Mordes, und dafür reichen die vorhandenen Beweismittel längst aus. Danach hat Schenke sowieso eine lebenslängliche Gefängnisstrafe zu erwarten.

Und so ist es: Am 5.7.1977 verurteilt das Dresdener Bezirksgericht Horst-Jochen Schenke wegen Mordes, Vorbereitung zum Mord, versuchter Vergewaltigung und Missbrauch zu sexuellen Handlungen zu lebenslänglicher Freiheitsstrafe. Er legt sofort Berufung gegen das Urteil ein und versucht, Argumente für seine angebliche Unschuld darzulegen. Das Oberste Gericht der DDR prüft seine Einwände, schmettert diese aber ab, verwirft »die Berufung als offensichtlich unbegründet«.

Unter den Bedingungen der freiheitlich-demokratischen Rechtsordnung der Bundesrepublik strebt Schenke im Jahre 1993 eine erneute Überprüfung seines Urteils an und stellt Anträge auf Strafaussetzung. Das zuständige Gericht entscheidet darüber. Ergebnis: Es gibt keine Beanstandung des DDR-Urteils. Auch eine vorzeitige Entlassung aus der Haft wird abgelehnt, weil »die besondere Schwere der Schuld des Verurteilten die weitere Vollstreckung gebiete« und ein psychiatrisches Gutachten eine günstige Sozialprognose verneine.

Schenke zieht die Konsequenzen aus seinem Misserfolg: In den Folgejahren bemüht er sich um eine intensive psychotherapeutische Betreuung und medikamentöse Behandlung, mit deren Hilfe seine immer noch vorhandene sexuelle Triebhaftigkeit und Gewaltbereitschaft weiter eingedämmt werden soll.

Im Jahre 1996 – inzwischen lebt er seit mehr als 20 Jahren hinter Gefängnismauern – erfolgt im Rahmen der erneuten Prüfung einer möglichen Strafaussetzung eine weitere Begutachtung. Diesmal gelangt der Sachverständige zu dem Schluss, dass nunmehr seine »sadistische sexuelle Orientierung ebenso wenig festgestellt werden kann wie eine Neigung zu Affektausbrüchen«. Dem Verurteilten wird unter der Voraussetzung begleitender psychologischer und psychiatrischer Behandlung eine günstige Prognose bescheinigt. Und die Strafvollstreckungskammer des Landgerichts beschließt, seine lebenslange Freiheitsstrafe zur Bewährung auszusetzen.

So öffnen sich noch im Dezember 1996 für den nun 59-jährigen Horst-Jochen Schenke die Tore zur Freiheit. Oberleutnant Beller behält den Fall des Horst-Jochen Schenke jahrelang im Gedächtnis. Doch alle Bemühungen, der Frage nachzugehen, ob dieser Mann noch andere Verbrechen begangen hat, sind vergeblich. Die Untersuchung immer neuer Mordfälle verschüttet schließlich die Erinnerung, so dass der Fall mit der Zeit in Vergessenheit gerät. Die gesellschaftlichen Turbulenzen der Wende übersteht Beller ohne Blessuren. Politisch unbelastet kann er seine Tätigkeit in der ost-westlich vereinten Polizei fortsetzen, avanciert schließlich zum Kriminalhauptkommissar. Im Jahre 1998 geht er in den wohlverdienten Ruhestand und zieht sich in die Beschaulichkeit eines sächsischen Kreisstädtchens zurück.

Als er später zufällig erfährt, dass Horst-Jochen Schenke schon vor einigen Jahren aus der Haft entlassen wurde, ist sein skeptischer, nachdenklich stimmender Kurzkommentar: »Wenn das mal gut geht!«

Die Frage, ob Serientäter resozialisiert werden können bzw. sollen, wird in der internationalen Fachwelt, aber auch in den Medien, ebenso diskutiert wie die nach dem Sinn oder Unsinn der Todesstrafe. Konträre Meinungen prallen aufeinander und haben zu einem erbitterten Streit zwischen den Befürwortern und Gegnern geführt. In Deutschland besteht Einigkeit über Sinn und Notwendigkeit der Resozialisierung. Jedoch fehlen einheitliche theoretische Positionen und praxiswirksame Konzepte, wie sie erreichbar wäre. Dennoch gibt es vielversprechende Ansätze:

Serientäter sind in der Regel schwere, asoziale Psychopathen, mitunter sogar Psychotiker. Bei einem Teil dieser Täter hat die Persönlichkeitsstörung ein solches Maß erreicht, dass emotionale Kälte und fehlendes Mitgefühl vorherrschen. Derartige Defizite sind therapeutisch nicht auszumerzen. Der strafrechtliche Rückfall ist vorprogrammiert. Umso wichtiger ist die richtige therapeutische Zuwendung zu jener Tätergruppe, bei der die Fähigkeit zu echter Anteilnahme noch nicht erloschen ist. Unterbleibt sie oder ist ihr Ansatz falsch, besteht das Risiko, vordergründig angepasstes, soziales Verhalten im Vollzug – das gerade dieser Tätergruppe in der Regel nicht schwer fällt – als eine Besserung, d. h.

einen Therapieerfolg, zu missdeuten. Auch dann bestünde die Rückfallgefahr. Für den Einzelfall ein erfolgreiches Therapiekonzept zu entwickeln, ist daher eine sehr anspruchsvolle Aufgabe, die beim Psychiater, Sozialpädagogen und Psychologen fundierte forensische Kenntnisse voraussetzt.

Überdies muss der gerichtliche Sachverständige bei der Erstattung des Gutachtens vermeiden, sich der Beurteilung durch die Öffentlichkeit zu unter werfen, die allzu leicht von Rache geleitet wird. Es ist zu bedenken: Unter den rechtsstaatlichen Bedingungen eines liberalen, in der Regel zeitlich begrenzten Strafvollzugs und der strikten Ablehnung der Todesstrafe ist eine begleitende Therapie der beste Schutz vor Wiederholungsstraftaten. Da wissenschaftlichen Erkenntnissen zufolge bei den meisten Serientätern eine signifikante Erhöhung des Sexualhormonspiegels (Testosteron) vorliegen soll, verspricht man sich neben der psychotherapeutischen Betreuung eine zusätzlich präventive Wirkung durch Medikamente, die zu einer pharmakologischen Reduzierung des Hormonspiegels führen. Langfristige Psychotherapie und gleichzeitige Medikation sind die beste Gewähr, die Gefährlichkeit hinsichtlich sexueller Aggression dauerhaft zu minimieren. Glücklicher weise bestehen in Deutschland keine amerikanischen Verhältnisse. Es klingt wie Resignation, wenn der renommierte Psychotherapeut Stanton A. Samenow vom Saint Elizabeth's Hospital in Washington auf die Frage, ob Serienmörder behandelt und wieder in die Gesellschaft integriert werden können, klar und deutlich antwortet: »Nein, das glaube ich nicht, sie sind zu gefährlich, man kann ihnen nicht trauen.«

Sein Standpunkt widerspiegelt offensichtlich die amerikanische Auffassung, wonach das Ergebnis psychiatrischer Gutachten deshalb wenig Beachtung findet, weil es als Bestandteil der Verteidigungsstrategie und nicht als objektiver Tatbefund angesehen wird. Deshalb ist der Anteil der von den Gerichten berücksichtigten forensisch psychiatrischen Gutachten extrem niedriger als in der deutschen Rechtsprechung. Die psychologisch-psychiatrischen Mühen, die das deutsche Rechtssystem dem Täter widmet, vermisst man in den USA. Denn, ob aus medizinischer Sicht therapiebedürftiger Psychopath oder Psychotiker – die meisten Serientäter enden sowieso in den Todeszellen. Vergeltung steht im Vordergrund. Aber neben dem verständlichen Mitgefühl für die Opfer und dem Wunsch nach gerechter Bestrafung muss sich eine Gesellschaft auch daran messen lassen, wie human sie ihre Täter behandelt.

In der DDR *spielte die Frage des Rückfalls bei Triebtätern, wie überhaupt bei Gewalt- und Sexualdelikten, keine bedeutende Rolle. Das hatte zwei Gründe: Zum einen führten die hohen Freiheitsstrafen zu langer Isolation von der Gesellschaft. Freigang, Urlaub und andere Vergünstigungen kannte das Strafvollzugssystem der* DDR *für diese Täterkategorie nicht. Zum anderen unterlag der Haftentlassene den rigorosen Maßnahmen der Wiedereingliederung. Dazu gehörten vor allem: Arbeitsplatzbindung, Zuweisung von Wohnraum, Verbot des Aufenthalts an bestimmten Orten oder des Umgangs mit bestimmten Personen, Meldepflichten gegenüber der VP, Reiseeinschränkung, Duldung polizeilicher Durchsuchung des Wohnraums ohne richterliche Bestätigung. Auf diese Weise entstand ein so engmaschiges Netz staatlicher und gesellschaftlicher Kontrolle, Aufsicht und Betreuung, dass eine Wiederholungsgefahr praktisch ausgeschlossen war. Dies traf analog auch für jene Täter zu, die durch gerichtliche Anordnung in eine geschlossene psychiatrische Einrichtung eingewiesen wurden.*

Anhang

Erläuterung wichtiger Begriffe und Abkürzungen

ABV	Abschnittsbevollmächtigter der Volkspolizei, entspricht etwa dem heutigen Kontaktbereichsbeamten
Amnesie	Form der Gedächtnisstörung, zeitweilige Erinnerungslücke
Ätiologie	Lehren von den Krankheitsursachen
Autolyse	Selbstverdauung, abakterieller, fermentativer Vorgang, der ohne Sauerstoffzufuhr abläuft, späte Leichenerscheinung
BdVP	Bezirksbehörde der Volkspolizei, oberste Polizeibehörde in einem Bezirk
Befragung	formloses Erkundungsgespräch in der kriminalpolizeilichen Ermittlung, in Abgrenzung zur formgebundenen Vernehmung
Beschuldigter	Person, gegen die ein Ermittlungsverfahren eingeleitet wurde
BUK	Branduntersuchungskommission
Datsche	vom russischen Wort Datscha (russisch: Sommer- oder Landhaus) für Wochenendhaus, Laube
DNA	engl. Abkürzung für DNS, Desoxyribonukleinsäure, Träger menschlicher Erbanlagen
DSF	Massenorganisation in der DDR, Gesell-

	schaft für Deutsch-Sowjetische-Freundschaft
Dünnschicht-chromatographie	Analyseverfahren, das auf einer Kieselgel- oder Aluminiumoxidschicht nichtflüchtige Substanzgemische trennt
Eilfahndung	neben der Großfahndung und Dauerfahndung eine der Fahndungsarten der VP
Epilepsie	Sammelbegriff für hirnorganisch bedingte Anfallsleiden (Fallsucht) mit großen Krampfanfällen und Bewusstlosigkeit oder längere Zeit (mitunter Stunden, sehr selten Tage) bestehenden Dämmerzuständen mit Erinnerungslosigkeit
EV	strafprozessrechtliches Ermittlungsverfahren
Exploration	Untersuchung, Erkundung
Exhibitionist	Selbstentblößer
FDGB	Freier Deutscher Gewerkschaftsbund
Forensisch	gerichtlichen, kriminologischen oder kriminalistischen Zwecken dienend
Freiwilliger Helfer	Freiwilliger Helfer der Volkspolizei, Freiwillige Polizeireserve in der DDR
HO	Handelsorganisation
Intershop	Verkaufseinrichtung für Waren aus dem NSW (s. dort) gegen Bezahlung in konvertierbarer Währung
K	gebräuchliche Abkürzung für Kriminalpolizei, die heute übliche Bezeichnung Kripo war unerwünscht

Kommissariat 3	Struktureinheit der Kriminalpolizei, die allgemeine Kriminalität untersuchte
Kriminologie	Wissenschaft von der Kriminalität, Zweig der Rechtswissenschaft, der Struktur, Ursachen und Bedingungen der Kriminalität untersucht
Masturbation	sexuelle Selbstbefriedigung
MdI	Ministerium des Innern
MUK	Morduntersuchungskommission
NSW	Nichtsozialistisches Wirtschaftssystem
Neologismus	sprachliche Neuprägung
NVA	Nationale Volksarmee
Oberstes Gericht	Höchstes Organ der Rechtsprechung der DDR
Odontologie	Zahnheilkunde
postmortal	nach dem Tode
Prävention	Vorbeugung
Psychose	Oberbegriff für alle echten psychischen Krankheiten, unterteilt in endogene und exogene Psychosen
Psychopathie	durch Abartigkeit des Gefühlsund Gemütslebens von der Norm abweichende, im Grunde nicht krankhafte Verhaltensweisen
Rasterelektronenmikroskopie	kriminalistisches Untersuchungsverfahren zur Sichtbarmachung feinster Oberflächenstrukturen z. B. bei der Werkstoff- und Materialanalyse

Republikflucht	Synonym für den Strafrechtstatbestand des ungesetzlichen Grenzübertritts, auch illegales Verlassen genannt
SMAD	Sowjetische Militäradministration in Deutschland
Sofortmeldung	entsprechend der Melde- und Berichtsordnung der Volkspolizei unverzügliche Weitergabe von Informationen über einen polizeilich relevanten Sachverhalt an übergeordnete Dienststellen
StGB	Strafgesetzbuch
StPO	Strafprozessordnung
Tüpfelreaktion	einfaches Analyseverfahren der kriminalistischen Praxis, besonders für orientierende Vorproben am Tatort (Rauschgift-, Edelmetall-, ballistische u. a. Untersuchungen)
UHA	Untersuchungshaftanstalt
Ukas	russisches Wort für Anweisung, Anordnung (ursprünglich Befehl des Zaren)
VEB	Volkseigener Betrieb
Vernehmung	formgebundenes polizeiliches Erkundungsgespräch zur Erlangung und Fixierung von Zeugen- oder Beschuldigtenaussagen
Version	begründete Vermutung oder Hypothese über den Tatablauf, die Täterpersönlichkeit, Tatmotive u. a. kriminalistisch relevante Umstände
vital	zum Leben gehörig, umgangssprachlich: voller Lebenskraft, kriminalistisch: Le-

	bensäußerungen des Organismus kurz vor Eintritt des Todes
VKSK	Verband der Kleingärtner, Siedler und Kleintierzüchter
Voyeur	Person, die zum Zwecke des eigenen Lustgewinns sexuelle Handlungen anderer (heimlich) beobachtet
VP	Volkspolizei
VPKA	Volkspolizeikreisamt
VP-Inspektion	höchste Polizeibehörde in einem Ostberliner Stadtbezirk
VP-Präsidium	höchste VP-Dienststelle in Ostberlin
ZK	Zentralkomitee der SED

Literaturverzeichnis

Aresin, L. & E. Günther (Hrsg.): *Sexualmedizin*. Berlin 1988.

Autorenkollektiv: *Sozialistische Kriminalistik*. Bd. 2, Berlin 1979.

Bourgin, St.: *Serienmörder*. Reinbek 1995.

Diedrich, T., H. Ehlert,.& Wenzke, U. (Hrsg.): *Im Dienste der Partei – Handbuch der bewaffneten Organe der DDR*. Berlin 1988.

Dienstanweisungen und Instruktionen des Ministeriums des Innern

Girod, H.: *Die kriminalistische Untersuchung verdächtiger Todesfälle*. Berlin 1990.

Judt, M. (Hrsg .): *DDR-Geschichte in Dokumenten – Beschlüsse, Berichte, interne Materialien und Alltagszeugnisse*. Berlin 1997.

Krawczak, M. & J. Schmidtke: *DNA-Fingerprinting*. Heidelberg u. a. 1994.

Landesbeauftragter für die Unterlagen des Staatssicherheitsdienstes der ehemaligen DDR Berlin und Sachsen: *Der Beitrag des Arbeitsgebietes 1 der DDR-Kriminalpolizei zur politischen Überwachung und Repression*. Dresden & Berlin 1996.

Lehrbuch des Strafrechts der Deutschen Demokratischen Republik: »Allgemeiner Teil«. Berlin 1957.

Ochernal, M.: *Einführung in die forensische Psychiatrie für Kriminalisten*. Berlin 1973.

Prokop, O.: *Forensische Medizin*. Berlin 1966.

Reimann, W. & O. Prokop: *Vademecum Gerichtsmedizin*. Berlin 1980.

Strafgesetzbuch der DDR. Berlin 1961 & 1968.

Strafgesetzbuch und andere Strafgesetze. Berlin 1978.

Süß, S.: *Politisch mißbraucht? – Psychiatrie und Staatssicherheit in der DDR*. Berlin 1999.

Wörterbuch der sozialistischen Kriminalistik. Berlin 1981. Zeitschrift *Forum der Kriminalistik*.

Ein Wort des Dankes

Für Auskünfte, Akteneinsichten, Recherchenunterstützung und Überlassung von Bildmaterial sei

Richard Blaha, Mordkommission Dresden,
Hans Jakubitz, Mordkommission Cottbus,
Prof. em. Dr. sc. med. Manfred Ochernal, Berlin,
Adelheid Dietrich, Mühlbeck

ebenso herzlich gedankt wie den Institutionen

Der Landesbeauftragte für die Unterlagen des Staatssicherheitsdienstes der ehemaligen DDR, Berlin,
Kreismuseum Bitterfeld,
Sächsisches Staatsarchiv Dresden,
Stadtarchiv Bad Liebenwerda,
Stadtarchiv Leipzig.

H. G.